CONVERSATIONS
PRIVILÉGIÉES

Evan Hunter

CONVERSATIONS PRIVILÉGIÉES

Traduit de l'anglais
par François Delzors et Élie Robert-Nicoud

Éditions Ramsay

© 1994 by Evan Hunter
Titre original : *Privileged conversation*
Édition originale : © 1996 by Hui Corporation

© Traduction française : Éditions Ramsay, Paris, 1996

1. *Vendredi 30 juin – dimanche 16 juillet*

Il compte en tout huit patients, répartis équitablement entre ceux qui sont en analyse et ceux qui suivent une thérapie – les « divans » et les « chaises », comme il en parle souvent à Helen en privé. Tout compris, sa semaine de travail est de trente-cinq heures. Cela dit, ces heures n'ont que cinquante minutes, mais dans la mesure où il passe tous ses coups de fil pendant les quinze minutes qui séparent chaque consultation, on peut considérer qu'il s'agit d'heures de travail entières. Le reste de la semaine, il enseigne à Mount Sinai, à quelques pâtés de maisons plus haut sur la 5e Avenue.

À l'heure du repas, il a pour habitude d'avaler un sandwich et un café au snack qui se trouve sur Lexington Avenue, puis d'aller se promener dans le parc. Le temps en ce mois de juin a été, jusque-là, déplorable : le mélange, habituel à New York, de chaleur et d'humidité a été entrecoupé de fréquents orages. Aujourd'hui, il continue à faire lourd, l'apothéose parfaite d'un mois parfaitement épouvantable, probablement pas la journée idéale pour une promenade, mais ses balades dans le parc relèvent plus de la détente que de l'activité sportive. Il n'éprouve d'ailleurs aucun sentiment de culpabilité quant à ces flâneries, elles constituent un bref répit aux histoires souvent torturées qui se succèdent, tout au long de la journée, dans son cabinet.

La personne qui descend dans sa direction semble sortir d'une légère brume miroitante. À l'endroit où jusqu'à présent l'allée était vide il aperçoit maintenant une jeune fille à vélo, âgée, selon

7

ses estimations, de quinze ou seize ans, en sueur et à la taille svelte. Elle porte un short vert et un débardeur de coton orange ; de petites mèches de longs cheveux roux-or flottent sur son visage couvert de taches de rousseur. Souriant lorsqu'elle arrive à sa hauteur, elle lui lance un « Bonjour, monsieur ! » respectueux, avant de disparaître dans la lumière du soleil – bien que ce soit déjà l'après-midi et qu'il n'ait quarante-six ans qu'à la fin du mois de juillet.

Quelque peu dubitatif, David se demande si ses nouvelles lunettes le font paraître plus vieux qu'il n'est en réalité (bien que ce soit Helen qui ait choisi la monture) ; il se demande également si la fille, qui est passée comme une flèche sur sa bicyclette, n'est pas en fait beaucoup plus jeune qu'elle ne paraît, si elle n'a pas plutôt douze ou treize ans et non quinze ou seize comme il l'a d'abord supposé, auquel cas le « monsieur » serait justifié... bien que tout juste.

Il regarde sa montre.

Il est presque une heure moins le quart, le moment de retourner sur ses pas. Arthur K est toujours ponctuel. Jamais une seule seconde de retard. Il fronce les sourcils de manière réprobatrice si David n'ouvre pas la porte de son cabinet à l'heure précise. En écoutant Arthur K, en écoutant tous ses patients, David essaye de se représenter l'incroyable variété de caractères qu'ils constituent pour lui, les événements palpitants, réels ou imaginaires, autour desquels leur vie est structurée. En écoutant, il tente de comprendre. En comprenant, il tente de...

Un cri perçant déchire l'atmosphère.

Il reste suspendu, chaud, liquide et visqueux, dans l'air déjà estival – puis s'interrompt brusquement.

David se retourne en une seconde, son cœur bat la chamade... Planté comme une borne au milieu de l'allée, il écoute, n'entend d'abord qu'un silence troublé par le bourdonnement des insectes, puis il perçoit le bruit d'une échauffourée plus haut, aux abords du tournant, ainsi qu'un crissement de pieds sur les graviers. La voix qui, quelques instants auparavant, lui lançait un gazouillant « Bonjour, monsieur ! » crie à présent un perçant « Lâche ça, espèce de... ! », interrompu maintenant par le son facilement reconnaissable d'une gifle, d'une claque, chair contre chair, suivi immédiatement d'un bruit étouffé – un coup de poing peut-être ? C'est Central Park, pense David, vous pouvez y laisser votre peau. Vous pouvez y être tué par n'importe qui. De derrière le tournant de l'allée lui parviennent maintenant les rumeurs d'une lutte sans merci, puis des râles et enfin des hurlements auxquels succède un autre cri aussi cliquetant qu'un bris de verre, et, soudain, il sort de son immobilité.

Ils sont toujours aux prises l'un avec l'autre, acharnés et transpirants, sur le gravier au beau milieu de l'allée déserte ; le garçon noir la frappe sans relâche, tout en essayant de lui arracher la bicyclette des mains, la jeune fille frêle aux cheveux roux-or s'agrippe à lui de toutes ses forces pour qu'il ne la lui vole pas. « Hé ! » s'écrie David, bien qu'aucun des deux ne semble l'entendre tant ils sont absorbés par leur rude combat. Le garçon la frappe encore de son poing droit fermé, pendant que sa main gauche imprime des saccades au guidon comme dans un contrepoint. Cette fois, le coup atteint sa cible avec un bruit sourd. La fille laisse échapper un cri bref et aigu de douleur, lâche la bicyclette, chancelle en arrière, pousse un gémissement et s'effondre sur le dos. Le garçon jette un « Ouais ! » victorieux et s'empare immédiatement du vélo, un pied déjà prestement posé sur une des pédales ; il prend de la vitesse, enjambe ensuite la selle et se laisse glisser dessus.

– Hé ! crie de nouveau David.

– Va t'faire foutre ! lui hurle le garçon pour toute réponse et il s'éloigne à coups de pédale furieux. Ses roues projettent des graviers, un peu plus haut dans le tournant. Il est hors de vue.

La journée estivale reprend.

Chaude.

Silencieuse.

Les insectes bourdonnent.

La fille gît immobile sur le sol.

S'agenouillant à ses côtés, David demande : « Est-ce que ça va, mademoiselle ? » puis, sans qu'il puisse s'en expliquer la raison – la dernière fois qu'il avait soigné quelqu'un pour une question de santé remontait probablement à vingt ans ou plus, lorsqu'il était encore interne à Mass General –, il ajoute : « Je suis médecin. »

Elle ne répond rien.

En la regardant plus attentivement, en étudiant ses traits de plus près, il réalise qu'il ne s'agit pas du tout d'une jeune fille, bien qu'il ait tendance ces derniers temps à tenir toute personne du sexe féminin en dessous de trente ans pour une jeune fille, mais d'une femme âgée de... vingt-cinq, vingt-six ans peut-être... Le visage lumineux couvert de taches de rousseur, les fins cheveux roux-or en bataille, les longues jambes folâtres dans ce short vert lâche, la petite poitrine haut placée dans le débardeur orange humide, tout concourt à lui donner une apparence beaucoup plus jeune.

Elle est très jolie.

Le feuillage filtre la lumière du soleil, qui colore son visage : les pommettes saillantes saupoudrées de minuscules taches de rousseur – il ne remarque pas immédiatement qu'une de ses joues saigne –, le nez fin et élégant ainsi que la bouche gourmande ; sa lèvre supérieure laisse même deviner des dents blanches, dont l'une est cassée. Il se demande si ce sont les coups violents portés à son visage par le Noir qui en est la cause. Ou bien autre chose. Enfin il remarque l'éraflure sur sa joue, dont s'échappe un léger filet de sang d'un rouge vif sur son visage d'une blancheur livide. Ses yeux sont toujours fermés – est-elle inconsciente ?

– Mademoiselle, demande-t-il de nouveau, est-ce que ça va ?

– Oui, je crois, répond-elle avec hésitation, avant d'ouvrir les yeux.

Les yeux sont verts comme les feuilles au printemps. Délicatement tachés de jaunes. Des yeux de chat. Helen et lui avaient eu un chat dont les yeux étaient semblables. Avant que les enfants ne naissent. Sheba. Tué par le doberman d'un voisin. Sheba le chat. Des yeux comme ceux de cette fille. De cette femme.

– Il a pris mon vélo ? lui demande-t-elle.

– Oui.

– Le salaud, dit-elle en s'asseyant. Son short vert remonte un peu. Ses jambes sont incroyablement longues, ses cuisses couvertes de taches de rousseur. Elle porte des chaussettes blanches et des chaussures de sport blanches. Elle a les yeux verts d'un chat.

– Votre joue saigne, dit-il.

— Quoi ? fait-elle et elle porte immédiatement la main à sa joue droite, la touche puis regarde sa main, la paume levée, les doigts rassemblés, puis fronce les sourcils, l'air déconcertée. Elle se touche ensuite l'autre joue, y sent le suintement, murmure : « Oh, merde ! », regarde le bout de ses doigts, voit du sang et s'exclame encore une fois : « Le salaud ! »

— Tenez, lui dit David, en lui tendant son mouchoir.

Elle hésite, tout en regardant le parfait carré de tissu blanc méticuleusement repassé qu'il tient dans la main, car sa propre main est couverte de sang.

— Ça ne vous dérange pas ? demande-t-elle.

— Non, je vous assure. Prenez.

Elle saisit le mouchoir, l'applique avec précaution sur sa joue.

— Où vous a-t-il frappée encore ?

— Partout.

— Quelque chose de cassé ?

— Comment sent-on que quelque chose est cassé ?

— Ça fait terriblement mal.

— Non, j'ai vraiment très mal, mais je ne pense pas m'être cassé quoi que ce soit. Ce vélo m'a coûté quatre cents dollars.

— Où ça ?

— Un magasin sur la Troisième et...

— Non, je voulais dire : où avez-vous mal ?

— Ah ! En fait, principalement sur le visage. C'est là qu'il a frappé le plus. Je vais avoir l'air *fantastique* ce soir, non ?

— Vous avez mal ailleurs ?

— À la poitrine.

Elle retire le mouchoir de sa joue, jette un coup d'œil sur les taches de sang, secoue la tête, roule les yeux en signe d'excuse et demande ensuite :

— Est-ce que ça saigne encore ?

— Juste un peu.

Elle repose le mouchoir sur sa joue. Avec la main qui est libre, elle commence à sonder sa poitrine, en appuyant doucement du bout des doigts pour localiser la douleur.

— Ça fait mal ici, dit-elle.

— Le sternum, déclare-t-il.

— Comme vous dites.

Il remarque le contour bien dessiné de ses seins contre le tissu imprégné de sueur du débardeur orange. Il se détourne d'elle.

— Il faudrait peut-être vous emmener à l'hôpital, dit-il.

— Non, j'irai voir mon médecin. Mon Dieu, j'espère que ça ne va pas m'empêcher de travailler. De quoi ça a l'air maintenant ? demande-t-elle en enlevant encore une fois le mouchoir de sa joue.

Il se tourne de nouveau vers elle.

— Je crois que ça s'est arrêté.

— Regardez ce que j'ai fait de votre mouchoir.

— Aucune importance. Ne vous faites pas de souci pour cela.

— Je le laverai et je vous le renverrai.

— Mais non, ne soyez pas...

— J'insiste, dit-elle en glissant le mouchoir maculé de sang dans la ceinture élastique de son short vert. Toujours assise par terre, les jambes croisées, elle se penche, saisit sa cheville des deux mains et examine avec attention sa jambe gauche. Elle porte des Nike avec des chaussettes blanches, une petite balle de coton placée à l'arrière de chacune d'elles.

— Je suis tombée d'une drôle de manière, dit-elle, j'espère que je ne me suis pas fait mal à la jambe.

Il est toujours agenouillé à ses côtés. La lumière pommelée du soleil transforme ses yeux en émeraudes étincelantes. Des mèches de cheveux roux-or flottent sur son visage tels les minces fils d'un rideau de soie. L'échancrure du petit short vert en nylon laisse deviner une culotte blanche en coton.

— Ça commence à enfler, dit-elle en tâtant sa jambe. C'était juste ce qu'il me fallait.

— Nous devrions faire une déposition, vous savez, remarque-t-il.

— Je la ferai. Aussitôt que je serai à la maison.

— Ce serait mieux dans un commissariat.

— Je veux d'abord voir mon médecin.

— Vous devriez aller à la police.

— Pourquoi ? De toute manière, ils ne le retrouveront pas, répond-elle en haussant les épaules. Les étroites épaules dans le débardeur orange et les ailes délicates de ses clavicules luisent de transpiration.

– Quatre cents dollars. J'espère qu'il va en profiter.

– Il va probablement la mettre en gage.

– Un drogué, n'est-ce pas ?

– C'est possible.

– Je préfère penser qu'il *voulait* vraiment ce foutu vélo. Je veux dire, pour en faire. Pourriez-vous m'aider à me relever ? Je n'ai pas envie de retomber tout de suite.

Il se redresse et lui tend la main. Elle la prend. Sa paume est moite. Doucement, il la tire du sol vers lui. Elle le lâche, fait un premier essai en se balançant avec hésitation.

– Tout va bien ? demande-t-il. Rien de cassé ?

– Vous êtes orthopédiste ?

– Je suis psychiatre.

– Vraiment ? Vous connaissez le Dr Hicks ?

– Nous nous sommes déjà rencontrés.

– Je l'adore. Jacqueline Hicks.

– On dit qu'elle est très compétente.

– En tout cas, elle m'a vraiment aidée à mettre de l'ordre dans *ma* tête.

– C'est bien.

– Quel est *votre* nom ? Au cas où je la verrais.

– David Chapman, répond-il.

– Dr Chapman, c'est bien cela ?

– Oui.

– Dr David Chapman, répète-t-elle. Je lui dirai que vous m'avez sauvé la vie. Si je la vois.

– Vous savez, je crois qu'au fond il n'en voulait qu'au vélo.

– Dieu merci ! s'exclame-t-elle. Il faut que vous me donniez votre carte afin que je puisse vous renvoyer le mouchoir.

– Ce n'est vraiment pas utile...

– Oh ! mais *j'y tiens*, dit-elle. Votre femme m'en voudrait sinon.

– Probablement, acquiesce-t-il en cherchant son portefeuille dans sa poche et en se demandant comment elle sait... mais voyons, l'alliance bien sûr. Je n'en ai jamais sur moi, dit-il, j'espère que... Ah ! oui, voilà.

Il tire une carte de son portefeuille et la lui tend.

— À deux pas d'ici, sur la 96ᵉ Rue.

La tête baissée, elle étudie la carte. La lumière tachetée du soleil enflamme de nouveau ses cheveux.

— Il s'agit de votre cabinet ?

— Oui.

— J'habite sur la 91ᵉ Rue, dit-elle.

— Nous sommes voisins, fait-il remarquer.

— Presque.

— Laissez-moi vous donner aussi mon adresse personnelle, propose-t-il avant de reprendre la carte, de trouver un stylo dans la poche de sa veste et de griffonner l'adresse de la 74ᵉ Rue au dos du bristol.

Il lui rend la carte, remet le capuchon sur le stylo, l'enfouit de nouveau dans sa poche et regarde sa montre.

— Ça ira ? demande-t-il. Je suis navré, mais j'ai...

— Oh ! oui, bien sûr.

— ... un patient qui arrive à une heure.

— Ça va. Allez-y, vraiment.

— Faites-moi savoir si vous avez besoin que je témoigne ou si vous avez besoin de quoi que ce soit d'autre.

— Oh ! ils ne l'attraperont jamais, dit-elle de manière désinvolte.

— Eh bien, au cas où.

— Bien sûr. Entre-temps, je vous enverrai le mouchoir.

— Merci.

— Merci à vous, répond-elle en lui tendant la main.

Ils se saluent maladroitement.

— Il faut vraiment que j'y aille.

— Allez-y alors.

Elle hausse les épaules en souriant. Alors qu'il part, il l'entend crier derrière lui :

— Hé ! Je m'appelle Kate.

La conversation, dans ce cabinet, est privilégiée : tout ce qui est dit entre ces quatre murs est strictement confidentiel. Les lois de cet État, la jurisprudence ainsi que les lois fédérales en matière de témoignage confèrent à cette conversation privée et exclusive entre le patient et son médecin, le statut de « communication privilégiée ». Mais cette prérogative dépasse le simple domaine du droit.

David s'est également vu accorder le privilège de la confiance.

Il ne le prend pas à la légère. Il en saisit la gravité, sait que tout ce que ses patients lui confient les touche profondément. Il peut bien les différencier entre « chaises » et « divans » lorsqu'il en parle en privé à Helen, mais ici, dans ce bureau délibérément neutre, ils sont les héros sans équivoque des souvenirs et des rêves déchirants qu'ils relatent, ces épisodes du passé et du présent, ces révélations, ces aveux, ces confessions que David trie sans relâche, en essayant de les comprendre.

Il n'est plus choqué depuis longtemps par tout ce qu'un patient peut lui révéler. Les notes – qu'il prend à chaque consultation sur un carnet à spirale aux pages jaunes et lignées – sont reliées à des scénarios qu'il esquisse lui-même, à la manière d'un metteur en scène avant le tournage, bien que les illustrations de David soient exécutées sur le vif. Il écoute le dialogue – en fait, un monologue la plupart du temps – et se figure la scène, en la retranscrivant en même temps. Ses petits dessins ressemblent souvent à des ébauches d'une peinture d'Edvard Munch. Un petit rectangle dans lequel est représentée, sous la forme d'un personnage de bande dessinée, une femme qui fuit en hurlant devant une locomotive lancée à toute vapeur suffit à lui remémorer l'épisode clé ou la scène principale d'un rêve ou d'un souvenir. Joint aux notes d'interprétation qu'il griffonne en dessous, le dessin lui rappelle immédiatement la consultation et son propos essentiel. Ses croquis sont assez réussis, au fond. En tout cas, pour un psychiatre.

Aujourd'hui, Arthur K lui parle à nouveau de l'époque où il apprenait à sa sœur cadette comment embrasser. Il a surmonté son ressentiment à l'égard de David pour son retard de cinq minutes, l'a excusé bon gré mal gré et est allongé sur le divan perpendiculaire au bureau. Arthur K est un des « divans » de David, un névrosé qui souffre de profonds accès d'angoisse proches de la panique. Avec des yeux de hibou derrière des lunettes à verre épais dont la monture est presque aussi large et voyante que celle des lunettes de David – mais c'est Helen qui les a choisies –, Arthur K relate, par hasard et avec une apparente indifférence, un épisode que David suspecte d'être au cœur de ses problèmes. C'est comme si ce dernier avait vu le même film pour la quatrième ou la cinquième fois.

Dans le film, Arthur K, âgé de dix-sept ans, est un élève de terminale qui habite encore chez ses parents avec sa sœur Veronica, de deux ans sa cadette. Arthur K devait être blond à cette époque ; ses cheveux fins ont gardé jusqu'à aujourd'hui un aspect de blondeur, lorsque la lumière les éclaire sous un certain angle, à moins qu'il ne s'agisse tout simplement de cheveux grisonnants qui virent au jaune terne. Flash-back, donc, cinquante ans en arrière...

Arthur K est à l'heure actuelle âgé de soixante-sept ans ; c'est un Américain névrosé de race blanche dont la sœur adorée a disparu dans un accident de voiture douze ans auparavant, à la période même où tous ses problèmes à lui semblaient avoir débuté. Il n'avait pas fallu s'appeler Freud ou Jung pour établir très vite un diagnostic lorsqu'il avait commencé, en janvier dernier, à faire le récit de ses malheurs dans le cabinet de David.

À présent, le film repasse de nouveau.

Attentif, David se contente de consulter les croquis et les notes qu'il a déjà en sa possession. Le film d'Arthur K est toujours identique ; il n'a pas besoin de faire de nouvelles illustrations. Même les mots sont identiques, le monologue déprimé d'Arthur K, la conversation privilégiée qu'il entretient avec son analyste dans ce cabinet qu'il considère comme sûr. David sait que son patient le déteste et cette pensée lui plaît ; cela signifie que le transfert a déjà commencé.

La première scène montre Arthur K ouvrant la porte d'un appartement et pénétrant directement dans une cuisine. La famille habite en haut d'un immeuble sans ascenseur de deux étages à

Wakefield, dans le Bronx, un quartier essentiellement peuplé, à l'époque, de familles juives et italiennes, pas encore le quartier portoricain ou noir d'aujourd'hui. Arthur K est juif. Il y a une odeur dans la cuisine qu'il associe toujours à la cuisine juive telle qu'elle est, un arôme lourd que David n'a pas de mal à imaginer, sa propre mère ne comptant pas parmi les plus illustres chefs cuisiniers de ce monde.

Pas la peine de faire un croquis de la cuisine d'Arthur K, David la connaît parfaitement. Pas la peine de regarder l'horloge au mur, il est minuit. Et là, assise à la table de la cuisine, ainsi qu'Arthur K se l'était représentée maintes fois déjà, il y a une fille de quinze ans aux cheveux blonds et aux yeux bleus, portant un pull angora rose, une jupe plissée bleu foncé, un collier de perles, des socquettes et des chaussures bicolores ; c'était cinquante ans auparavant, mais Arthur K se souvient de tout en technicolor. La part de pudding au chocolat noir sur la table, surmontée d'une légère crème fouettée blanche et d'une cerise rouge au marasquin. Le verre de lait blanc comme la neige. La peau blanche comme l'ivoire de Veronica. Les perles d'un blanc bleuté à son cou.

Tout en écoutant, l'esprit de David se met à vagabonder.

Un autre film interfère.

La personne semble sortir d'une légère brume miroitante. À l'endroit où jusqu'à présent l'allée était vide, il aperçoit maintenant une jeune fille à vélo, âgée de quinze ou seize ans, en sueur et à la taille svelte. Elle porte un short de jogging vert en Nylon et un débardeur de coton orange ; de petites mèches de longs cheveux roux-or flottent sur son visage couvert de taches de rousseur...

Il s'efforce de revenir à la réalité. Le film d'Arthur K, déjà résumé dans les pages jaunes lignées du carnet de notes qui repose sur son bureau, recommence, dans la bouche de son patient, peut-être pour la centième fois. Enfin, peut-être pas autant ; il ne vient au cabinet que depuis six mois. Mais bien une douzaine de fois, peut-être treize ou quatorze fois, et pourtant Arthur K semble ignorer le fait qu'il rappelle cette même scène à sa mémoire toujours et encore, peut-être cinquante, cent fois, toujours avec le même souci de détail. *Tout ce que vous avez fait*

17

était d'embrasser votre sœur, voudrait crier David. *Ce n'est pas un bien grand crime et, en tout cas, pas la cause de sa mort dans un accident de voiture !*

Mais non, il ne dit rien de la sorte. À ce stade, son devoir est d'encourager Arthur K à parler de ses problèmes – parmi lesquels une peur peu commune de conduire sa propre voiture –, de l'écouter sans émettre de jugement, de le soutenir et de le rassurer. Plus tard, lorsque celui-ci aura complètement accepté l'impassibilité apparente de David comme composante essentielle de leur « coalition » thérapeutique, pour ainsi dire, alors David pourra peut-être commencer à faire des tentatives d'interprétation sur la raison pour laquelle Arthur K (ou quiconque de ses patients souffrant du même trouble) est animé de tels sentiments ou sur le motif pour lequel il agit et réagit de telle et telle manière dans telle et telle situation.

À présent, il faut revoir le film d'Arthur K.

Encore.

Arthur K est attablé aux côtés de sa sœur. Veronica semble pensive, elle plonge sa cuillère dans le pudding au chocolat, le jus rouge de la cerise tache la légère crème fouettée.

La dernière note de David jetée sur la page jaune lignée est le mot « vierge ».

Veronica la vierge boit son lait à petites gorgées ; un lait blanc sur sa peau blanche virginale, des perles d'un blanc bleuté autour du cou. Arthur K a pris dans le réfrigérateur un autre morceau glacé de pudding au chocolat noir et il est, à présent, assis près de sa sœur ; tous les deux mangent, lui avec appétit, elle sans intérêt, presque de manière apathique. Leur famille est parmi les premières du coin à posséder un réfrigérateur au lieu d'une glacière, et sa mère le remplit de desserts de toutes sortes : puddings au chocolat, gâteaux de riz aux raisins (sur lesquels ils versent du lait concentré), tartes meringuées au citron ou tartes aux pommes juteuses.

— Ce n'était pas une cuisinière de première, dit alors Arthur K, mais elle nous gâtait avec des desserts fantastiques.

David ne fait pas de commentaire.

18

C'est la première fois qu'il entend cette remarque. Il esquisse, sur son bloc-notes, les lèvres d'une femme posées sur ce qui est sans l'ombre d'un doute un pénis.

À côté du dessin, il griffonne d'une main raide, d'une écriture en pattes de mouche :

Tartes = Veronica + mère ?

La voix d'Arthur K raconte toujours *La Leçon de Veronica*, le grand film à succès de l'année 1945. David doit toutefois concentrer de nouveau son attention sur un gros plan d'Arthur K et de Veronica. Arthur K demande à sa sœur ce qui ne va pas, pourquoi elle est si sombre ce soir-là. « Sombre » est exactement le mot utilisé par Arthur K ; David l'a probablement entendu des centaines de fois. Pourquoi Veronica est-elle si sombre ce soir-là ? Veronica secoue la tête et répond :

– Oh ! je ne sais pas. C'est juste... Je ne sais pas.

Arthur K pose sa main sur la sienne.

– Qu'est-ce qu'il y a, sœurette ? demande-t-il.

– Howard m'a dit que je ne savais pas *embrasser* ! lâche-t-elle avant de s'effondrer en sanglots.

Arthur K l'enlace, réconfortant.

Elle se blottit contre son épaule, toujours en pleurs.

Dans l'autre film, qui interfère de nouveau inopinément, la fille aux cheveux roux-or, qui paraissent plus roux qu'or au soleil, est assise par terre, les deux mains agrippant sa cheville, penchée à mi-corps et examinant avec attention sa jambe gauche.

« *Je suis tombée d'une drôle de manière,* dit-elle, *j'espère que je ne me suis pas fait mal à la jambe.* »

Subitement, David devient une des vedettes de ce deuxième film et se retrouve en scène, agenouillé près d'elle.

La lumière pommelée du soleil transforme ses yeux en émeraudes étincelantes. Des mèches de cheveux roux-or flottent sur son visage tels de minces fils sur un rideau de soie. L'échancrure du petit short de jogging en Nylon laisse voir une culotte blanche en coton.

« *Ça commence à enfler* », observe-t-elle.

David regarde le pénis qu'il a dessiné sur la feuille jaune lignée, pris entre les lèvres d'une femme.

Son esprit revint brusquement à :
La Leçon de Veronica
Un conte gothique sur l'inceste fraternel
... ou presque

Veronica parle à son frère pour la mille et unième fois de ce jeune homme qui l'a accompagnée au bal de la synagogue ce soir-là, bal auquel il s'est rendu lui aussi, mais qu'il a quitté plus tôt pour « se faire » – selon ses propres termes – une fille aux yeux marron et aux cheveux noirs du nom de Shirley, sur le siège arrière de la berline Pontiac de son père. Shirley est aussi, par hasard, le nom de la mère d'Arthur K. David doit-il rectifier son annotation pour qu'on y lise :

Tartes = Veronica + mère + Shirley ?

– Mon père était vendeur de voitures, continue-t-il maintenant. Il vendait des Pontiac. J'ai toujours conduit des Pontiac neuves.

Il ne manque jamais de glisser ces mots à ce stade de l'histoire, tel un commentateur en voix off dans un film que David connaît par cœur. Des années plus tard, Veronica trouverait la mort au volant d'une Chevy Camaro. C'est peut-être la raison pour laquelle Arthur K rappelle avec insistance qu'il a, lui, toujours conduit des Pontiac et qu'il en conduirait encore s'il n'était pas terrorisé à l'idée de passer sous les roues de *quelque* voiture *que ce soit*.

Dans le film d'Arthur K, sa sœur déclare : « Howard Kaplan m'a dit que... »

Pas de nom, par pitié, mais le mal est déjà fait. Au fond, il a déjà été fait mille fois.

« ... je ne sais pas comment *embrasser* ! »

Et elle fond de nouveau en larmes.

« Allez, sœurette, arrête, la console Arthur K. Tu ne dois pas pleurer pour quelqu'un comme Howard Kaplan. »

Gros plan sur son visage, solennel, sincère... boutonneux aussi, à vrai dire... Ses yeux noirs regardent fixement derrière les verres épais qu'il porte déjà à cet âge.

« Bon Dieu, qu'est-ce *qu'il* peut bien savoir, de toute façon, sur la manière correcte d'embrasser ? », lui fait remarquer Arthur K d'une voix apaisante, après avoir passé un bras autour d'elle et en

20

lui caressant l'épaule ; le peignoir bleu légèrement entrouvert révèle...

Une minute, pense David.

... ses perles éclatantes.

Une minute, qu'est-il arrivé au pull angora rose et à la jupe plissée bleue ? Comment Veronica se retrouve-t-elle tout à coup dans un peignoir bleu ? Est-ce que le costumier... ?

« C'est plutôt cet imbécile qui devrait prendre des cours pour apprendre à embrasser », déclare Arthur K.

« J'aimerais tant que quelqu'un *me* donne des cours *à moi* », dit Veronica, avec des yeux noyés de larmes que la caméra filme en très gros plan, en train de couler sur ses joues rouges.

La phrase clé du film.

J'aimerais tant que quelqu'un me donne des cours.

Les mots essentiels des souvenirs d'Arthur K à propos d'un bout de vie mouvementé dans le Bronx, voilà cinquante ans, sont passés presque inaperçus cette fois-ci, si ce n'est que David a mémorisé chaque structure, chaque ligne, chaque mot, chaque inflexion de voix de cette saga d'appétit charnel et de désirs adolescents.

J'aimerais tant que quelqu'un me donne des cours.

Dans un peignoir bleu, cette fois-ci.

Légèrement entrouvert, pas moins.

Et révélant des perles éclatantes.

David est en train de dessiner une paire de seins sur une nouvelle page de son carnet de notes lorsque Arthur K s'arrête brusquement de parler.

Peut-être s'est-il aperçu, lui aussi, qu'il a modifié les vêtements que portait autrefois sa sœur, qu'il l'a mise en peignoir plutôt que dans un pull angora rose et une jupe plissée bleue. Peut-être réalise-t-il qu'un peignoir légèrement entrouvert apporte une intensité sexuelle au baiser qui va inévitablement suivre dans cette histoire dont il se souvient si bien, ce baiser qu'il lui a enseigné à sa demande. Peut-être découvre-t-il qu'il s'agit là d'une jeune fille en train d'embrasser ardemment son frère aux alentours de minuit, tout en portant ce qui, désormais, semble avoir été un peignoir légèrement entrouvert afin de révéler les perles éclatantes qu'elle a autour du cou. « Ouvre juste la bouche, Veronica », a-t-il répété les autres fois où il a raconté l'histoire, après quoi il a commencé innocemment à lui montrer – en frère aîné consciencieux – comment embrasser, une activité pour laquelle elle a démontré, d'ailleurs, une aptitude naturelle remarquable. À minuit. Dans un peignoir simplement un peu entrouvert.

Mais le film s'est arrêté.

Le projectionniste est rentré à la maison.

– Ce n'est pas l'heure ? demande Arthur K.

– Nous avons encore quelques minutes.

– Bien, répond Arthur avant de sombrer dans le silence.

Il reste ainsi et les minutes défilent.

Finalement, David dit :

– Je pense que nous en avons fini pour aujourd'hui.

Ils se lèvent tous les deux en même temps, David quittant son fauteuil de cuir noir derrière le bureau, Arthur K le divan d'un revêtement identique à droite du bureau. Avant de s'en aller, Arthur K lui lance un regard chargé de haine.

David se remet à feuilleter ses pages jaunes lignées.

Il en est certain, la première fois qu'il a entendu parler de Veronica en train de manger du pudding au chocolat, il a dessiné une fille aux longs cheveux raides, portant un pull angora et une jupe plissée, des perles autour du cou.

Elle a, maintenant, un peignoir ouvert sur ces fameuses perles étincelantes.

Nous progressons, pense-t-il, presque désolé de s'envoler le soir même pour Martha's Vineyard et de ne pas revoir Arthur K avant le long week-end du 4 juillet[1]. Il jette de nouveau un coup d'œil à la paire de seins qu'il a commencé à dessiner dans son carnet de notes. Deux globes plutôt petits avec un point au centre de chacun.

Tout à coup, il se rappelle le contour bien dessiné des seins de la fille...

Hé ! Je m'appelle Kate.

---

1. Le 4 juillet est jour de fête nationale aux États-Unis (Independence Day) *(N.d.T.)*.

... les seins de Kate sur le tissu imprégné de sueur du débardeur orange.

Il se rappelle également la manière dont il a détourné le regard. Et il ferme le carnet de notes à spirale.

Helen et les filles portent toutes des T-shirts blancs, les deux enfants dans des shorts blancs assortis qui ont été coupés dans des jeans, Helen dans une longue jupe portefeuille en imprimé bleu. Il les repère à l'instant où il commence à traverser la piste pour se rendre dans l'aérogare. Elles semblent encore plus brunes que le week-end passé, toutes de la couleur noisette des sandales qu'elles portent, toutes un sourire épanoui à la bouche, révélant des dents trop éclatantes de blancheur par rapport à leur visage. Les enfants ont, Dieu merci, hérité des cheveux blond cendré d'Helen plutôt que de ses cheveux à lui, d'un marron « terne », comme on aurait pu, à son avis, les décrire, voire d'un marron « gris souris », qui lui semble être le qualificatif le plus péjoratif qu'on ait pu attribuer aux cheveux de cette couleur chez une femme. Les filles portent les cheveux courts et leurs coupes ont quelque chose de négligé à l'approche de la saison estivale. Ceux d'Helen tombent raides sur ses épaules et sa frange finit juste au-dessus de ses sourcils. C'est une femme dont la grande beauté le trouble à chaque fois. David est le seul dans la famille à ne pas avoir les yeux bleus. Les siens sont marron, assortis à sa chevelure terne. Helen persiste à dire que ses yeux *à elle* sont gris, bien que personne n'ait les yeux gris, excepté dans les romans. David appelle les enfants les monstres aux yeux bleus. Elles éclatent de rire lorsqu'il prononce ces mots d'une voix tremblante et s'éloigne d'elles en feignant d'être terrorisé. C'est facile d'amuser des filles de leur âge.

Annie, celle qui a six ans, lui parle tout de suite, avec beaucoup d'enthousiasme, du requin qu'elles ont vu à Chilmark et Jenny, de trois ans son aînée, la rabaisse sur-le-champ en déclarant qu'il s'agit seulement d'une roussette, et petite de surcroît.

— D'accord, mais c'était un *requin* quand même, dit Annie, pas vrai, maman ?

— Oui, bien sûr, répond Helen, et elle presse la main de David.

— Je l'ai surnommé Mâchoire, continue Annie.

— Comme c'est original, fait remarquer sa sœur.

Tout en bavardant, en sautant d'un pied sur l'autre devant lui, en marchant à reculons, en l'embrassant de temps en temps jusqu'à l'étouffer, elles se dirigent dans le désordre vers l'endroit où Helen a garé le break. Un vent violent se met soudain à souffler, gonflant la jupe portefeuille et en entrouvrant le pan pour révéler des jambes minces et longues, idéalement bronzées. Quelle beauté, pense David ; elle remarque son regard et semble avoir saisi le fond de ses pensées car elle sourit à l'insu des deux petites filles et cligne de l'œil malicieusement en guise de promesse, tout en plaquant la jupe contre elle avec la paume de la main gauche. Son alliance en or brille sur sa peau.

En été, le tarif d'un vol direct de Newark[1] à l'aéroport le plus proche d'Edgartown est de deux cent soixante-quinze dollars aller-retour, et le vol dure une heure et douze minutes, auxquelles il faut ajouter une heure supplémentaire pour se rendre à l'aéroport — tout bien considéré, un voyage qui en vaut la peine. Il a quitté son cabinet à quatorze heures trente et il est, à présent, tout juste dix-sept heures vingt. Ils ont pris l'habitude de louer quelque chose sur l'île depuis maintenant sept ans, depuis qu'Helen est tombée enceinte d'Annie. Et bien que l'endroit ait compté nombre d'écrivains, de vedettes de cinéma et de politiciens, parmi lesquels — Dieu nous vienne en aide — un président des États-Unis, David parvient quand même à oublier, dans leur petite maison de Menemsha, le stress de la ville et l'agitation permanente de ses patients. Ici, au milieu des pins et des marécages, entre le ciel d'un bleu azur et les dunes abritées, il est profondément en paix avec lui-même et les siens.

Le homard est le plat traditionnel des dîners du vendredi soir. Car, comme d'habitude, tout ce que la famille Chapman fait plus

---

1. Newark est l'un des aéroports de la ville de New York *(N.d.T.)*.

d'une fois devient instantanément, avec Annie, une tradition. Tout en extirpant la chair d'une des pinces, elle écoute, les yeux grands ouverts, le récit de David à propos du vol de la bicyclette qui a eu lieu, l'après-midi même, dans Central Park.

— Tu aurais mieux fait de t'occuper de tes affaires, Papa, remarque Jenny. Ce que tu as fait était très dangereux.

— C'est vrai, ajoute Helen.

Chacune des filles semble si concernée qu'il a envie de se pencher par-dessus la table pour les embrasser toutes les deux. D'un autre côté, Annie veut en savoir plus.

— Il l'a tuée ? demande-t-elle.

— Non, chérie. Il l'a juste beaucoup frappée.

— Beurk ! s'exclame Annie en faisant une grimace, avant de demander : Maman, tu peux couper ça pour moi, s'il te plaît ?

Helen saisit la pince qu'Annie lui tend au-dessus de la table.

— Tu sais qui c'est, cette fille ?

— Kate quelque chose.

— Il y a une fille qui s'appelle Kate dans ma classe, dit Annie.

— Ce n'est pas la même, lui fait remarquer Jenny.

— Ah ! bon, tu en es sûre ? répond Annie, en tortillant son index sur sa joue à plusieurs reprises, geste que David n'a jamais compris.

— Kate comment ? demande Helen.

— Je ne sais pas.

— Enfin, tu ne le lui as pas demandé ?

— Non.

— Tu crois qu'elle pourrait avoir besoin de toi ?

— Pourquoi, maman ?

— Tu penses qu'ils attraperont le type ?

— Probablement pas, reprennent les filles en écho.

— Tu n'auras pas à témoigner ?

— Je doute qu'ils accordent beaucoup d'attention à une bicyclette volée.

— En tout cas, ils n'ont pas intérêt à voler la mienne ! s'écrie Annie, en faisant un geste menaçant avec la pince de homard.

— Quand même, papa, dit Jenny, tu aurais pu au moins appeler les flics, par exemple. Il ne fallait pas agir sans réfléchir, comme un héros.

— J'en suis un, dit-il en faisant jouer ses muscles tel un haltérophile.

— Et quel héros ! ajoute Helen. De toute manière, le type est parti avec le vélo.

— Oui, mais j'ai hurlé quand je l'ai vu, déclare David. À pleins poumons.

— Papa est un héros, dit Annie.

— Tu as raison, chérie, acquiesce Helen. Mais il aurait dû faire plus attention.

— Tu penses qu'il avait un revolver ou quelque chose de ce genre ? demande Jenny en fronçant les sourcils.

— Papa le lui aurait arraché des mains.

— Boum ! dit David en balançant son poing sur un assaillant imaginaire.

— Un adolescent sur deux à New York a un revolver, fait remarquer Jenny.

— Où as-tu entendu ça ? s'enquiert Helen. Qui veut encore du maïs ?

— Moi.

— Moi.

— Dans le *Times*. C'est vrai. Moi aussi, j'en veux.

— Lui n'avait pas de revolver, dit David.

— Comment le sais-tu ?

— Parce qu'il ne m'a pas tiré dessus, voyons.

— Il n'a pas tiré sur papa, voyons, reprend Annie, en dodelinant de la tête et en ajoutant du beurre sur son maïs.

— Ou un couteau ? insiste Jenny. Il aurait pu avoir un couteau.

— Papa l'aurait saisi d'un geste comme dans *Crocodile Dundee*.

— Elle va faire une déposition à la police ? demande Helen.

— Elle a dit qu'elle irait.

— Elle devrait.

— C'est ce que je lui ai recommandé.

— Moi, j'aurais peur, dit Jenny.

— Non, pour quelque chose comme ça, *il faut* déposer une plainte.

— Moi, j'aurais peur, répéte Jenny.

— Moi pas, dit Annie. Tu me passes le sel, s'il te plaît ? Et *si j'avais* été avec papa, je lui aurais cassé la *figure*.

— Tu m'aurais cassé la *figure* ? demande David, en simulant la peur.

— Pas *à toi* ! répond Annie en se mettant à rire.

— Qui veut du dessert ? interroge Helen tout en commençant à débarrasser.

— Moi ! s'écrie Annie, en levant immédiatement la main.

— Moi ! ajoute Jenny, en tendant la sienne peu après.

— Laisse-moi t'aider, mon amour, fait David en reculant sa chaise.

— C'est bon, dit Helen.

Leurs regards se croisent.

Intimes, presque secrets.

— Reste assis, ordonne-t-elle, souriante, avant de se rendre dans la cuisine.

Il y a un superbe coucher de soleil ce soir-là.

Pour Annie, tous les couchers de soleil sont une tradition.

La maison qu'ils louent offre une vue superbe à la fois sur l'étang de Menemsha et sur le golfe. Ils se tiennent sur la terrasse et contemplent la pièce d'eau à proximité, le golfe et le détroit de Vineyard plus au nord-ouest. L'étang a déjà des tons rosés. Les eaux du détroit, elles, sont encore d'un rouge feu. Pendant qu'ils regardent, le ciel passe du violet au bleu foncé, puis il s'assombrit encore plus pour devenir noir et finalement...

Annie tombe de sommeil.

Ils couchent les enfants et viennent s'asseoir sous le porche abrité, attentifs au bruit des insectes de l'été et au murmure du ressac lointain de la mer. Chuchotant dans la tranquillité de la nuit étoilée, ils se tiennent la main comme ils l'ont fait à Boston, alors qu'ils formaient un couple de jeunes amoureux. Ils ont découvert cette ville ensemble et s'y sont également découverts eux-mêmes, l'un à travers l'autre. Elle était plus mince lorsqu'il l'a connue, peut-être trop mince au fond, avec une poitrine si généreuse qu'elle était incongrue – elle lui avait annoncé un 95C de tour de poitrine la première fois qu'il avait maladroitement dégrafé son soutien-gorge. Elle avait également des hanches propices à avoir des enfants, comme elle le lui avait aussi fait remarquer. Bien qu'aujourd'hui elle pense constamment devoir perdre quelques kilos, elle est, à ses yeux, toujours svelte. Pendant qu'ils murmurent dans le silence et l'obscurité, il se souvient du vent qui a relevé sa longue jupe pour découvrir ses superbes jambes.

Plus tard, au lit, une fois le petit crochet noir tiré sur la porte blanche en bois épais de la chambre, elle les entrouvre pour lui, ces jambes douces et lisses qu'il aime effleurer et sentir sous ses mains fureteuses. Pendant que les enfants dorment à l'autre bout du couloir, il la caresse, en laissant glisser les mains en haut de ses cuisses jusqu'au petit triangle de chair secrète, sur les plis douillets de l'aine blottis des deux côtés de son mont de Vénus. Comme la toute première fois qu'ils ont fait l'amour, dans une chambre louée à Cap Cod, elle gémit fortement lorsque les doigts inquisiteurs de David écartent ses grandes lèvres et elle contracte ses hanches afin qu'ils puissent la toucher, la trouver, moite et prête.

Si Annie savait – et peut-être sait-elle – ce qui a lieu chaque vendredi, pendant la nuit, dans cette chambre aux draps humides de sueur et aux fenêtres ouvertes à l'air de l'océan, elle appellerait probablement cela une tradition. Pour l'instant, David retrouve dans cette étreinte passionnée la jeune fille qu'Helen a été et la femme désirable qu'elle est devenue, et l'une et l'autre le comblent pleinement. Subjugué par sa beauté, étourdi par sa passion, presque ému jusqu'aux larmes par sa générosité, il lui murmure, comme chaque fois qu'ils font l'amour : « Je t'aime, Helen. »

Elle susurre en réponse : « Moi aussi je t'aime, David, et si fort. »

Il a déjà oublié le visage rouquin de la fille aux cheveux d'or à qui on a volé la bicyclette dans Central Park.

Mais bien évidemment, à chaque réception de ce long week-end du 4 juillet, Helen pousse David à raconter l'histoire de ce qui s'est passé à Central Park. Et en la répétant, bien qu'il ait toujours décrit fidèlement les faits, elle prend des proportions mythiques dans sa tête ; le film évolue très différemment du scénario d'origine, comme si le metteur en scène avait falsifié de manière éhontée l'œuvre de l'écrivain pour n'en faire qu'à sa guise. Ce samedi-là, lors d'un cocktail à Edgartown, alors que David fait de nouveau un récit de l'histoire telle qu'elle s'est déroulée, elle prend une forme tout autre dans son subconscient et il est surpris de s'entendre raconter des faits qui, en comparaison, s'avèrent purement mondains.

Dans son imagination, le voleur de bicyclette (bon titre pour un film, pense-t-il, merci, M. de Sica) – dans *Le Voleur de bicyclette*, donc, un film *de David* et pas de De Sica – n'est plus un adolescent noir et maigrichon de seize ans, luttant avec difficulté pour arracher un vélo à une jeune fille fluette qui, elle, pèse au maximum cinquante kilos, mais un ancien taulard noir, musclé et tatoué (un cœur à l'intérieur duquel on peut lire « Maman »), qui porte une toute petite boucle d'oreille à l'oreille gauche ainsi qu'un T-shirt trempé de sueur et gonflé de muscles impressionnants obtenus, à force de travail, dans une salle de gym de New York. La fille, également, vu qu'elle n'a pas les quinze ou seize ans qu'il lui a donnés la veille dans le parc, devient, dans le monde imaginaire de son inconscient, une adolescente de dix-neuf ans à l'allure prématurée de femme, une victime assurément plus appropriée dans ce remake néo-réaliste en noir et blanc de *La Belle et la Bête*, une proie bien plus facile, sans l'ombre d'un doute, plus innocente et, de ce fait, plus vulnérable qu'une femme de vingt-cinq ans ne l'aurait été (si toutefois c'était bien son âge).

En racontant, sur la terrasse d'une maison plus spacieuse que celle qu'ils louent à Menemsha, l'histoire à un cercle d'auditeurs attentifs bien qu'il y ait un coucher de soleil merveilleux, à l'origine de cris d'admiration, il n'exagère en rien son comportement de la veille dans le parc. Il explique consciencieusement qu'il n'a pas volé à la rescousse de la victime avant d'avoir examiné les risques éventuels d'une telle intervention...

– C'est évident, dit son hôte, levant les sourcils en signe d'approbation. Vous vous trouviez à Central Park.

– Exactement, répond David.

... même si tout ce qu'il a fait est de lancer un premier « Hé ! », qui n'a eu aucun effet sur toute cette bagarre, puis un second « Hé ! » à l'encontre du garçon, qui prenait déjà la fuite en vélo. Parce qu'on est à Edgartown, il n'estime pas nécessaire de mentionner que ce dernier lui avait hurlé un « Va t'faire foutre ! » agressif en guise d'au revoir. Toujours parce qu'on est à Edgartown, quelqu'un commence à parler de la manière absurde dont est menée la défense de l'affaire Black Rage et quelqu'un d'autre suggère que si l'on retrouvait ce petit monstre, il faudrait l'enchaîner à une bicyclette et le forcer à arpenter les rues de New York avec une pancarte dans le dos, sur laquelle on pourrait lire VOLEUR DE BICYCLETTE.

« Bon titre pour un film ! », lance un membre de l'assemblée avec un clin d'œil espiègle, comme si David n'y avait pas déjà pensé.

– Merci, M. de Sica ! fait un autre.

Ça aussi, pense David.

Mais...

En racontant de nouveau l'histoire ce soir-là, puis encore une fois le dimanche, à Chilmark, lors d'un barbecue – où les enfants sont d'ailleurs les bienvenus – durant lequel il y a une discussion mouvementée – c'est toujours ainsi à Chilmark – sur les programmes de thérapie pour les minorités défavorisées, et encore le lundi, pendant un pique-nique à West Chop (« Bien sûr, amenez les enfants ! »), puis enfin, pour la dernière fois...

Ou du moins ce qu'il croit être la dernière fois, si seulement Helen s'arrête de le pousser à raconter *L'Agression de Central Park*, son titre à elle pour cet épisode qui, au fond, commence à l'ennuyer, même dans la version la plus extravagante qu'il imagine. Mais il relate l'histoire de nouveau, pour ce qui, en fait, s'avère être la dernière fois, lors d'un autre cocktail. Celui-ci a lieu sur la terrasse d'une maison surplombant le port de Vineyard et offrant une vue superbe du feu d'artifice qui commence lorsque le soir tombe et que les gens affluent silencieusement, dans l'attente du spectacle.

Mais...

Toutes les fois où il a raconté cette histoire, il ne s'est pas, dans la version fantastique que son esprit a élaborée, uniquement précipité à l'aide de l'adolescente, il ne s'est donc pas seulement battu contre l'animal musclé qui a essayé de lui voler sa bicyclette et qui, de surcroît, l'a frappée – ses vêtements en lambeaux, un sein dévoilé à l'endroit où il a déchiré le débardeur orange, le mamelon de la jeune fille durci par la peur en attestent –, il ne s'est donc pas seulement accroché à cette sorte d'haltérophile de deux fois sa taille, mais ils ont également échangé de rudes coups ; la fille à leurs côtés, le souffle coupé, a porté une main à la bouche, les yeux verts écarquillés de terreur, le visage couvert de taches de rousseur comme en feu, jusqu'à ce que son agresseur assène à David un coup fatidique derrière le crâne, tout au moins dans son imagination, le flanque par terre, le frappe et prenne la fuite en hurlant les mots que David n'avait pas jugé sage de répéter à Edgartown, ni même ici à Vineyard Haven.

Au-dessus du port, les feux d'artifice éclatent dans le ciel et entraînent de vives étincelles à la lueur tremblante dans les eaux sombres.

La sœur d'Arthur K porte de nouveau son pull en angora rose, sa jupe plissée bleu foncé, son collier de perles, ses socquettes ainsi que ses chaussures bicolores. On est à présent le 5 juillet, un mercredi matin chaud et orageux. Cinq jours se sont écoulés depuis la consultation du vendredi après-midi d'Arthur K ; apparemment, le long week-end du 4 juillet a effacé de sa mémoire tout souvenir du peignoir bleu entrouvert. Il ressasse, toujours et encore, la scène de la cuisine, tournant autour tel un des hippopotames ballerines de *Fantasia*, mais l'heure est déjà avancée de trente minutes et le peignoir bleu reste imperturbablement fermé sur les perles éclatantes de Veronica.

Arthur K raconte maintenant à David qu'il a vraiment passé un sale moment au bal de la synagogue cette nuit-là, et qu'en fait il n'était pas arrivé à se faire Shirley, ni sur le siège arrière de la Pontiac de son père ni ailleurs.

— Je suppose que c'était une espèce de fantasme que j'avais, dit-il. Je croyais que ce que j'espérais arriverait, mais ce ne fut pas le cas.

David ne fait aucune remarque.

— Ça vous met en colère ? demande Arthur K.

— Non, non.

— Mes mensonges ?

— Est-ce que vous avez l'impression que vous étiez en train de me mentir ?

— Non. Je vous ai dit que c'était juste un fantasme, n'est-ce pas ? Comment voulez-vous que ce soit un mensonge ? J'avais tout juste seize ans à l'époque. C'était simplement un fantasme.

David note dans son carnet :

Histoire de Shirley = camouflage

puis pose son stylo en équilibre sur la page jaune lignée.

— Y a rien de mal à avoir des fantasmes, dit Arthur K. Je suis sûr que vous avez des fantasmes, non ?

Ils se tiennent perpendiculaires l'un à l'autre, Arthur K le dos allongé sur le divan, les yeux fixant le plafond, David dans son fauteuil derrière le bureau.

— À propos, comment vous faites pour déterminer ce qui est important et ce qui ne l'est pas ? demande Arthur K. Comment faites-vous pour savoir ce qu'il faut noter ?

David ne répond pas.

— Je suppose que Shirley est importante, hum ? dit Arthur K. Vous prenez toujours quelques notes quand j'en parle ; j'entends votre stylo gratter ! Est-ce que c'est parce qu'elle avait le même nom que ma mère ? Ou plutôt qu'elle l'*a*, autant que j'en sache. Il se peut qu'elle vive encore. Elle serait vieille aujourd'hui, bien sûr... enfin, soixante-cinq, soixante-six ans, pour une femme, c'est vieux. À l'époque, elle était très belle, c'était facile de fantasmer sur elle, vous ne pouvez pas m'en vouloir de l'avoir fait. Je réalise que ce que je vous ai dit... à propos de la voiture et d'elle et moi sur le siège arrière... ce n'est pas quelque chose sur lequel je fantasmais lorsque j'avais *seize ans*, non, mais quelque chose que je viens d'imaginer *maintenant*... enfin, pas maintenant, pas à l'instant, mais la première fois que je vous en ai parlé. Ce que j'veux dire, c'est que *je sais* que je vous racontais quelque chose que j'ai imaginé de toutes pièces, *je sais* que je vous mentais, si c'est le terme que vous voulez employer, en vous racontant que je m'étais fait Shirley, alors qu'en réalité je l'ai simplement reconduite chez elle avant de lui souhaiter une bonne nuit. En fait, je ne l'ai même pas *embrassée*. Je lui ai juste souhaité une bonne nuit. Je ne pense même pas que nous nous soyons serré la main. Juste « Bonne nuit, Shirley. – Bonne nuit, Arthur », et je suis rentré à la maison. Je crois bien que je bandais, j'en suis plus sûr. Elle avait un putain de physique, c'était pas possible de se retrouver à côté d'elle sans bander. Je suis *sûr* que j'ai dû bander.

C'est la première fois que David entend parler de l'érection d'Arthur K. Dans les précédents récits de cette nuit mouvementée d'adolescent, le grand dadais d'Arthur et l'aguichante Shirley aux cheveux et aux yeux noirs se bécotaient sur le siège arrière de la Pontiac jusqu'à ce que le chemisier de Shirley se retrouve subitement dégrafé et sa jupe retroussée au-dessus de la taille. Jusqu'à ce jour, David était, tout naturellement, parti du principe qu'il y avait eu une érection pour qu'Arthur K ait pu « se la faire ». Il avait également considéré qu'Arthur K était rentré chez lui assouvi et sans[1] érection, pour y trouver sa sœur Veronica assise à la table de la cuisine, en pleurs et en train d'avaler des cuillerées de pudding au chocolat.
Mais maintenant, tout à coup, cette érection.
Tiens, tiens !
– Je crois qu'elle faisait le même effet à tout le monde, dit Arthur K. Shirley. Vous savez, elle avait un putain de physique. Avec ses cheveux blonds et ses yeux bleus, bon Dieu, elle ressem-

---

1. En français dans le texte *(N.d.T.)*.

blait à une vraie salope. J'vous jure, vous ne pouvez pas vous imaginer...

Vous ne pourriez pas vous *imaginer*, pense David avec une clarté
qui le surprend lui-même que, dans chaque version qu'il avait
entendue jusque-là de l'histoire d'Arthur K, Shirley avait de longs
cheveux noirs et des yeux marrons, et – dans au moins un des
récits – des poils pubiens noirs et frisés. Mais soudainement, elle
est blonde et il fait immédiatement un rapprochement qu'il griffonne dans son carnet de notes sous cette forme :

Blonde = Shirley = Veronica.

Cette fois-ci, Arthur K ne l'entend pas écrire, tant il est occupé à
fixer le plafond du bureau, sur lequel il se représente, apparemment, sa salope de Shirley-Veronica aux cheveux blonds et aux
yeux bleus...

— ... à moitié assise, à moitié renversée sur les oreillers, elle
pleurait toutes les larmes de son corps. Sa chambre se trouvait sur
le chemin conduisant à la mienne, dit-il, c'était un appartement en
enfilade : il fallait traverser une pièce pour accéder à la suivante, il
y avait une espèce de couloir qui parcourait l'appartement d'un
bout à l'autre, avec des pièces qui se succédaient tout le long. La
lumière brillait encore dans sa chambre, elle avait une petite lampe
couverte d'un abat-jour, posée sur la table à côté de son lit. La
porte était ouverte, je pouvais la voir, renversée sur les oreillers,
qui sanglotait, les jambes étendues ; elle était pieds nus. Elle avait
ce petit peignoir bleu étriqué qu'elle portait en permanence, une
chemise de nuit rose en dessous, que je pouvais apercevoir et dont
la bordure était en dentelle. Je demandai : « Sœurette ? » ou plutôt
je murmurai, parce que mes parents dormaient juste au bout du
couloir ; il y avait d'abord la chambre de Veronica, puis la mienne,
puis venait la grande chambre où ils dormaient. Je voulais savoir
ce qui n'allait pas. « Sœurette, qu'est-ce qui ne va pas ? » deman-
dai-je. Je rentrai dans la chambre et m'assis à côté d'elle sur le lit.

Arthur K devient silencieux.

David attend, osant à peine respirer.

— Beaucoup de gars ressentaient la même chose que moi par
rapport à elle, finit par dire Arthur K. Au fond, Shirley, c'était
l'allumeuse de la classe.

Et l'occasion est manquée.
Et bientôt l'heure touche à sa fin.

Le mercredi matin, la deuxième consultation de la journée s'achève à peine. Sa patiente, une obsédée compulsive du nom de Susan M, lui demande, comme elle a l'habitude de le faire à la fin de chaque consultation et bien que seul le jour de ses rendez-vous change : « Donc, je vous vois vendredi, c'est bien cela ? », et lorsqu'il a confirmé par un « Oui, c'est cela », elle demande : « À la même heure, n'est-ce pas ? », ce à quoi il répond : « Oui, à la même heure », quand le téléphone sonne. Il décroche le combiné, pendant que Susan M, agitant ses doigts en guise d'au revoir, referme la porte derrière elle.

— Cabinet du Dr Chapman, annonce-t-il.
— Salut, c'est Kate.
— Kate ? demande-t-il.
— Kate Duggan. Ça rime avec étouffant.
— Duggan ?
— En y réfléchissant, *agressant* est peut-être plus approprié.
— Je suis désolé, je...
— Kate. Du parc. La victime, vous vous souvenez ?
— Oh ! oui, excusez-moi. Comment allez-vous, mademoiselle Duggan ?
— Appelez-moi Kate. Ça va. Ils l'ont attrapé, dit-elle. Du moins, ils pensent que c'est lui. Devinez où ils l'ont trouvé ?
— Où donc ?
— Dans le parc. En train de piquer le vélo de quelqu'un d'autre.
— Ils ont retrouvé le vôtre ?
— Non, il l'avait déjà vendu. C'est un drogué, nous avions vu juste.

« Nous », pense-t-il.
— Et maintenant ?
— Je dois aller au commissariat, plus tard, pour l'identifier. C'est la raison pour laquelle j'appelle. Vous pourriez m'accompagner ? demande-t-elle subitement, d'un trait, comme si elle savait déjà qu'il dirait non. J'ai dit à la police qu'il y avait un témoin et ils m'ont répondu que ça ferait avancer les choses si

quelqu'un d'autre que la victime pouvait reconnaître l'agresseur. Et la victime, c'est moi.

— Eh bien...

— Je sais que vous devez être occupé...

— Eh bien, en fait, j'ai été absent, et...

— ... mais l'identification ne sera pas avant six heures ce soir. Les flics savent que je travaille moi aussi. Je leur ai dit que je ne pouvais pas arriver plus tôt. Ils l'ont déjà pris en flagrant délit hier dans le parc, mais ils veulent vraiment l'épingler, s'il s'avère que c'est lui qui a volé ma bicyclette. Donc, si vous pouviez venir au commissariat, ça ferait réellement avancer les choses. Si vous acceptiez, vous rendriez... heu... un service d'intérêt public, c'est cela, un service d'intérêt public.

— Eh bien, en fait, je ne serai pas libre avant au moins six heures. Donc...

— D'accord. On peut se retrouver directement au commissariat, ce n'est pas très loin de votre cabinet. Et je ne pense pas que ce soit un problème si vous êtes un peu en retard.

— En fait, voyez-vous, mademoiselle Duggan...

— Kate, le reprend-elle.

— Kate, dit-il. Je ne crois pas que je...

— Pardon ?

Il ne sait pas pourquoi l'image de la jeune fille, assise par terre, les jambes croisées, lui revient subitement à l'esprit, en même temps que l'échancrure du petit short de jogging vert qui révèle un soupçon de culotte blanche en coton.

— Dites oui, supplie-t-elle.

L'estrade est placée derrière une épaisse vitre que l'agent de police qui organise l'identification leur assure être un miroir sans tain. D'où ils sont, ils peuvent voir la pièce attenante, où se trouve l'estrade ainsi que huit chiffres accrochés derrière elle au mur et un micro suspendu au plafond, car le policier a l'intention de demander à tous ceux qui seront alignés de répéter les mots que le suspect a prononcés dans le parc, le vendredi passé – « À vous l'honneur, mademoiselle Duggan, docteur Chapman... » – et dans la mesure où ils sont assis dans l'obscurité, personne ne peut les apercevoir de l'autre pièce. Personne, non plus, ne pourra entendre quoi que ce soit des propos échangés dans cette pièce, la conversation y sera totalement confidentielle.

L'agent de police commence à expliquer que tous ceux qu'ils apercevront sont des hommes noirs d'à peu près le même âge que le suspect. Ceci pour qu'aucun malin d'avocat ne puisse venir dire plus tard que la procédure d'identification a été truquée, qu'on a, par exemple, mis six pêcheurs vietnamiens et le fameux gosse noir ensemble sur l'estrade, vous imaginez le truc, hein ? Le policier souhaite qu'ils prennent leur temps, qu'ils observent attentivement chacun des hommes, ils ne peuvent être ni vus ni entendus, ici, dans l'obscurité, il n'y a donc aucun risque que quelqu'un les repère et essaye, par la suite, de leur faire du tort. Prenez tout votre temps, leur dit-il, voyez un peu si vous reconnaissez quelqu'un sur l'estrade là-bas, s'il y a une voix qui vous paraît familière, d'accord ?

Assis dans la pénombre de la petite pièce où se trouvent plusieurs chaises pliantes installées face à la vitre, David a l'impression qu'il a déjà lu ou vu cette scène, voire qu'il l'a déjà vécue maintes fois – si ce n'est que, cette fois-ci, Kate Duggan est assise à ses côtés, là, dans l'obscurité.

Elle porte, pour cette occasion officielle et grave, un vêtement léger vert pâle qu'il est certain d'avoir vu, chez le dentiste, dans les pages de *Vogue* ou de *Harper's Bazaar*, un style de tailleur qu'il associe habituellement à des femmes très jeunes, suffisamment léger pour révéler, à travers la longue jupe, de grandes jambes minces ; elle a aussi une chemise d'un vert plus foncé qui, pour sauvergarder la pudeur, cache le corsage transparent de la robe, mais qui ne parvient pas à dissimuler l'absence de soutien-gorge, un détail que tous les agents de police du commissariat semblent avoir remarqué dès son arrivée – avec dix minutes de retard, d'ailleurs.

Elle a aux pieds des sandales dont les lacets montent jusqu'aux mollets. Ses jambes sont croisées et elle balance légèrement un pied. Les ongles de ses orteils sont peints en vert, assortis à sa robe ; il se demande si elle les peint toujours d'une couleur accordée à chacune de ses nouvelles tenues. Son parfum évoque des images de filles grandes, pâles et maigres traversant des champs de bruyère pour se jeter dans les bras d'hommes jeunes, extraordinairement bronzés et musclés. Il est convaincu d'avoir senti le parfum de Kate à la télévision. Brusquement, il pense à la sœur d'Arthur K, petite blonde aux yeux bleus âgée de quinze ans, allongée sur les oreillers de son lit, le peignoir bleu étriqué passé sur une chemise de nuit rose trop courte, les jambes nues, et il se sent gêné par la présence de Kate à ses côtés dans l'obscurité, comme s'ils étaient là ensemble pour regarder un film pornographique.

Fort heureusement, ils s'épargnent le supplice d'avoir à rester trop longtemps assis dans cette situation policière si cliché, ayant identifié leur agresseur presque immédiatement, de profil et également au son de sa voix dès qu'il a répété la phrase qu'il lui avait lancée pour toute entrée en matière : « Donne-moi ce putain de vélo, espèce de salope ! », suivie de ce qu'il avait hurlé à David en guise d'au revoir : « Va t'faire foutre ! », son vocabulaire étant assez limité. Ils sont à nouveau dehors vers dix-neuf heures quarante-cinq.

— Je vous suis vraiment très reconnaissante de ce que vous avez fait, dit-elle.

— Ça m'a fait plaisir de vous aider.

— Vous savez, la plupart des gens s'en seraient complètement fichu. Merci. Vraiment.

— Je vous en prie, ce n'est rien.

Il se sent tout à coup étrangement ému par elle.

L'autre vendredi, ils ont partagé un événement traumatisant qui, en quelque sorte, a forgé des liens entre eux. Aujourd'hui, ils ont vécu à nouveau *autre chose* ensemble, mais maintenant que la justice a triomphé, l'affaire est close et ils se retrouvent étrangers l'un à l'autre dans une ville d'étrangers, marchant côte à côte silencieusement, alors que la soirée chaude et humide les enveloppe.

— Je n'ai pas encore trouvé le temps pour votre mouchoir, dit-elle.

— Oh ! ne vous inquiétez pas pour...

— Non, mais je tiens à vous le renvoyer, répond-elle en haussant les épaules.

Il y a quelque chose de très « petite fille », d'enfantin dans sa manière de hausser les épaules ainsi que dans la moue qui accompagne ce geste : ses étroites épaules se relèvent, sa bouche grimace. Cette bouche-là ne porte pas de rouge à lèvres. Ses yeux verts sont soulignés d'un soupçon de bleu qui les rend encore plus verts. Ses seins, dans la robe transparente, sont minuscules. Des semblants de mamelons de fille plissent le tissu.

— Je vous le renverrai dès que...

— Ce n'est pas utile. Vraiment.

— Vous m'avez sauvé la vie, déclare-t-elle simplement.

— Que va-t-il lui arriver à votre avis ? demanda-t-il, en réalisant qu'il fait simplement la conversation ; l'affaire est close, leur lien apparent a été rompu au moment où ils ont reconnu l'agresseur.

— Ils sont presque sûrs qu'il va plaider une agression moins grave.

— Comment ça ?

— Mon Dieu, je n'en sais rien. Elle hausse encore les épaules.

— Vol de patins à roulettes ?

David sourit.

— Eh bien, mademoiselle Duggan, dit-il.

— Kate, corrige-t-elle.

Tous les deux semblent réaliser exactement au même instant qu'il n'y a, vraiment, plus rien à dire.

— Bon, docteur Chapman..., dit-elle.

— David, reprend-il.

— David, se corrige-t-elle.

Il y a un très long silence.

— À un de ces quatre ! dit-elle en partant.

Il ne pense pas la revoir un jour.

Mais le samedi matin, Stanley Beckerman appelle.

— On m'a dit qu'on était tous les deux célibataires ce week-end, dit-il.

— J'avais l'intention de t'appeler...

David n'avait *pas* eu, en fait, l'intention de l'appeler, même si Helen avait mentionné le fait que Stanley serait seul les quinze prochains jours et avait laissé entendre que ce serait « bien » s'ils dînaient ensemble un soir. David n'apprécie pas particulièrement la compagnie de Stanley et Helen le sait. Mais la femme de Stanley prend des cours d'aérobic avec Helen et, ensemble, elles prévoient des dîners beaucoup trop souvent, même si Helen *connaît* les sentiments que nourrit David à l'égard de son collègue.

Comme lui, Stanley est psychiatre. En fait, il compte parmi les nombreux professionnels qui amènent David à penser que *la plupart* des psychiatres souhaitent pratiquer simplement parce qu'ils sont eux-mêmes dérangés. Inconscient de sa propre folie – « Bon, d'accord, il est un peu excentrique », concède Helen –, Stanley qualifie à l'occasion ses patients de « fous » ou de « timbrés », des expressions que David trouve consternantes. Stanley a à peu près l'âge de David selon lui, peut-être une année ou deux de plus, quarante-sept ou quarante-huit ans, mais c'est là tout ce qu'ils ont en commun, outre la psychiatrie. Et alors que David se serait contenté de voir leur relation limitée aux quelques occasions de rencontre lors de tel ou tel séminaire, Helen et sa copine Gerry, qui fait des bonds dans la même usine à muscles, à l'angle de la 96e Rue et de Lexington Avenue, ne peuvent absolument pas se passer de ces réunions extra-professionnelles. C'est la raison pour laquelle le Dr Stanley Beckerman appelle à présent, en ce chaud samedi matin de juillet, dans le but d'annoncer qu'un de ses timbrés lui a donné deux billets pour la comédie musicale *Cats,* qu'on joue le soir même...

– Je l'ai tout bonnement sauvé du suicide, dit Stanley, le pauvre con...

... et en souhaitant savoir si David veut se joindre à lui pour le dîner, puis pour le spectacle.

– En ce qui concerne le dîner, chacun paye sa part, bien sûr, dit Stanley. Je m'occupe des billets.

Ou plutôt ton timbré s'en occupe, pense David.

Il ne sait pas pourquoi il accepte la proposition.

Peut-être parce que c'est plus facile de faire ainsi que d'entendre plus tard Helen se demander tout haut comment il a pu être assez grossier pour décliner l'invitation.

Pendant que sa femme et ses enfants passent l'été en Caroline du Nord, Stanley se laisse pousser la barbe. Elle est peu soignée et irrégulière, un mélange inégal de poils blancs, roux et gris, avec quelques touches de marron foncé assorties à ses cheveux fins et raides. C'est un homme de petite taille, avec un certain embonpoint, qui porte des lunettes de vue sans monture et a un perpétuel sourire narquois, comme s'il connaissait des secrets d'État qu'il n'aurait même pas révélés sous la torture. Ce soir-là, il est vêtu d'un pantalon kaki, d'un veston écossais tout chiffonné, de mocassins sans chaussettes et d'une chemise oxford blanche ouverte à l'encolure et sans cravate.

À l'opposé, David, qui a mis un léger costume d'été soigneusement repassé avec une chemise bleu pâle et une cravate rayée aux couleurs estivales, a la sensation ridicule d'être trop habillé. Toutefois, il reste convaincu qu'on fait preuve de plus d'élégance en allant au théâtre dans cette tenue plutôt qu'en chemise de bowling et en blue-jeans. Car une fois de plus, il suppose que Stanley se trouve réellement élégant. Ou, plus probablement, qu'il se fout de la façon dont il est habillé.

En fait, il ressemble à un ramasseur d'épaves jetées sur une plage de Bombay par les vagues déferlantes. Méprisant toutefois, à l'instar d'un commandant de régiment britannique pénétrant dans une léproserie, il précède David dans le restaurant français qu'il a choisi sans l'avoir consulté, bien qu'il l'ait déjà informé qu'ils diviseraient la note, en espérant peut-être que David insistera pour s'acquitter des deux repas dans la mesure où, après tout, Stanley s'était occupé des billets, hum ?

Stanley a l'habitude de dire « hum ? »

Cette manière doucereuse de ponctuer les phrases s'insinue dans la conversation comme le bourdonnement d'une abeille en train de butiner, hum ?

Telle une star de cinéma arrogante, Stanley a, de manière impérieuse, refusé la première table qu'on leur a proposée – « Est-ce que c'est une table pour quelqu'un comme moi ? » – et qui, pourtant, aurait convenu parfaitement à David. Alors qu'ils en prennent une autre, ce dernier se demande pour quelle foutue raison il est là ce soir, sur le point de dîner avec un être si odieux, puis d'aller voir une comédie musicale que tout le monde à New York a déjà vue, un spectacle que lui n'avait même pas *voulu* voir lorsqu'il était sorti, parce qu'il ne porte pas d'affection particulière à l'égard d'êtres humains qui se prennent pour des chats. Bien sûr, il a lu les œuvres poétiques d'Eliot[1], dont cette comédie est censée s'inspirer. Il essaye de *tout* mémoriser – ce qui se révèle être une tâche impossible d'ailleurs – dans l'attente que le rêve d'un de ses patients se réfère, un jour, indirectement, à quelque chose, quoi que ce soit, ayant trait au domaine public. Les films, les romans, les essais, les pièces – jusqu'à une comédie musicale comme *Cats*, suppose-t-il – apportent tous de l'eau à son moulin analytique car l'interprétation des rêves dépend souvent d'obscures références comme...

Eh bien comme, par exemple, celle complètement déroutante faite, lors d'une de ses consultations, par Alice L, qui avait relaté un cauchemar d'eau dévalant d'une porte d'écluse, jusqu'à ce que David se souvienne que cela s'appelait aussi une vanne de décharge. Et voilà que d'une association à l'autre la vanne de décharge était devenue devinez quoi ? et l'afflux d'eau le devinez-quoi prématuré de son mari ; étonnant, non ?

Si le patient de quinze heures de David – un homme du nom d'Harold G, qui s'est plaint, lors des trois dernières consultations, que ses testicules le démangeaient et qui, selon David, redoute d'avoir attrapé une sale maladie auprès des prostituées noires qu'il le soupçonne d'avoir fréquentées –, si ce patient, donc, vient le lundi après-midi suivant pour parler d'un rêve sur les Chats-Soupléchine et les Balles-Soupléchine, ne serait-ce pas, d'une certaine manière, lié à des peurs jusque-là tues ? David ne s'attend pas à ce que cela arrive réellement – il se peut qu'Harold G soit l'unique autre personne à New York à ne pas avoir vu *Cats* – mais si cela devait arriver, ne se justifierait-il pas en se référant aux descriptions d'Eliot sur les Chats-Soupléchine noir et blanc, et Soupléchine ne rimait-il pas, après tout, avec pine, et ne parlait-on pas d'une gigue dans le poème... quoique,

---

1. Poète, critique et auteur dramatique anglais d'origine américaine *(N.d.T.)*.

d'un galop aussi... mais gigue[1] est, sans aucun doute, le mot d'argot pour...

— ... la jupe relevée jusque-là, dit Stanley. Elle était assise en face de moi et dévoilait la moitié de son cul ; comment j'devais *le* comprendre, hum ? Si j'étais un homme avec moins de principes, Dave...

Personne ne l'a jamais appelé « Dave ».

— ... j'aurais fort probablement profité de la situation. J'suis un être humain, après tout...

Un vaste sujet de discussion, pense David.

— ... fait de chair et d'os, tout simplement, hum ? Qu'est-ce que tu ferais, toi, dans pareille circonstance ?

— Je resterais ce que je suis supposé être, à savoir un médecin, répond David d'un ton qui lui paraît à lui-même guindé.

— Tu n'as jamais vu cette fille, dit Stanley.

— Son physique n'a...

— Ou sa chatte, dit Stanley.

David espère que ce commentaire servira de transition au thème de la comédie musicale qu'ils iront voir ensuite.

— Elle était assise là, comme Sharon Stone, poursuit implacablement Stanley, les jambes bien écartées, sans culotte. Qu'est-ce qui te paraît bon ? demande-t-il en saisissant la carte.

David se réjouit de cette trêve.

Mais Stanley semble déterminé à poursuivre la discussion. Ils débouchent sur Broadway, face au Winter Garden Theatre, dont les affiches proclament en noir et blanc CHATS AUJOURD'HUI ET POUR TOUJOURS – comme si le monde entier, excepté les cafards, était immortel – et dont les panneaux en trois volets laissent voir de grands yeux jaunes de chat avec des pupilles formées par des danseurs en pleine action. L'esprit de David se met de nouveau à vagabonder pendant que Stanley commence à décrire en détail la patiente qui, à l'entendre, essaye de le séduire.

La situation géographique du théâtre se révèle particulièrement peu attrayante ; tout le remue-ménage du showbiz des rues trans-

---

1. En anglais, jeu de mot avec le verbe *to jig* qui signifie « baiser, avoir un rapport sexuel » *(N.d.T.)*.

versales de Broadway-ouest bordées d'auvents en est absent. Le théâtre est adjacent à un restaurant japonais, dont l'austère façade est singulièrement peu invitante. De plus, il se trouve en face d'un grand immeuble de bureaux sombre et sans caractère et, un peu plus au nord-ouest, d'un hôtel Novatel en brique rouge tout aussi laid, avec un *steackhouse* au rez-de-chaussée. Le trottoir devant le théâtre est encombré d'une queue de gens sans élégance, vêtus comme un samedi soir et probablement venus en autobus du New Jersey. La plupart d'entre eux fument. David considère toujours cela comme un signe d'ignorance de la masse, bien que Stanley fume lui aussi et qu'il ait pourtant joui d'une certaine éducation, en ayant grandi entre une mère généticienne et un père professeur de lycée.

Tout en fumant comme un pompier, il raconte à David, alors que des amateurs de théâtre du New Jersey tendent l'oreille dans leur direction, que Cindy – il s'avère que c'est le nom de sa patiente – s'était habillée de manière toujours plus provocante à chacune de ses consultations, jusqu'à la veille où elle était venue...

— Je te jure que c'est la vérité, Dave, je ne te le dirais pas si tu n'étais pas mon meilleur ami...

... vêtue du mini-short dont Stanley avait déjà parlé, sans culotte, et d'un léger petit haut qui révélait tout ce que le bon Dieu lui avait donné...

— Et crois-moi, Dave, il lui en a donné suffisamment. Elle est plutôt bien dotée. Je donnerais volontiers mon âme pour pouvoir me reposer la tête blottie entre ces nichons-là.

À ce moment précis, un type qui fume un infâme cigare se met à manifester un grand intérêt aux propos de Stanley.

— ... Si seulement je n'étais pas un médecin si consciencieux. – Et il sourit tel un requin qui fait surface pour dévorer un nageur infortuné. – À ton avis, Dave, qu'est-ce que je devrais faire ?

— Voir un psy, répond David.

— Entre nous..., commence Stanley.

Conversation privilégiée, suppose David.

— ... je pense que je vais m'la faire.

Et le type du New Jersey en laisse presque tomber son cigare.

Le spectacle s'ouvre sur des faisceaux lumineux blancs qui, deux par deux, balayent en clignotant l'obscurité de la scène avant d'envelopper l'audience. David met un bon moment à réaliser que toutes ces lumières sont supposées être des yeux de chat brillant dans la nuit. Les lumières, ou les yeux de chat, disparaissent toutes brusquement pour laisser place à des rampes de lumière rouge qui éclairent faiblement la scène transformée en décharge. Les lumières ressemblent à celles d'une guirlande électrique sur un arbre de Noël. David se demande pour quelle raison on a recherché cet effet de guirlande électrique posée sur une décharge et pourquoi les lumières sont toutes rouges. Pendant qu'il cherche la réponse, quelqu'un laisse échapper un hoquet de surprise et se met à rire. David réalise que des êtres humains habillés en chats rampent à quatre pattes, depuis les bas-côtés, dans un espace de deux à trois rangées de fauteuils laissé volontaire vide entre la rangée de devant et celle où Stanley et lui sont assis.

Il s'agit de très bonnes places, bien que Stanley ait qualifié de « pauvre con » le patient suicidaire qui les lui avait données. En fait, ces fauteuils sont réservés au personnel, le patient de Stanley étant non seulement un pauvre con mais aussi l'ami d'un des chefs costumiers du spectacle, un travail qui doit être conséquent à en juger par les accoutrements élaborés que portent les vingt à trente humains-félins rassemblés sur la scène en conclave de minuit. Les places sont d'ailleurs tellement bonnes que l'un des chats maraudeurs se retrouve même à rôder à quelques centimètres du siège de David, juste à l'insersection du bas-côté central et de l'espace entre les rangées, et qu'il le dévisage droit dans les yeux, de manière inattendue, avant de détaler en rampant jusqu'à la scène.

Sur cette dernière, un objet de forme cylindrique et entièrement éclairé de l'intérieur s'apprête maintenant à décoller, tel le vaisseau spatial de *Rencontres du troisième type*, dans un but que David, analyste tout talentueux qu'il soit, n'arrive pas immédiatement à saisir. L'assemblée de *chats* – David réalise soudain qu'il lui faut d'abord considérer ces humains déguisés avec des fourrures, rampant et levant l'arrière-train, comme des chats pour que le spectacle soit quelque peu crédible, l'assemblée de chats, donc, commence à chanter un prélude intitulé « Comment appeler son

45

chat », qui semble entièrement inspiré du poème d'Eliot du même nom mais qui s'avère mal conçu car les noms débités d'une seule voix depuis la scène sonnent ridicules, Mungojerrie, Skimbleshanks, Jennyanydots et Bombalurina, des noms qu'aucun amoureux des chats ne refilerait jamais à un félin. Le chat qu'ils avaient eu, Helen et lui, s'appelait tout simplement Sheba, un nom honorable qui remonte à l'époque du roi Salomon.

Tous ces absurdes noms de chats semblaient acceptables, et même incontestablement mignons, sur le programme. Mais là, bramés par quelque vingt-cinq personnes déguisées, ils sont pratiquement incompréhensibles. Puis suit « La Chanson des chats Souplèchine », qui reprend sans fin le mot « Souplèchine » à la plus grande incrédulité de quiconque ne connaît pas le recueil de poèmes *Chats !*[1]

David n'est pas long à réaliser que ce spectacle n'est tiré d'aucun livre. En fait, il se contente de mettre en musique les poèmes de second ordre d'Eliot, sans même se donner la peine de leur donner une unité dans un semblant de dramaturgie qui aurait eu un début et une fin. Le pire est qu'il met en scène des personnes qui essayent de ressembler à des chats et de se comporter comme eux. Il faut accepter ce principe idiot ou bien partir. David ne trouve pas – excepté, peut-être, la chatte en costume blanc – que quiconque sur la scène se meuve comme un chat. Toutefois, il ne peut pas quitter cet endroit car Stanley semble, tel un enfant, extrêmement absorbé par le spectacle ; il lui tapote d'ailleurs gentiment le bras chaque fois qu'une fille du ballet vêtue d'un justaucorps brillant et de collants entre furtivement en scène.

La fille en costume blanc semble danser dans son monde à elle. On dirait qu'elle se prend vraiment pour un chat. Le spectacle comprend de nouveaux mouvements de chorégraphie qui font allusion à ceux de cet animal et que la troupe effectue au son de la musique, mais David est convaincu que les danseurs les ont, pour la plupart, improvisés lors des répétitions et qu'ils sont devenus,

---

1. *Old Possum's Book of Practical Cats,* adapté de l'anglais par Jacques Charpentreau sous le titre *Chats ! (N.d.T.)*.

maintenant, des maniérismes étrangers à l'ensemble de la chorégraphie officielle. La fille en blanc, en revanche...

Il jette un coup d'œil sur le programme pendant un numéro suffisamment éclairé pour que la lumière arrive jusqu'à sa place. Il cherche à la retrouver parmi le méli-mélo de chats aux noms qui n'en sont pas, tous en train de bondir sur la scène, souvent en feulant, parfois en montrant les griffes. Même avec la meilleure volonté, il n'arrive pas à trouver le personnage que la fille en blanc joue.

Mais elle continue à susciter son intérêt.

Elle paraît vraiment être dans un autre monde ; elle a probablement déjà eu un chat ou bien elle a passé des heures entières à en étudier le comportement, qu'elle traduit, à présent, en subtils mouvements de danse. Elle aurait pu avoir été un chat dans une vie antérieure, peut-être même Sheba, bien qu'il ait été un gros chat tigré gris et noir, au ventre blanc et duveteux, et non cet animal mince, blanc et primitif qui ressemble *vraiment* à un félin.

Elle est entièrement vêtue de blanc, un justaucorps et des collants assortis de lambeaux de fausse fourrure sur les épaules et sur la poitrine. Ses cheveux sont dissimulés sous une toque de fourrure attachée au menton, qui coiffe son costume en même temps que sa tête et de laquelle dépassent de petites oreilles en visière. Son visage est fardé d'un blanc couleur craie, rehaussé de crayon noir afin de figurer les sourcils, le nez et les moustaches d'un chat.

Elle porte des chaussures basses à talons plats, probablement caoutchoutés, pour ne pas tomber sur ce qui s'avère être une scène recouverte d'une matière plastique où elle et les autres chats se laissent glisser comme s'ils se trouvaient sur une patinoire. Des jambières d'un ton plus foncé que le blanc éclatant du costume, d'un gris nacré en comparaison, montent sur ses collants et flottent en partie sur ses chaussons de danse. Elle a les avant-bras couverts pratiquement des poignets jusqu'aux coudes par quelque chose qui ressemble à de longues mitaines tricotées ou aux parties supérieures de gants de soirée blancs tirant sur le gris. De vrais gants, coupés au niveau des doigts et des pouces, plus gris que les mitaines, confèrent à ses mains ou plutôt à ses pattes un air de chat de gouttière crasseux, qui contraste avec le reste de son apparence.

Une ceinture serrée autour de la taille retient une longue queue du même gris que ses jambières.

Elle est chat jusqu'au bout des ongles.

Qui plus est, elle donne l'impression d'un chat rarement gagné par la niaiserie de cette comédie musicale pesante ; elle semble mener sa propre vie, en se léchant les pattes, en faisant claquer sa queue, en dressant la tête pour regarder telle ou telle action, en attrapant un insecte invisible ou en se roulant sur le dos pour se retrouver, quelques instants plus tard, assise toute droite alors qu'une nouvelle scène ou une nouvelle chanson commence, parfois effrayée de ce qu'elle voit, parfois ahurie par le simple fait d'être là.

Comme c'est le seul chat blanc sur une scène envahie de matous aux couleurs variées qu'on a du mal à distinguer les uns des autres, on peut, sans peine, suivre chacun de ses mouvements. Elle semble avoir retenu également toute l'attention de Stanley ; il tapote le bras de David pendant la scène de « La Chanson des chats Souplèchine », à la fin du premier acte, afin de lui faire remarquer ses formes gracieuses, alors qu'elle est soulevée par un danseur, ses longues jambes se balançant gracieusement. Lorsque le chat grisonnant – qu'on a, bien évidemment, baptisé Grizabella – chante « Memory », la seule et unique chanson mémorable de cette comédie musicale, elle est allongée sur le côté, à gauche de la scène, complètement immobile, tout aussi profondément captivée que le public par les paroles qui rendent fidèlement les émotions de la vraie poésie d'Eliot. Pour la première fois depuis le début du spectacle, David détourne son regard d'elle et se sent profondément ému lorsque le beau chat vieillissant chante sa jeunesse perdue à tout jamais.

Pendant que Stanley profite de l'entracte pour fumer une cigarette en dehors de la salle, David parcourt le programme à la recherche du nom de la danseuse qui fait le chat blanc. Nulle part n'est répertorié de Chat Blanc en tant que tel. Il essaye d'imaginer si Eliot l'aurait plutôt appelé Jellylorum, Rumpleteazer, Demeter ou alors... Il y a là quatre chats, deux mâles et deux femelles, regroupés sous le titre « Le Chœur des chats », mais il ignore totalement si le chat blanc en fait partie. Il jette un coup d'œil à leur biographie dans la partie du programme réservée aux membres du ballet mais n'y trouve aucune indication non plus. Il croit se souvenir que le chat blanc se trouve parmi ceux qui ont chanté « La Chanson des chats Soupléchine » tout au début du spectacle... Il contrôle la liste des différentes scènes et y trouve trois chats crédités de noms pour cette chanson ; il y a deux mâles baptisés respectivement Munkustrap et Méphistofile – mon Dieu, quels noms ! – et une femelle qui répond au nom de Victoria. Victoria ? Comment un nom aussi simple peut-il avoir échoué ici ? Il regarde sur la feuille pour y voir qui tient le rôle de ce personnage et peut lire :

VICTORIA .... *Kathryn Duggan*

Il lit de nouveau le nom.

Kathryn Duggan.

Hé ! je m'appelle Kate !

Kate.

Duggan. Ça rime avec étouffant.

Mais non. Ce n'est pas possible.

Eh oui pourtant. Il y a bien inscrit là : Kathryn Duggan.

Il retourne aux biographies de la troupe. On annonce par haut-parleur que le spectacle va reprendre dans cinq minutes. Les membres du ballet sont classés par ordre alphabétique. Il lit rapidement :

KATHRYN DUGGAN (Victoria) a repris *Cats* après une tournée nationale dans *Miss Saigon*. On l'a vu auparavant à Londres dans *Les Misérables* et elle a été assistante du maître de ballet et danseuse dans la production de *Cats* à Hambourg. Elle tient à exprimer ses remerciements à sa sœur Bess et, tout particulièrement, à Ron pour leur soutien et leurs encouragements.

– Il s'est passé quelque chose d'intéressant pendant mon absence ? demande Stanley, en se glissant dans le fauteuil qui se trouve à côté de lui au moment où les lumières s'éteignent.

David ne peut plus, à présent, la quitter des yeux. Dès qu'elle disparaît de la scène, comme c'est fréquemment le cas, il se demande où elle est passée et recommence à la chercher jusqu'à ce qu'elle réapparaisse. Il espère qu'elle descende dans le public comme certains danseurs le font de temps à autre, en rampant à quatre pattes dans les bas-côtés, mais soit elle est dissimulée derrière un masque de chat siamois dans la chanson qui s'intitule « Growltiger's Last Stand » – il pense, tout au moins, qu'il s'agit de Kathryn et, par conséquent, peut-être de Kate, car il aperçoit, sous le costume oriental, ses jambières d'un blanc tirant sur le gris –, soit elle porte toute son attention à un chat du nom de Deutéronome, sur les genoux duquel elle est assise et dont elle caresse le visage fatigué par l'âge, soit encore elle affecte, dans une autre chanson, d'être une pièce du moteur d'une locomotive, en se frottant de haut en bas contre un énorme piston comme s'il s'était agi du gland d'un pénis. Belle association, Dr Chapman, pense-t-il. Mais rien de tout cela ne lui permet de voir d'assez près son visage dissimulé sous un maquillage d'une blancheur de mort ; jusqu'à ce qu'elle descende de la scène pendant qu'on chante « Macavity » – comme si un dieu des chats exauçait, depuis son paradis, un vœu secret. Elle arrive, donc, par le côté droit de la salle et le surprend alors qu'elle rampe dans le large espace aménagé devant la rangée K. Puis elle s'assoit tel un chat, feignant d'avoir détecté une présence humaine et d'être effrayée, tourne la tête dans tous les sens et le fixe de ses grands yeux verts.

Elle ne lui adresse pas le moindre signe de reconnaissance.

C'est un chat, complètement immergé dans son rôle, qui bientôt détale avec de petits mouvements de queue.

Vers la fin du spectacle, lorsque Grizabella se met à chanter l'émouvant « Touch Me », les yeux de David se remplissent de larmes.

À onze heures ce dimanche matin, peu après qu'il a appelé Helen à Vineyard, Luis, le concierge, sonne à son interphone pour lui annoncer qu'il a reçu une livraison.

– Oun jeune femme a déposé oun paquet, dit-il.

– Un paquet ?

– Si. Ma oun pétite.

– Est-ce que quelqu'un pourrait me le monter ? demande David.

– C'est dimanche. Jé souis toute seul.

David est encore en pyjama. Le *Sunday Times* est éparpillé sur la table du coin repas. Il explique à Luis qu'il descendra prendre le paquet plus tard et réalise qu'il s'agit probablement de son mouchoir et que la jeune femme qui l'a apporté n'est autre que cette Kate Duggan, qui a évolué la veille sur les planches du Winter Garden Theatre dans l'imitation assez fidèle d'un félin prédateur. Il a l'intention d'aller prendre un copieux petit déjeuner à l'extérieur, d'ici une heure ou deux, et il se dit qu'il en profitera pour récupérer le mouchoir. Il n'y a pas urgence. Néanmoins, il passe un caleçon, un blue-jeans, un T-shirt et une paire de tennis, puis, sans s'être rasé ni douché, descend chez le concierge.

Le paquet consiste en une petite enveloppe agrafée sur laquelle son nom est inscrit au marqueur en grosses lettres rouges. DR DAVID CHAPMAN. En lui tendant l'enveloppe, Luis lui adresse un grand sourire entendu de macho latino-américain ainsi qu'un clin d'œil. Ce sourire signifie que rares sont les personnes dans l'immeuble auxquelles de ravissantes rousses livrent, à onze heures du matin, des « pétites » paquets. David prend le parti d'ignorer ce que ces deux rangées de dents d'un blanc éclatant sous-entendent. Il le remercie et lui répond poliment lorsque celui-ci demande (avec un léger sourcillement de Portoricain et une nouvelle esquisse de sourire machiste sous la moustache noire) comment se passent les vacances à la mer de Madame. Il retourne à l'ascenseur. Il sent les yeux du concierge posés sur lui et éprouve, tout à coup, un sentiment de culpabilité par rapport à ce que celui-ci peut imaginer. Dans l'ascenseur, il résiste à la tentation d'ouvrir l'enveloppe. L'ascension jusqu'au dixième étage semble interminable. Ouvrir la porte se révèle également être une opération sans fin. Brusquement, les clés dans ses mains sont devenues énormes.

Il porte l'enveloppe jusqu'à la table du coin repas, dans la cuisine et la pose sur la page de garde de la rubrique « Arts et Loisirs ». Les lettres rouges qui composent son nom ressortent sous le soleil matinal éclatant. Il s'assied à la table. Prend à nouveau l'enveloppe dans ses mains. La retourne. Fait sauter l'agrafe. L'ouvre.

Le mouchoir avait été lavé et repassé, plié en deux, puis en quatre pour former un parfait carré blanc. Il est déçu de constater qu'aucun billet n'y est accroché. Il fouille l'enveloppe du regard et y repère une petite carte de visite blanche qu'il fait tomber sur la table. Le nom de Kate y est imprimé ainsi que son adresse sur la 91e Rue et deux numéros de téléphone, l'un sous l'autre. Il retourne la carte. Au dos de celle-ci, il lit l'inscription griffonnée à la main dans une encre bleue :

> *Ne mettez plus jamais votre nez là-dedans !*
> *Encore merci. Kate*

Il sourit.

Il ne va pas immédiatement au téléphone, mais il sait qu'il l'appellera plus tard dans la matinée, avant qu'il ne sorte manger – quelle heure est-il maintenant ? Onze heures quinze ? onze heures trente ? Il regarde sa montre. Il est onze heures vingt. Il l'appellera un peu plus tard, par politesse, pour la remercier de son amabilité, de sa prévenance, et il en profitera pour la complimenter sur sa prestation de la veille.

Il retourne lire le *Times*.

Ses yeux continuent à lorgner la carte, posée sur la table à côté du mouchoir fraîchement repassé.

> *Ne mettez plus jamais votre nez là-dedans !*
> *Encore merci. Kate*

Il regarde de nouveau sa montre.

Onze heures vingt-cinq.

Il se lève brusquement, d'un air décidé, se rend dans la salle de bains, se déshabille, se regarde brièvement dans le miroir et passe sous la douche. Il observe attentivement son visage pendant qu'il se rase. Ses yeux croisent souvent leur reflet dans la glace. Il réalise qu'il prépare ce qu'il lui dira lorsqu'il l'appellera. Nu, il se dirige à pas feutrés vers la chambre, puis il revêt une robe de chambre en soie noire qu'Helen lui a offerte à Noël dernier. Avec pour toute tenue ce seul vêtement noué à la taille, dont la soie glisse sur sa peau, il s'assied sur le lit défait en s'appuyant contre les oreillers et il compose le premier des numéros qui se trouvent sur la carte. Un message enregistré l'informe qu'il se trouve à l'agence Philip Knowles et que les heures d'ouverture sont comprises entre neuf et dix-huit heures du lundi au vendredi. Il raccroche.

Bizarrement, il a une pensée pour la sœur d'Arthur K qui, dans son peignoir bleu, était appuyée contre les oreillers de son lit dans le noir de la nuit.

Le bras d'Arthur K passé autour d'elle.

Il inspire profondément et compose le second numéro.

— Allô ?

C'est sa voix.

— Kate ?

— Oui

Elle semble quelque peu essoufflée.

— C'est le Dr Chapman. David.

— Ah ! oui. J'arrive à peine. Vous avez eu le... ?

— Oui, c'est la raison pour laquelle je...

— Je l'ai lavé et repassé moi-même, vous savez. Je ne l'ai pas apporté au pressing ou ailleurs.

— Eh bien, merci. C'est très délicat de votre part. Vraiment.

— Si on considère le fait que je repasse comme un pied...

— Au contraire...

— ... je crois que j'ai fait du bon travail.

— Du travail de professionnel, effectivement.

Il y a un long silence sur la ligne.

— Je vous ai vue hier soir, dit-il.

— Vous m'avez vue ?

— Vous dansiez. Dans *Cats*.

— Vous m'avez vraiment vue ?

— Oui. Vous étiez parfaite.

— Eh bien, merci. Mais...

Maintenant un bref silence.

— Comment saviez-vous que c'était moi ? Je vous ai dit... ?

— En fait, j'ai...

— Parce que je ne me souviens pas vous avoir dit...

— C'était un pur hasard que je me sois trouvé là.

— Ah !

— J'ai beaucoup apprécié... de vous voir. De vous voir danser. Franchement, j'ai beaucoup aimé.

— Ah ! fait-elle de nouveau.

Il l'imagine en train de secouer la tête. Il revoit les cheveux roux-or. Des cheveux si bien dissimulés, la veille, sous la toque de fourrure blanche.

— *Tout le monde* m'y a vue il y a des lustres, dit-elle. Tous ceux que je connais, en tout cas. – Elle marque une nouvelle pause. – Comment étais-je ? demande-t-elle. Je ne m'en souviens même plus.

— Superbe.

— Je ressemble à un chat ?

— Beaucoup plus que tous les autres danseurs.

— Vraiment ?

— Je vous assure.

— Continuez, dit-elle. – Il peut deviner un large sourire de petite fille sur son visage couvert de taches de rousseur. – Dites-moi qu'à votre avis je devrais être la vedette du spectacle...

— Vous étiez vraiment très...

— Dites-moi que j'ai dansé comme une reine...

— Oui, tout à fait.

— Et que j'ai chanté...

— Oui.

— Invitez-moi à déjeuner et faites-moi des compliments.

Il n'hésita pas longtemps.

— J'en serais ravi, dit-il.

Il est surpris d'apprendre qu'elle a, en réalité, vingt-sept ans.

– Ce qui est déjà vieux pour une danseuse, vous ne trouvez pas ? demande-t-elle.

– En fait, non, je ne...

– Mais bien sûr, insiste-t-elle. Surtout pour une danseuse qui a toujours eu un rôle dans *Cats*, ajoute-t-elle en roulant des yeux.

Ils sont assis, éclairés par la lumière oblique du soleil, à une table logée dans la vitrine du restaurant qu'elle a choisi, à West Side. Le soleil fait briller ses yeux verts tachés de jaune.

– Aujourd'hui et pour toujours, n'est-ce pas ? dit-elle. C'est le slogan du spectacle, le titre, si vous voulez. Chats, aujourd'hui et pour toujours. C'est moi. Je jouerai encore probablement dans ce foutu spectacle à l'âge de soixante-cinq ans. Chaque fois que je vais à une nouvelle audition et qu'il me demande ce que j'ai fait, je réponds *Cats*. C'est ce que j'ai fait. Enfin, ce n'est pas tout ce que j'ai fait. J'ai dansé dans *Les Misérables*, à Londres, les British l'ont baptisé *Les Renfrognés*, vous étiez au courant ? Et l'année dernière, j'ai fait une tournée avec *Miss Saigon*. Mais *Cats*, c'est ma référence, c'est *la* comédie musicale de Broadway. J'y suis pratiquement depuis qu'elle a été créée ; à l'époque, j'avais dix-sept ans. En fait, je suis un peu comme la petite Dorothy du *Magicien d'Oz*, qui en arrivant à New York avec ses jolies petits chaussons rouges découvre avec stupéfaction qu'elle n'est plus au Kansas ! Ma parole, c'est vrai, nous sommes dans ce foutu spectacle de *Cats* !

Il se rend compte que, pendant qu'elle parle, il a effectué, avec quelque crainte, un contrôle du restaurant, en essayant de se remémorer le nombre de personnes qu'Helen et lui connaissent à West Side, et qu'il a d'avance mis au point un alibi afin de justifier sa présence en cet endroit aux côtés d'une jeune fille de toute beauté alors que sa femme se trouve au fin fond du Massachusetts. Il se rappelle tout à coup ce que Kate lui a dit lors de leur première rencontre dans le parc, en faisant allusion au mouchoir qu'elle avait taché de sang et qu'elle désirait laver – *votre femme m'en voudrait* – et se demanda si elle n'avait pas essayé, ce faisant, de savoir s'il était libre. Après réflexion, il se trouve quelque peu présomptueux. Pour quelle raison une femme aussi belle, aussi jeune qu'elle – il vient d'apprendre son âge réel –, pour quelle raison, donc, une jeune fille comme Kate aurait cherché à savoir si un homme de quarante-six ans, de *presque* quarante-six ans, était marié, célibataire, divorcé ou quoi que ce soit d'autre ? En outre, il portait déjà son alliance, comme d'ailleurs aujourd'hui : on l'aperçoit sans difficulté à l'annulaire de sa main gauche – Vous voyez, je suis marié, il n'y a pas de lézard, personne n'essaye de cacher quoi que ce soit, je suis marié, c'est clair ? Donc, de toute évidence, elle sait. Elle a vu la bague et elle a compris qu'il est marié. Pourtant, il cherche à s'expliquer cette remarque étrange, s'il ne s'agissait pas d'un test. C'était peut-être un avertissement dans le style : Je sais que vous êtes marié, monsieur, alors tenez-vous à carreau, OK ?

— Où au Kansas ? demande-t-il.

— Pardon ?

— Vous disiez...

— Oh ! c'est juste une manière de dire. Vous ne connaissez pas ce vers dans *Le Magicien*... ?

— Si, bien sûr. Mais je pensais que...

— Non, je ne suis pas du Kansas...

— Vous êtes d'où alors ? Vous disiez...

— Je viens de Westport, dans le Connecticut. Mais je vis à New York depuis que j'ai dix-sept ans. Ça fait dix ans depuis le mois dernier. C'est à cette époque que j'ai eu le boulot dans *Cats*. Avant, j'étudiais la danse dans le Connecticut. C'est pas étonnant que je sois encore dans cette fichue comédie musicale. Et vous, vous venez d'où ?

— De Boston.

— Je trouvais que vous aviez un petit accent à la Kennedy.

— Ah ! bon, vous trouvez ?

— Un peu, oui.

— C'est positif ou négatif ?

— C'est bien, en fait. C'est un joli son, cet accent du Massachusetts ou plutôt ce dialecte. Enfin, appelez-le comme vous voulez. Dialecte régional, je crois. En tout cas, j'aime bien.

— Merci.

— Vous m'aviez promis de me faire des compliments. Racontez-moi votre soirée d'hier.

Il lui explique comment il a été invité à voir le spectacle par un homme qu'il ne tient pas en estime mais dont la femme prend des cours d'aérobic avec la sienne ; il se risque ainsi à y faire allusion et fixe son regard en quête d'une réaction mais ce n'est pas le cas, et, d'ailleurs, pourquoi en aurait-il été ainsi ? Il s'agit là simplement d'un repas dominical au grand jour, d'un homme marié qui porte son alliance au vu et au su de tous, de deux personnes qui ont partagé une expérience inhabituelle et qui maintenant sont assises et discutent dans la lumière innocente du soleil. Il n'y a absolument rien de suspect. Il aimerait agiter les doigts de la main gauche, de façon à ce que la bague reflète les rayons du soleil et brille de tous ses feux pour quiconque nourrirait de mauvaises pensées.

Il lui raconte la manière dont elle a retenu son attention tant elle a merveilleusement...

— Dites, dites-moi, fait-elle en souriant encore.

... fait sienne la, heu..., l'essence – pour ainsi dire – du chat dans un spectacle qui, pour le reste, il est désolé de l'avouer...

— Allez-y, dites-le : qui, pour le reste, est chiant.

— Oui, enfin, il y a de bonnes choses...

— Citez-m'en une, demande-t-elle, à part « Memory ».

— « Memory » était très émouvant.

— J'avais le rôle de Sillabub à Hambourg. J'ai dû interpréter l'autre version de la chanson. La plus ancienne, plus innocente aussi que celle que chante Grizabella. Avec une voix haute et flûtée, en contraste, vous imaginez ?

— Oui.

— Mais à part « Memory », qu'est-ce qu'il y a d'autre ? Ce n'est même pas un spectacle de danse, vous savez, comme *Chorus Line* ou n'importe laquelle des comédies de Fosse, avant sa mort. C'est bizarre, parce que la simple idée de chats qui dansent pourrait inspirer des tas de chorégraphies innovatrices. Moi, je ne trouve pas qu'une seule des danses du spectacle puisse ressembler à quelque chose qu'un chat danserait, vous trouvez, vous ? Vous avez un chat ?

— Plus maintenant.

— Moi, j'ai une chatte. Vous la verrez un jour. Croyez-moi, s'ils la laissaient faire le spectacle, ça ne ressemblerait en rien à ce que nous, nous faisons. Quand on y pense, c'est tellement dommage de manquer toutes ces opportunités...

Il pense à ce qu'elle vient de dire tout juste dix secondes auparavant, « *Moi j'ai une chatte. Vous la verrez un jour* », et ne prête pas attention au reste de ses propos ou plutôt à ce qui paraît être un discours qu'elle a déjà tenu maintes fois à d'autres sur la façon innée dont la gestuelle des chats ressemble à de la danse, à des glissés, des sauts ou des tours. « Même au repos, dit-elle, un chat ressemble à un danseur », mais lui pense à « *Moi, j'ai une chatte. Vous la verrez un jour.* » Ses yeux verts n'ont pas sourcillé lorsqu'elle s'est penchée vers lui, avec la ferme intention de défendre son argument, les cheveux roux-or tombant sur son visage. Il se demande pour quelle raison ils n'en ont pas fait un chat roux, pourquoi ne pas avoir tiré partie de sa chevelure et utilisé un costume de la même couleur plutôt que de l'habiller en blanc, telle une vierge, et pourquoi avoir choisi le nom de Victoria, il ne se rappelle pas l'existence d'une Victoria dans la poésie d'Eliot.

— Y avait-il un chat du nom de Victoria dans les poèmes ? interroge-t-il subitement. Excusez-moi, je ne voulais pas...

— Y a pas de mal, j'étais en train de râler de toute manière. En fait, lorsque Eliot parle des noms que les familles donnent à leurs chats, il cite Victor, mais pas Victoria. Il fait également allusion à Mungojerrie et Rumpleteazer qui habitent Victoria Grove. Aujourd'hui c'est un quartier de Londres. Vous avez déjà été à Londres ?

— Oui, très souvent.

Avec ma femme, pense-t-il, mais il se garde de le dire.

— Ce qui est intéressant, c'est que Victoria est le seul nom normal dans tout le spectacle, dit-elle. Tous les autres chats se sont vu attribuer ce qu'Eliot appelle leur nom particulier, mot qu'il fait d'ailleurs rimer avec perpendiculaire[1]. Vous avez lu ses poèmes ?

---

1. En anglais, « particulier » *(particular)* rime avec « perpendiculaire » *(perpendicular) (N.d.T.)*.

– Oui.

– Pas génial, n'est-ce pas ? Comme le spectacle. On se demande pourquoi il a un tel succès. Habillez les gens en chats et hop ! vous faites un tabac, même si c'est ennuyeux à mourir. Vous auriez envie d'aller à Luna Park après ? Ou vous avez autre chose à faire ?

– Non, dit-il. Je n'ai rien prévu. Qui est Ron ?

– Ron ? Je n'en sais rien. Qui est Ron ?

– Dans le programme, vous adressiez vos remerciements à...

– Ah ! *Ce* Ron-là.

– Vous remerciez votre sœur...

– Bess, oui. Enfin, Elizabeth.

– ... et tout particulièrement Ron...

– Mon Dieu, vous vous *souvenez* de ces bêtises ?

– ... pour leur soutien et leurs encouragements.

– Ron est une personne que j'ai connue. – Leurs regards se croisent. – Pourquoi ? fait-elle.

– Je me demandais. Je n'ai jamais compris pour quelle raison les artistes adressent, dans les annexes du programme, leurs *remerciements* aux gens et...

– C'est idiot, je sais.

– ... qu'ils vont même parfois jusqu'à *dédier* leur travail à telle ou telle personne...

– Oui, c'est complètement absurde. Comment voulez-vous dédier votre travail ? Maman, papa, je vous dédie le prochain pas de deux[1], à moins que mon partenaire ne s'y oppose. Sinon, c'est l'entrechat* que je vous dédierai.

– Et pourtant...

– Je sais, je sais, c'est une preuve de bêtise. Tout le monde remercie tout le monde, et on s'imagine que les gens qu'on connaît et qu'on aime seront blessés ou vexés si on les oublie. Ils ont ajouté ça au programme lorsque j'ai intégré la revue au mois de janvier. Après que la tournée de *Miss Saigon* s'est achevée à

---

1. En français dans le texte *(N.d.T.)*.

Detroit. Si vous m'avez aimé avec une toque de fourrure blanche, vous auriez dû me voir avec une perruque noire et des yeux bridés.

— Ron était dans *Miss Saigon* ?

— Oui, il faisait l'ingénieur. – Leurs regards se croisent à nouveau. Elle a des yeux vert émeraude qui, par-delà la table, le fixent tels des rayons laser. – Pourquoi ? répète-t-elle.

— Comme ça, je me demandais.

— Mmm, fait-elle. – Elle ne le quitte plus du regard. – J'ai rêvé de vous, dit-elle. L'autre nuit, après avoir lavé et repassé votre mouchoir, n'est-ce pas étrange ? Le soir même où vous êtes venu voir le spectacle. C'est quand même bizarre, non ?

— Oui, en effet.

— Je l'ai lavé et repassé une fois rentrée à la maison. Il devait être deux heures du matin, certains d'entre nous étaient allés manger chinois après le spectacle, on *meurt* toujours de faim après. Bref, j'ai fait ça la nuit dernière avec l'intention de le déposer chez vous aujourd'hui ou mardi. Il y a une matinée à quinze heures aujourd'hui, mais je me suis fait une élongation à la jambe hier soir et je ne travaille pas. On a de la chance, non ? En plus, on ne se produit ni les mardis ni les jeudis, on a une programmation assez particulière pour Broadway. Mais vous voyez, je n'avais pas oublié que je ne vous avais pas rendu votre mouchoir. Et c'est certainement la raison pour laquelle j'ai rêvé de vous la nuit dernière.

— À quoi avez-vous rêvé ?

— J'ai rêvé que vous et moi faisions l'amour devant la maison de ma mère à Westport.

David ne dit rien.

— Sur la pelouse, poursuit-elle.

Il ne fait, là encore, aucune remarque.

— Nous étions nus, dit-elle. Dans mon rêve, je portais simplement un chemisier blanc et vous, vous étiez en tenue d'Adam. Nous faisions passionnément l'amour. C'est bizarre car je vous connais à peine.

David fait un signe de la tête. Il a tout à coup le sentiment d'avoir un avantage injuste sur elle. Il est un analyste qualifié, une personne *rompue* à interpréter les rêves. Il n'aurait pas dû écouter...

– Ma mère est sortie avec un grand seau d'eau froide et nous en a aspergés. Vous savez, de la même manière qu'on fait avec les chiens qui sont restés collés. Mais nous avons continué. Je suppose que nous aimions ça.

Il incline de nouveau la tête sans rien dire.

– Comment vous interprétez ça ?

– Et *vous* ?

– Ah-ah ! Voilà le psy qui parle.

– Question d'habitude, dit-il en souriant de manière peu convaincante.

Il a brusquement un sentiment de peur.

Et de culpabilité.

Il se dit qu'il a tout intérêt à vite ficher le camp de là, dans la mesure où sa femme et ses deux adorables filles se trouvent bien loin et qu'il n'a aucune raison d'être assis aux côtés de cette *danseuse* de toute beauté, malgré l'alliance à sa main gauche, malgré les œufs au plat disposés sur un muffin et accompagnés de saucisses. Il n'a pas à être assis là innocemment, dans le soleil de midi, au vu et au su de tout le monde, et néanmoins avec une légère tumescence dans son pantalon, dissimulée sous la table, une érection dangereuse et culpabilisante qui s'est discrètement fait jour, parce que cette fille, cette femme, cette créature désirable aux traits fins a rêvé d'eux faisant passionnément *l'amour* et a ajouté qu'ils y prenaient tant de *plaisir* que même un grand seau d'eau froide n'était pas parvenu à les séparer.

Bien sûr, il n'est pas sans savoir que l'homme âgé de quarante-six ans auquel elle a rêvé aurait pu être son père et qu'on aurait pu interpréter l'interlude sur la pelouse de sa mère comme la résurgence des quelques sentiments électriens qui demeurent encore en elle. Il sait également que cette image de la mère les aspergeant afin qu'ils s'arrêtent n'est autre que la représentation des tabous sociaux contre l'inceste ; *il sait* tout cela et pourtant, l'érection grandissante dans son pantalon lui rappelle que la personne qu'elle a choisie pour être le remplaçant de papa et s'adonner à la haute voltige n'est autre que lui-même.

Qui plus est, elle le lui a avoué, elle lui a révélé son choix inconscient... même s'il ne s'agit pas d'une confession au sens propre du terme. Elle l'a plutôt mentionné prosaïquement, comme si elle lui avait confié qu'elle avait rêvé d'eux prenant le thé au Plaza – mais elle l'a dit cependant.

De la manière dont il l'interprète par rapport à son érection devenue insistante, elle souhaite lui faire comprendre que la personne sur laquelle son choix, bien qu'inconscient, s'est porté dans son fantasme, la personne avec laquelle elle a décidé de s'envoyer en l'air sur la pelouse de sa mère n'est autre que David Chapman.

— Vous avez joui sur le chemisier, dit-elle. Dans le rêve, votre semence tachait mon chemisier. Je suppose que c'est une référence au mouchoir, non ? Mon sang sur votre mouchoir ?

— Je... l'imagine, répond-il.

— Dans le rêve, j'ai dû laver mon chemisier pour enlever les taches de votre semence. J'étais torse nu, en train de le laver, puis de le repasser.

Ils se fixent du regard.

— Vous voulez vraiment aller à Luna Park ? demande-t-elle.

Sa chatte porte le nom simple et raisonnable d'Hannah.

C'est une petite boule qu'Eliot aurait probablement appelée Grostigré tant son manteau est un mélange de rayures et de taches léopard. Elle fonce sur Kate, dès que celle-ci rentre dans l'appartement, se frotte à elle, puis regarde David comme si sa grande sagesse de chatte lui disait qu'il va, sous peu, faire l'amour à sa maîtresse. David sait qu'il en sera ainsi, Kate également, tout comme la chatte.

Elle possède sur la 91e Rue un studio qu'elle a payé quatre ans auparavant – lui apprend-elle en ouvrant une boîte de nourriture pour chat – cent dix mille dollars et qu'elle essaye de revendre maintenant à soixante-dix-neuf mille pour pouvoir déménager à West Side et être ainsi plus proche du quartier des théâtres. La chatte continue à se frotter à elle pendant qu'elle utilise l'ouvre-boîte. Elle lui répète « Oui, ma chérie, oui, mon bébé », tout en jetant le couvercle de la boîte dans la poubelle sous l'évier, puis en en versant le contenu dans un bol de plastique rouge. Entre-temps, elle raconte que l'offre la plus intéressante qu'elle a reçue pour son studio ne dépasse pas les quarante-cinq mille dollars, ce qui signifie qu'elle perd trente-quatre mille dollars non déductibles de charges. « Oui, mon bébé, voilà », dit-elle en posant le bol à terre près du réfrigérateur, avant de s'approcher de David, de l'enlacer, de se pencher vers lui et de l'embrasser.

Assis à ses côtés sur son lit, l'enlaçant d'un bras, Arthur K entend l'appel au secours de sa sœur, *J'aimerais tant que quelqu'un me donne des cours*, et ces paroles lui fendent le cœur. Elle est si belle, si innocente et si vulnérable qu'il enrage à la simple idée d'un Howard Kaplan l'embrassant et lui reprochant ensuite de ne pas savoir s'y prendre. Elle s'est blottie contre son frère et la lampe de chevet les enveloppe d'une douce lueur complaisante ; il continue à caresser son épaule en lui répétant « Allez, sœurette, ne pleure pas, il n'y a aucune raison de pleurer », tout à coup effrayé à l'idée que ses pleurs ne réveillent leurs parents au bout du couloir, même s'il n'y a rien à cacher car il ne fait que consoler sa sœur. Pourquoi se soucie-t-il alors de ne pas les réveiller ?

« Je vais t'apprendre dans une minute », s'entend-il dire.

Ce à quoi elle répond : « Vas-y ».

– Oui, vas-y, dit Kate, sa bouche sur la sienne, en murmurant tout contre ses lèvres. Vas-y, vas-y.

Ils se sont embrassés avec fougue, bougeant maladroitement dans leur étreinte sur le canapé accolé à un mur du salon et encombré de coussins. Au-dessus de leur tête sont accrochés trois affiches des spectacles dans lesquels elle a joué. Celle de *Cats*, avec de grands yeux jaunes dont les pupilles sont formées par des danseurs en noir, se trouve au centre et celle de *Miss Saigon*, dont l'hélicoptère au décollage ressemble à une calligraphie asiatique, disparaît derrière les coussins. Leurs lèvres se sont unies, elle continue à soupirer « Oui, vas-y » et bien qu'il ne sache plus vraiment ce qu'il fait, ses mains parcourent son corps, ses lèvres posées sur les siennes, allongés tous les deux sous l'affiche des *Misérables* qui représente un gavroche aux yeux expressifs et sombres.

Ses yeux bleus à elle sont pleins d'attente. Ses longs cheveux blonds encadrent son visage et il reçoit une légère décharge électrique sur le revers de la main lorsqu'il repousse les fines tresses en arrière, afin de dégager l'ovale pâle de son visage. Du coin de l'œil, il peut apercevoir la petite chemise de nuit rose, dont la bordure de dentelle compliquée est en partie recouverte par le peignoir bleu, ainsi que ses longues jambes blanches. Il entrevoit l'espace d'un éclair, son sein gauche alors qu'elle se tourne vers lui, son peignoir s'entrebâillant légèrement, et il a un accès de rage à l'idée de ce que Howard Kaplan lui a fait ou essayé de lui faire, en la blessant de la sorte. Son sang ne fait qu'un tour, ses tempes battent et, au fond de son pantalon, son sexe lâche quelques sécrétions.

« Ouvre la bouche, Veronica », demande-t-il en bon frère aîné qu'il est. Elle tourne son visage vers lui et s'exécute.

Elle embrasse étonnamment bien. Il se demande pendant un court instant si elle ne lui a pas menti quant aux propos d'Howard sur son inaptitude à embrasser. Mais une fois de plus, qu'est-ce que ce connard d'Howard peut bien savoir mieux que les autres ? Sa sœur – il se souvient qu'elle est sa sœur et qu'il lui rend là un service fraternel pour lui permettre, à l'avenir, de mieux gérer ses relations amoureuses –, sa sœur, en experte, aspire en même temps que lui et leurs lèvres se joignent en ventouse. Il se rappelle, de nouveau, qu'elle est bien sa sœur, même si l'érection toujours plus insistante au fond de son pantalon semble démontrer le contraire.

Néanmoins, il est là pour lui apprendre et il introduit doucement la langue dans sa bouche, décidé à la retirer un instant plus tard – mais l'effet de ventouse est trop fort – pour lui expliquer que, dans l'art du baiser, le rôle des langues est tout aussi primordial que celui des lèvres. Il a la ferme intention de lui exposer en détail tout le procédé, mais tout à coup, alors qu'elle a déclaré ne pas savoir embrasser, sa langue s'active, à la recherche de la sienne, puis s'enroule autour tel un serpent. Au fond, tout ce qu'elle a dit, c'est qu'Howard trouve qu'elle ne sait pas embrasser et non qu'elle s'en croit, elle, incapable.

Elle semble, à présent, farouchement déterminée à prouver, malgré son jeune âge, que Howard a tort. Au fond, elle a quinze ans tout comme Shirley qui, sur le siège arrière de la Pontiac, lui a, avec ses ongles, labouré le revers de la main au moment même où il a saisi son menton pour l'embrasser. Elle l'a alors sommé de la raccompagner immédiatement chez elle. Sa sœur Veronica, sa petite sœur Veronica, son ravissant bébé de sœur aux yeux bleus et aux cheveux blonds a le même âge que cette Shirley Fein aux gros seins qui l'a renvoyé contrit et désespéré, une situation que sa sœur, avec sa bouche en quête d'affection et sa langue fureteuse, a rapidement modifiée. L'érection qu'il a eue dans la Pontiac et que le refus de Shirley a ensuite fait tomber est réapparue de manière inattendue lorsque sa sœur s'est allongée pour qu'il l'embrasse et que le peignoir s'est momentanément entrouvert pour révéler un de ses petits seins blancs au mamelon rose – *c'est* sa sœur, se rappelle-t-il sans cesse, c'est sa sacrée *sœur*.

C'est probablement la raison pour laquelle son érection inconvenable et inappropriée l'envahit, tout à coup, d'un sentiment de terreur, lui donnant presque la nausée – et si ses parents viennent à se réveiller ? On ne se trouve plus à présent dans la situation d'un frère consciencieux qui réconforte sa sœur angoissée en lui caressant l'épaule et en essayant de dissiper ses peurs quant à sa médiocre technique de bouche-à-bouche. Il s'agit plutôt d'un garçon de dix-sept ans et d'une fille de quinze enlacés l'un à l'autre et qui s'embrassent passionnément – il ne faut cependant pas oublier qu'ils sont simplement *assis* et non *allongés* sur le lit, qu'ils ne sont pas l'un sur l'autre ou dans quelque posture de ce genre, même si le peignoir est remonté au-dessus de la chemise de nuit à bordure de dentelle et que celle-ci est également retroussée de manière à découvrir les longues jambes blanches et nues de Veronica. Et si sa *mère* traversait le couloir et les trouvait en train de s'*embrasser* de la sorte, si elle *remarquait* son érection à travers son pantalon, une érection due à la poitrine de petite fille de sa sœur et qui se fait de plus en plus présente tout près de la main de Veronica ; son peignoir a glissé de son épaule gauche et dévoile à présent entièrement le sein et le mamelon qu'il a aperçus auparavant à plusieurs reprises.

Il se sent profondément bouleversé.

« Ça ressemblait à un rêve, dira-t-il plus tard à David. Dans le rêve, je ne sais pas où je suis, je ne sais pas avec qui je suis, il y a juste... »

... cette fille superbe dont la bouche est insistante et la langue exigeante, il oublie alors, mais seulement l'espace d'un instant, qu'elle est sa sœur. Son mamelon rose, qu'il a saisi entre les doigts, est dur et il redoute le moment où elle repoussera sa main, comme Shirley l'a fait. Mais tout au contraire, elle plonge la sienne à l'endroit où son sexe s'agite. Il ne se préoccupe plus alors de savoir si c'est sa sœur, sa tante, sa mère ou sa grand-mère, ses mains se retrouvent d'un coup sous le peignoir et la chemise de nuit. Elle glisse sur lui, en se retournant et en se redressant légèrement, sa main droite toujours cramponnée à son sexe, éteint la lumière avec la main restée libre et s'étend à ses côtés dans le noir, en ouvrant sa robe de chambre et son corps aux désirs de son frère.

Leur union a quelque chose de frénétique.

C'est comme s'ils avaient attendu toute leur vie, chacun de leur côté, que ce moment arrive, et maintenant qu'ils le vivent, il leur faut s'y accrocher désespérément et en jouir jusqu'à la dernière goutte de passion. Ils se livrent, sur les oreillers, à des effusions sans pareilles, éclairés par la lumière que des stores relevés laissent pénétrer dans la pièce, filtrée comme à travers un élément humide et visqueux. Depuis le mur derrière eux, des yeux jaunes de chat les observent, un hélicoptère décolle sur fond de lune jaune et un titi parisien les scrute curieusement du regard. Et Hannah, la chatte, les observe d'un air indifférent.

Une fois seulement, sa femme lui traverse l'esprit. Il pense briè-vement à son nom, Helen, puis à son visage et à ses yeux bleus mais il en écarte aussi vite le souvenir et l'exclut de tout ce qu'il a déjà fait à cette femme dans cet endroit, de tout ce qu'il est en train de lui faire et de tout ce qu'il va continuer à lui faire, frénétique-ment et toujours – ou du moins, jusqu'à ce que le jour commence à tomber, qu'il fasse tout d'un coup nuit et qu'il soit temps de ren-trer à la maison.

– Passe la nuit ici, propose-t-elle.

– Je ne peux pas.

Ils se tiennent dans l'encadrement de la porte. Il est vêtu. Elle porte une chemise blanche d'homme qu'elle n'a pas boutonnée, qui pend et dont elle a retroussé les manches. Il se demande à qui elle a appartenu, à qui elle appartient peut-être bien même encore. Est-ce celle de Ron ? Est-ce une chemise de Ron qu'elle porte en ce dimanche après-midi, juste après avoir fait l'amour avec lui ? Ce bon vieux Ron qui, avec sa sœur Bess, lui a donné tant de soutien et d'encouragements.

— Quand te reverrai-je ? demande-t-elle.

— Quand veux-tu me revoir ?

— Dès demain matin au lever du soleil.

Elle est pieds nus dans l'entrée, le regardant de ses yeux verts, les ongles peints en bleu, avec, pour tout vêtement, la chemise blanche de Ron ou d'un autre ouverte sur la poitrine, les mamelons encore durs. Elle semble fâchée et piquée à vif. La tache rousse de ses poils pubiens apparaît en haut de ses longues jambes nues.

Dans le rêve, je portais simplement un chemisier blanc. Vous avez joui dessus. Dans le rêve, votre semence le tachait.

Il la tire violemment à elle et ne quitte pas l'appartement avant onze heures ce soir-là.

À l'heure où il arrive à la maison, il est trop tard pour appeler Helen.

Tôt ce lundi matin, il raconte à Helen que, peu après leur conversation téléphonique de la veille, il s'est rendu au Luna Park qui se trouve sur Amsterdam Avenue et qu'il y a mangé, comme à son habitude, au hasard des stands qu'il a parcourus.

— Je n'ai rien vu que je puisse acheter, dit-il, même pas pour les enfants. Je suis passé ensuite au cabinet pour revoir quelques notes que j'avais prises, puis je suis rentré à la maison et j'ai fait une sieste avant le dîner.

— Tu as mangé à la maison ?

— Non, j'ai été dans un restaurant à West Side, dit-il avant de citer le nom de l'endroit où Kate et lui se sont rendus.

— À West Side, *encore* ? demande Helen, surprise. Comment ça se fait ?

— Il y avait un film que je voulais voir qui passait dans ce coin.

— Ah ! bon. Et quel film ?

La rubrique « Arts et Loisirs » du *Times* de la veille est ouverte devant lui sur le bureau de ce qu'ils s'amusent à appeler « la salle d'étude », une pièce qui, autrefois, était l'office des domestiques mais qu'ils ont transformée en bureau sans fenêtre lorsqu'ils ont acheté l'appartement. Il a entouré au crayon feutre le nom d'un film étranger qui passe à l'Angelika 57 et souligné l'heure de la séance qui l'aurait amené à rentrer entre vingt-trois heures et vingt-trois heures trente, l'heure à laquelle il est effectivement rentré ; vingt-trois heures vingt pour être exact, car il l'a vérifié à l'horloge de la cuisine. En passant, il lui donne le nom du film, lui dit que ce n'était pas très bon et commence à demander des nouvelles des enfants lorsque Helen lui fait remarquer :

— Je me demandais pourquoi tu n'avais pas appelé.

— Je pensais que tu serais couchée, dit-il. Je ne suis pas arrivé avant onze heures vingt.

Ce qui était la pure vérité.

— En fait, j'était encore levée, l'informe-t-elle

— Je ne voulais pas risquer de...

— Je me suis fait du souci. Tu ne m'avais pas donné de nouvelles de toute la journée.

— Chérie, je t'ai appelée...

— J'veux dire après ce coup de fil-là.

— Excuse-moi, mais j'étais sur le point de...

— Je sais.

— Je suis désolé, sincèrement.

— Tu as appelé Stanley pour le remercier de la soirée ? demande-t-elle, changeant brusquement de sujet.

— Tu trouves que je devrais ? Tu sais, j'ai dû payer le repas, et il m'avait dit qu'on partagerait.

— Oui, mais les billets ont coûté plus cher que le repas, tu ne crois pas ?

— Chérie, il ne les a pas payés. C'est un de ses patients qui les lui a offerts.

— Oui mais quand même.

— Bon écoute, je verrai. Je n'ai franchement aucun plaisir à discuter avec lui. C'est un type que je ne porte pas vraiment en estime, Helen.

— Bon..., commence-t-elle sans achever sa phrase.

— Comment vont les enfants ? interroge-t-il.

— Ça va. Enfin presque. J'ai l'impression qu'Annie couve quelque chose.

— Qu'est-ce que tu veux dire ?

— Elle est enrhumée. J'ai dû lui interdire d'aller dans l'eau hier et elle m'a fait un caprice. Enfin, tu connais ta fille.

— Dis-lui que je l'embrasse.

— Dis-le-lui toi-même, répond Helen, avant de s'écrier : Annie ! Jenny ! C'est papa !

Annie est la première à venir au téléphone.

— Maman ne m'a pas laissé me baigner hier, se plaint-elle.

— C'est parce que ton nez coule, chérie.

— Non, y coule pas. En tout cas, plus maintenant.

— C'est parce que maman ne t'a pas laissé te baigner.

— Ça veut dire quoi ?

— Ça veut dire que tu vas déjà mieux.

— Oui, papa. Dis papa, quand est-ce que tu viens ?

— Vendredi.

— Jenny a un amoureux.

— C'est pas vrai ! hurle Jenny dans le fond avant d'arracher le combiné du téléphone à sa sœur. Papa, je n'ai pas d'amoureux. Ne l'écoute pas.

— Comment ça va, mon cœur ?

— Ça va, mais je n'ai pas d'amoureux. Je vais te tuer, je le jure ! s'exclame-t-elle à l'encontre de sa sœur.

— Tu peux plaider la folie passagère, conseille David. Je témoignerai en ta faveur.

Jenny se met à rire.

Annie saisit le téléphone.

— Pourquoi elle rit ?

— Elle a son quart d'heure de folie, dit David.

— C'est toujours son quart d'heure, fait remarquer Annie, en riant aux éclats de sa fine plaisanterie.

— Passe-moi maman, s'il te plaît.

— Au revoir papa, je t'embrasse, à vendredi ! s'écrie Annie.

Jenny prend l'appareil.

— Au revoir papa, je t'embrasse, reprend-elle. À vendredi !

— Moi aussi, je t'embrasse, ma chérie. Passe-moi maman.

— De quoi parliez-vous ? demande Helen.

— De folie passagère, répond-il. Tu fais quoi ce soir ?

— Pourquoi ? Tu veux m'inviter à dîner ?

— J'aimerais bien.

— Je vais manger chez les McNeill.

— Qui est la baby-sitter ?

— Hilda.

— Ce n'est pas celle qui a une jambe de bois, non ?

— David, celle-là, on ne la prend plus depuis des années ! s'exclame-t-elle en riant.

— Tu te rappelles la fois où elle a relevé sa jupe pour montrer cette jambe aux filles ? demande-t-il en riant avec elle.

— Mon Dieu, fait-elle.

Leurs rires se perdent sur la ligne.

— Tu seras rentrée à quelle heure ce soir ? s'enquiert-il.

— Je ne sais pas. Vers vingt-deux heures, vingt-deux heures trente.

— Je t'appelle demain matin alors, l'informe-t-il.

— Pas trop tôt, s'il te plaît.

— Après neuf heures, ça te va ?

— Très bien.

— Embrasse tout le monde pour moi.

— D'accord. Tu me manques, David.

— Toi aussi tu me manques.

— Je t'aime, mon amour.

— Je t'aime aussi.

La semaine s'écoule dans une torpeur accablante.

Kate ne l'appelle ni le lundi, ni le mardi, ni le mercredi et, de son côté, il n'essaye pas de la joindre. Il supporte la ville étouffante tel un moine pénitent portant une chemise en crin, soulagé toutefois qu'elle ne l'ait pas appelé de toute la semaine. Le vendredi, il se rend de nouveau à Vineyard et trouve le moyen de regarder Helen droit dans les yeux, en mettant de côté le fait qu'il l'a trompée et qu'il lui a menti. Lorsqu'il revient à New York le dimanche soir, son aventure avec Kate lui semble relever d'un passé aussi lointain que celui auquel Arthur K se réfère en permanence ; les détails en sont déjà flous et les paramètres définis par le vague souvenir d'une folie impétueuse.

2. *Mardi 18 juillet – vendredi 28 juillet*

— Ça ressemble à un rêve, lui dit Arthur K. Dans le rêve, je ne sais pas où je suis, je ne sais pas avec qui je suis, il y a juste cette superbe fille avec sa langue dans ma bouche, je ne sais pas qui c'est, mais sa manière d'embrasser me rend fou.

Il est presque treize heures trente en ce mardi après-midi torride. Après les révélations de la semaine passée, Arthur K n'a plus eu le moindre souvenir de ce qu'il s'est produit sur le lit de sa sœur cette nuit-là. Il s'est montré peu enclin à en parler jusqu'à aujourd'hui, où il confie à David les faits tels qu'ils se sont réellement déroulés, en faisant fi des non-dits et en tombant les masques. Enfin, Arthur K fait face à la vérité.

— Je sais qu'elle est ma sœur, bien sûr, dit Arthur K. J'suis pas complètement idiot, *je sais* que c'est ma sœur – enfin, au moins, j'en suis conscient *aujourd'hui*. C'était pas le cas *à l'époque*, pendant que j'étais en train de la sauter. Pour moi, c'était simplement une fille, pas ma sœur, vous comprenez ? J'essaye pas de trouver des excuses, j'essaye seulement de vous expliquer que j'avais dix-sept ans et que c'était une très belle fille à qui j'étais en train de caresser les seins et qui, tout d'un coup, a pris ma queue dans ses mains, et bon, c'est vrai que là, je me suis foutu de savoir si c'était ma sœur, ma tante, ma mère, ma grand-mère ou *qui que ce soit d'autre*. J'étais ivre, en plein délire, fou, dépravé, appelez ça comme vous voulez. *Je m'en fiche*. J'ai presque joui dans mon froc quand elle s'est retournée pour éteindre la lumière ; mes mains parcouraient tout son

73

corps, sous son peignoir et sous sa chemise de nuit ; je n'en pouvais plus de la désirer. Tout d'un coup, on s'est retrouvés dans l'obscurité totale, et là, elle aurait pu être n'importe qui. Elle a ouvert son peignoir et écarté les jambes ; elle était chaude et humide, et elle m'a fait entrer en elle. Si vous voulez savoir si j'étais conscient que c'était ma sœur, je dois vous répondre oui. À ce moment précis, j'ai réalisé que je baisais ma propre sœur.

Elle appelle très précisément à deux heures moins dix. Arthur K vient à peine de quitter le cabinet lorsque le téléphone sonne. Au moment où il entend sa voix, le cœur de David se met à battre plus vite.

— Salut, dit-elle.

— Salut.

— Je t'ai manqué ?

— Eh bien...

— Je sais que je t'ai manqué. Comment ça va ?

— Ça va.

— Moi aussi, je vais bien. Qu'est-ce que tu fais ?

— Mon patient de treize heures vient juste de partir.

— C'est ce que je me suis dit. Il n'y a pas de représentation ce soir. On se voit ? Pour le dîner, par exemple ? C'est mon tour de t'inviter.

— Oui, enfin, pour ça on verra, dit-il.

— Mais tu as envie de me voir ?

— Oui, bien évidemment, répond-il sans hésitation.

— Je choisirai un endroit sympa et calme, propose-t-elle. Je sais que tu es marié.

Elle a arrêté son choix sur un petit restaurant thaïlandais qui vient d'ouvrir sur la 95e Rue, entre la 1re et la 2e Avenue, à égale distance du cabinet et de son appartement à elle. L'endroit compte peut-être huit tables et il y a un peu trop de monde pour qu'un homme marié, allant sur ses quarante-six ans et assis en compagnie d'une splendide rousse de vingt ans sa cadette qui s'est peint les ongles des mains et des pieds dans des couleurs assorties à ses vêtements, puisse s'y sentir à l'aise. Mais elle lui a dit au téléphone que le service y est très rapide et qu'ils dîne-ront probablement en moins d'une heure, ce qui leur laissera du temps ensuite. De plus, le restaurant est faiblement éclairé et des rideaux de perles séparent les tables les unes des autres ; en outre, il ne pense pas qu'un de ses amis ou l'une de ses connaissances puisse choisir ce lieu charmant de modestie sur Upper East Side pour y dîner un mardi soir à dix-neuf heures.

Le restaurant ne sert pas d'apéritifs. Ils ont tous deux commandé du vin blanc et sont en train de le boire à petites gorgées, en attendant qu'arrivent leurs plats. La pâle couleur dorée du chardonnay rappelle celle des vêtements qu'elle porte ce soir-là, un gilet en lin couleur du blé et une sorte de sarong en soie froissée, sur lequel sont imprimées de petites feuilles assorties à son vernis à ongles.

— De quelle couleur sont-ils pendant le spectacle ? lui demande-t-il.

— De quoi parles-tu ?

— De tes ongles.

— Ah ! Ils sont dans une espèce de blanc perlé. Mais ce sont de faux ongles que je mets avant chaque spectacle. Il faut qu'ils aient l'air très longs et crochus, comme des griffes, tu sais. Nous sortons les griffes et montrons les crocs assez souvent dans *Cats*. Et puis nous miaulons aussi, tu l'auras remarqué. C'est tellement nul, conclut-elle avant de porter le verre de vin à sa bouche.

Il est animé, pour la première fois, d'un sentiment de remords quant à son comportement, même s'il sait que ça ne l'empêchera pas de faire encore l'amour avec Kate ce soir-là. Ce restaurant, les plats bien garnis qui arrivent fumants, leur bavardage anodin, tout cela se révèle être un prétexte, une mise en scène pour masquer leur motivation réelle d'être à nouveau ensemble.

Il tente d'apaiser son sentiment de culpabilité en lui faisant porter la responsabilité de cette soirée – elle a été également à l'origine de leur première rencontre le dimanche après-midi, d'ailleurs –, en se disant que c'est *elle* qui l'a contacté aujourd'hui, neuf jours plus tard, pour l'inviter à dîner ; « C'est mon tour », ce qui indique probablement qu'elle ressent la même chose que lui, bien qu'il ne puisse comprendre les raisons pour lesquelles cette fille superbe et jeune, cette femme beaucoup trop belle s'est penchée sur lui.

Toutefois, elle semble intéressée par ce Clark Kent[1] à lunettes et aux bonnes manières, assis là, tout bronzé, et qui porte un blazer bleu et un pantalon gris, une chemise blanche ouverte à l'encolure, des chaussettes bleues et des mocassins. Peut-être soupçonne-t-elle qu'il a à présent une érection de Superman, due au fait qu'il n'ignore pas ce qu'ils vont faire dès qu'ils auront quitté cette fumerie d'opium – « Le service y est très rapide et nous dînerons probablement en moins d'une heure, ce qui nous laissera du temps ensuite », son cœur s'était mis à bondir lorsqu'elle avait prononcé ces mots.

Folie passagère, pense-t-il.

Oui, il a beaucoup de compréhension pour Arthur K, il a été formé à comprendre ce genre de personnes. Mais il a, de toute évidence, été également formé à comprendre ses propres sentiments – combien de foutues années a-t-il passé en analyse ? – et il ne saisit pas à présent pour quelle raison il se compromet de la sorte, en mentant à Helen, pour quel motif il prend le risque d'avoir un jour à assumer ce mensonge et de voir ainsi la déception s'accroître, pourquoi, enfin, il risque de mettre en jeu son mariage. Les sentiments qui l'animaient deux dimanches auparavant et ceux qu'il éprouve aujourd'hui n'ont rien à voir avec l'amour ; il n'est pas idiot ou naïf au point de croire qu'il est amoureux de cette fille. De cette femme. Deux week-ends auparavant, ils n'ont pas fait l'amour, ils se sont tout simplement envoyés en l'air, et pas si simplement que ça d'ailleurs, parfois même avec pas mal d'imagination. Et il en ira de même ce soir. C'est ce qu'il veut. Il est là parce que c'est ce qu'il veut. C'est tout ce qu'il veut. De même que l'incestueux Arthur K l'avait fait remarquer cet après-midi avant de quitter le cabinet, « une bite en rut n'a pas de conscience, docteur ». À moins que plus

---

1. Nom de Superman dans le civil (*N.d.T.*).

tard votre sœur ne trouve la mort dans un accident de voiture et que vous ne puissiez plus jamais prendre le volant.

— Dis-moi, tu fais ça souvent ? demande-t-elle sans que cela ait de rapport avec les pensées obscènes qu'il vient d'avoir.

— De manger thaïlandais ? De temps à autre.

— Bien évidemment, dit-elle avant de saisir le verre à long pied et d'avaler une nouvelle gorgée de vin. Une légère lueur ambrée se réfléchit sur son menton.

Elle ressemble plus à un chat ce soir que sur la scène du Winter Garden. Elle a les cheveux tirés en arrière et attachés par un ruban assorti à la couleur de ses yeux verts encore plus foncés que d'habitude ; ceux-ci brillent intensément et leurs taches jaunes s'accordent à la couleur d'ombre éclatante de son vernis à ongles ainsi qu'aux couleurs terre de son léger tailleur. Elle porte des sandales. Les ongles de ses orteils sont laqués du même ton subtil d'orangé. Elle repose son verre et dit :

— Ce qui signifie que tu vas voir à côté, n'est-ce pas ?

— Non, répond-il.

— Alors pourquoi l'évasion thaïlandaise ?

— Bon titre, fait-il remarquer. L'évasion thaïlandaise.

— Allez, vas-y, recommence à détourner la conversation ! s'exclame-t-elle.

— Non, je ne vais pas voir à côté.

— Tu sais, je m'en fiche, excepté que je n'ai aucune envie d'attraper une sale maladie. Tu n'en as aucune ?

— Non.

— Comme le sida, par exemple ?

— Je n'ai pas le sida.

— Ron a de l'herpès. Je ne l'ai pas eu parce que j'ai fais très attention. Mais la semaine dernière, nous n'avons pas pris de précaution...

— Toi et Ron ?

— Oui c'est cela, Ron et moi. Pourquoi réagis-tu ainsi ?

— Je ne sais pas. Pourquoi ?

— C'est toi le psy, c'est à toi de me le dire.

— Je crois que je suis un peu gêné par cette conversation.

— Tu ne devrais pas. Je connais tellement de gens dans mon métier qui sont morts du sida.

— Est-ce que Ron a le sida ?

— Non, seulement de l'herpès. Nous avons fait tous les deux un test de dépistage à Detroit et les résultats sont négatifs.

— Vous étiez sérieux l'un envers l'autre ?

— C'était il y a huit mois.

— Mais vous étiez suffisamment sérieux pour...

— Je pense bien. Mais je viens de te dire que c'était il y a huit mois.

— Oui.

— Et nous sommes aujourd'hui.

— Oui.

— Donc, pour en revenir à toi, si ta femme ou toi allez voir à côté...

— Nous n'allons pas voir à côté.

— Alors pourquoi l'évasion thaïlandaise ? Un très bon titre, à vrai dire, tu as raison ; mais ça ne répond toujours pas à la question. Même si tu ne découches pas en permanence, ça t'est déjà arrivé ?

Il la regarda.

— Merci, j'ai la réponse, dit-elle.

— Non, tu ne l'as pas. Mais je n'ai aucune envie de discuter dans un mouchoir de poche tel que cet endroit, où tout le monde...

— Mon appartement n'est guère plus grand, fait-elle observer. Mais allons-y, tu as raison. Si je ne t'embrasse pas bientôt, je vais mourir.

Son climatiseur fonctionne à plein régime mais les draps sont moites de leurs ébats passionnés en cette nouvelle nuit d'été torride. L'appartement est situé au troisième étage et depuis la 1re Avenue lui parvient le bruit de la circulation avec son concert de klaxons typique à New York, bien que la pollution sonore y soit interdite, ainsi que le hurlement des sirènes d'ambulances dans une ville où les meurtres sont monnaie courante ; mais qui s'en préoccupe ? Qui se préoccupe aussi de savoir qu'ils sont, eux-mêmes, un genre particulier de meurtriers, allongés dans cette chambre aux rideaux baissés et au climatiseur bruyant ? Qui se préoccupe de savoir qu'ensemble ils réduisent à néant les sacrements du mariage pendant qu'Helen – celle qui a prêté serment – dort paisiblement à Menemsha ?

Arrête, se dit-il.

Le premier meurtrier. Macbeth.

Il a déjà fait quelque chose de semblable... enfin, presque... juste une fois depuis qu'il est marié, juste cette fois-là à Boston... bien que ce ne fût pas vraiment comparable, en fait même pas du tout comparable. Il ne peut pas se rappeler avoir jamais été dans un tel état d'excitation, que ce soit avec Helen ou avec une des filles qu'il a connues avant elle.

— Je t'excite ?

— Tu sais bien que oui.

— Je *veux* t'exciter. Helen, c'est comme ça qu'elle s'appelle ?

— Ma femme ? Oui, c'est cela, Helen.

Il prononce son nom dans cette pièce. Il le dit tout haut alors qu'il vient juste de faire l'amour à cette femme pleine de passion, encore enlacée à lui et qui n'est pas la sienne.

— Ma mère a failli m'appeler Helen, déclare-t-elle.

— Tu plaisantes ?

— Non, je t'assure. Ma grand-mère portait ce nom et ma mère aurait voulu me le donner. Est-ce que ta femme arrive à t'exciter comme moi je le fais ? Elle y arrive ? Dis-moi.

— Non.

Meurtriers, pense-t-il. Nous sommes tous les deux des meurtriers.

— Est-ce que cette femme avec laquelle tu avais eu quelque chose à Boston... ?

— Non, elle non plus. Personne. Jamais.

— C'est parce que je t'aime, dit-elle. Plus que toutes les femmes que tu as jamais rencontrées.

— Non, tu ne m'aimes pas, répond-il.

Ce n'est pas possible qu'elle m'aime, pense-t-il.

— On parie ? demande-t-elle en l'embrassant de nouveau.

Il y a juste cette superbe fille avec sa langue dans ma bouche, je ne sais pas qui c'est mais sa manière d'embrasser me rend fou.

Elle se dégage de lui, à bout de souffle. Ils sont allongés nus sur le lit, et bien qu'ils aient fait l'amour il y a à peine dix minutes, il sent à nouveau naître le désir, lorsqu'elle détache doucement sa bouche de la sienne, que leurs lèvres restent ensemble un bref instant et qu'il peut déceler le goût de son sperme sur les siennes entrouvertes. Elle le regarde profondément dans les yeux, son visage proche du sien et dit :

— Parle-moi de cette femme à Boston. Qu'est-ce que vous faisiez là-bas ?

— Il y avait un congrès. De psychiatres. L'Association américaine de psychiatrie.

— C'était *une psychiatre* ?

— Oui.

— Mon Dieu, encore une psy !

— Ouais.

— Elle était belle ?

— Pas très.

— Quel âge avais-tu ?

— J'sais pas. C'était il y a sept ans.

— Tu dois savoir quel *âge* tu avais alors.

— Je crois que j'allais avoir trente-neuf ans au mois de juillet.

— Crise de la quarantaine, lâche-t-elle d'un coup.

— C'est possible.

— La peur d'avoir quarante ans, ajoute-t-elle.

— C'est probable.

— Il me vient, par le plus grand des hasards, un supertitre pour le *prochain* livre d'Erica Jong[1].

— Dis-moi.

— Sexe pour sexagénaire. Quel âge avait-elle ?

— Qui, Erica ?

---

1. Auteur et poète américain, connue pour ses positions sur la sexualité et le féminisme *(N.d.T.)*.

80

— Mais non, pas Erica. Ta p'tite poupée de Boston.

— Ce n'était pas une petite poupée. Elle était seule...

— Tu parles de la psy ? C'était pas Jacquelines Hicks, au moins ?

— Non, non.

— Tu m'as fait très peur. Si ça avait été Jacqueline... mais ça n'aurait pas pu être elle, parce que tu as dit que la fille en question n'était pas belle. Moi, je trouve que Jacqueline est une femme superbe, non ?

— Je n'ai jamais fait attention.

— C'est vrai ?

— Je t'assure.

— J'adore Jacqueline. Tu sais, j'allais vraiment mal quand j'ai commencé à aller chez elle. Elle m'a vraiment beaucoup aidée. Je suis contente que ce ne soit pas avec elle que tu t'es envoyé en l'air à Boston.

— Non, c'était juste une femme qui... me trouvait attrayant, je suppose.

— Tu es attrayant.

— Merci, mais je n'étais pas à la pêche aux compliments.

— *J'adore* ton style.

— Merci.

— Tu aimes le mien ? Et *je suis* à la pêche aux compliments.

— J'en suis fou.

— Ça te plaît que j'aie les cheveux roux ?

— Oui.

— Ça te plaît aussi que je sois rousse plus bas ?

— Oui.

— Moi, à une époque, je détestais. J'ai failli mourir la première fois que j'ai vu une fille avec des poils pubiens roux.

— C'était quand ?

— Dans le vestiaire de l'école. J'avais onze ans, et je n'avais encore rien à cet endroit-là. C'était une élève des grandes classes, elle devait avoir dix-huit ans. Elle avait aussi des cheveux roux, beaucoup plus roux que les miens. La voir nue me terrorisa. Je me demandai si c'était à ça que je ressemblerais quand je serais plus grande. Ces énormes nichons et ces poils pubiens d'un roux flamboyant, beurk ! Je n'ai jamais eu de poitrine mais pour le reste... Là, je me suis rasée pour l'été, mais tu devrais voir quand ils sont longs. C'est comme un feu de forêt. Parle-moi un peu de ta psy de Boston.

— Il n'y a pas grand-chose à raconter. Nous nous sommes rencontrés lors d'un séminaire et nous nous sommes rendu compte que nous venions tous les deux de New York...

— Mariés tous les deux...

— Oui, mariés tous les deux.

— Comment j'ai fait pour deviner ça ?

— Peut-être parce que je t'ai dit qu'elle était seule, fait-il remarquer, tout en se demandant la justification d'une telle association.

— Tu te *sens* seul ? demande-t-elle tout à coup.

— J'ai dû, à l'époque.

— Et aujourd'hui ?

— Non.

— Alors pourquoi avoir commencé cette histoire avec moi ?

— Je ne sais pas. Je me souviens que nous avons dîné ensemble mais j'ai oublié qui de nous deux a pris l'initiative...

— C'est *moi* qui t'ai proposé d'aller dîner, rappelle-toi, dit-elle. Comme pour le *déjeuner*, d'ailleurs. Rappelle-t'en aussi. C'est moi qui brûlais de désir pour toi, fait-elle remarquer avant de l'embrasser à nouveau.

Ses baisers lui donnent le vertige.

Elle pose sa main sur la cuisse de David, les doigts écartés.

Elle détache sa bouche de la sienne.

— Raconte-moi, dit-elle.

— Nous avons fini dans sa chambre, lui confie-t-il en haussant les épaules. Elle voulait se trouver dans sa chambre au cas où son mari appellerait.

— Il l'a appelée ?

— Non.

— Et ta femme, elle t'a appelé ? Elle a appelé dans ta chambre ?

— Non.

— Tu as passé toute la nuit avec elle ?

– Non.

– C'était agréable ?

– Oui.

– Mieux qu'avec moi ?

– Personne n'est mieux que toi.

– Merci, tu es gentil, dit-elle en le caressant. Tu l'as revue ?

– Non.

– Pourquoi ?

– J'avais un trop fort sentiment de culpabilité.

– Tu te sens coupable là ?

– Non.

– Bien, approuve-t-elle en le serrant gentiment dans ses bras.

– J'ai failli tout dire à Helen lorsque je suis rentré de Boston.

– Ne lui dis jamais rien à propos de *moi*, déclare-t-elle en le serrant cette fois fortement, comme pour le mettre en garde.

– Finalement, je suis content de ne rien lui avoir dit. Si je l'avais fait, ça aurait signifié la fin de notre mariage. Nous avions seulement Jenny à l'époque. Annie n'avait même pas été programmée. Si je le lui avais dit...

– Vous avez deux enfants, c'est ça ?

– Oui.

– Deux petites filles.

– Oui.

– Quel âge ?

– Six et neuf ans.

– Annie, tu disais ?

– Et Jenny.

– Jennyanydots, prononce-t-elle tout à coup. En mettant leur nom ensemble...

– Oui c'est vrai, maintenant que tu le dis.

– Mais bien sûr. Jennyanydots. C'est un des chats du spectacle.

– Je sais.

– Tu as quel âge aujourd'hui ? Si tu avais trente-neuf ans...

– J'aurai quarante-six ans ce mois-ci.

– Ah bon, et quand ?

– Le 27.

– On fera une fête. Tu crois au destin ?

– Non.

– Moi, je pense que nous étions destinés à nous rencontrer.

– Dans ce cas, je crois au destin.

– Au fait, je ne suis pas Glenn Close.

– Je n'ai jamais pensé que tu l'étais.

– Je n'ai pas l'intention de faire bouillir le lapin nain d'Annie, par exemple.

– Elle n'en a pas.

– Ou celui de Jenny. Ou de qui que ce soit. On n'est pas à Hollywood et toutes les histoires d'amour n'ont pas le même scénario, tu sais. J'y suis ! T'es convaincu qu'on est dans *Liaison fatale*. Mais entre un psychiatre et une danseuse, c'est ça ? FAUX, complètement faux. Si tu crois que c'est ça...

– Je ne crois rien du tout.

– Bon. Parce que tu n'as pas de souci à te faire en ce qui me concerne, je sais que tu es marié. Au fond, je *préfère* que tu ne lui aies rien dit à propos de cette psy à Boston. Elle serait devenue méfiante et je n'aimerais pas qu'elle découvre un jour notre relation.

– Moi aussi, je préfère. Elle m'aurait quitté en moins de deux. Et pour quoi ? Pour une aventure d'une nuit sans aucune importance.

– Et moi, est-ce que je suis une aventure d'une nuit sans aucune importance ?

– C'est notre *seconde* nuit, fait-il remarquer.

– Il vaut mieux que ce ne soit pas sans importance, déclare-t-elle en l'embrassant avec ferveur et en lui mordant la lèvre.

Elle rejette ensuite la tête en arrière, le fixe encore dans les yeux, sans sourciller, à l'instar d'un chat, et montre les dents juste avant de le mordre à nouveau. Puis, elle se met à califourchon sur lui en remontant, chaude, humide et pleine d'attente, le long de son corps. Quelques instants plus tard, il jouit en elle.

J'étais ivre, en plein délire, fou, dépravé, appelez ça comme vous voulez.

Je me fiche de COMMENT vous l'appelez.

Son patient de neuf heures venait de quitter le cabinet.

David compose le numéro de téléphone de leur petite maison de Menemsha et laisse sonner, quatre, cinq, six fois. Il est sur le point de reposer le combiné, soulagé, lorsque Annie décroche.

— Résidence des Chapman, annonce-t-elle de sa petite voix flûtée, bonjour.

— Pourrais-je parler à Mlle Anne Chapman, s'il vous plaît ? demanda-t-il en déguisant sa voix de manière à avoir l'air d'un avocat britannique plutôt pompeux.

— Elle-même à l'appareil, répond-elle d'un ton solennel.

— Mademoiselle Chapman, vous venez d'hériter d'un million de livres de la part de votre tante de Devonshire.

— Un million de livres de quoi ? s'enquiert Annie.

David éclate de rire.

— C'est toi, papa ? demande-t-elle.

— Oui, c'est moi, répond-il tout en continuant à rire.

— Un million de livres de quoi ? insiste-t-elle.

— De plumes, précise-t-il.

— Je suis en train de manger, déclare-t-elle. Tu voulais parler à maman ? Elle est encore au lit.

— Réveille-la, il est dix heures moins cinq.

— Quand est-ce que tu viens ?

— Je te l'ai déjà dit. Vendredi soir.

— On mangera du homard, dit Annie, avant de reposer brusquement le combiné.

Lorsque Helen décroche le poste qui se trouve à l'étage, elle semble encore tout endormie.

— Allô ? articule-t-elle.

— Qu'est-ce que tu fais encore au lit ? demande-t-il.

— Je sais ce que *j'aimerais* y faire.

— Tu as fait la fête hier soir ?

— Oh ! oui, une bringue d'enfer. J'étais au lit à dix heures mais je n'arrivais pas à m'endormir. Quand est-ce que tu viens ?

— Il doit y avoir un effet d'écho chez vous.

— Tu manques à tout le monde.

— C'est qui tout le monde ?

— Moi, répond-elle.

85

– Il faut que je prépare mes vêtements en avance si je veux être habillée à temps, explique Susan M. Vous le savez, je vous l'ai déjà dit des centaines de fois.

C'est l'un des fameux « divans » de David, une « obsédée compulsive » ou « névrosée obsessionnelle » de vingt-quatre ans – au choix, à moins qu'on ne souffre d'un trouble psychique où le fait de choisir constituerait un obstacle fondamental.

Susan M allait mal depuis maintenant trois ans. À cause de cela, elle avait dû quitter l'Université. À cause de cela également, elle avait été amenée à venir ici deux fois par semaine pour raconter interminablement le rituel qui la tenait en échec.

Susan M s'oblige à préparer, deux semaines à l'avance, ce qu'elle va mettre. Chaque surface plane de son appartement – les tables, les chaises, les plans de travail de la cuisine, le sol – est recouverte de vêtements soigneusement pliés qu'elle portera le lundi, le mardi, le mercredi et ainsi de suite, chaque jour des deux semaines à venir ; sur chacune des piles bien arrangées est épinglée une note mentionnant le jour et la date. Susan M sait donc deux semaines à l'avance ce qu'elle portera en ce mercredi 19 juillet pour sa consultation de dix heures. Elle n'ignore pas non plus ce qu'elle aura sur le dos le mercredi de la semaine suivante. Elle a confié à David qu'elle sera vêtue de sa robe-chemisier bleue avec une ceinture en cuir et des chaussures à talons aiguilles rouges. Elle portera des dessous blancs. Ce sera l'uniforme du 26 juillet, la veille des quarante-six ans de David.

Susan M ne le sait pas. Elle ne sait presque rien de David, si ce n'est qu'il l'écoute patiemment détailler ses listes et organiser régulièrement à voix haute sa garde-robe, en avance sur celle qui est déjà répartie un peu partout dans son appartement. En additionnant les heures passées à raconter tout cela à David – « Je n'ai pas vraiment besoin de mettre des bas bleus assortis à cette robe, ne croyez-vous pas ? C'est encore l'été » –, il lui arrive souvent d'avoir planifié avec trois semaines d'avance ce qu'elle portera.

– Vous préparez vos affaires, non ? Toutes les personnes que je connais décident à l'avance de ce qu'elles vont mettre pour aller le lendemain au travail ou à l'école, ou bien encore pour se rendre à une soirée ou même pour aller se coucher. Ma mère s'assurait en permanence que je portais une culotte propre pour aller à l'école, car personne n'est à l'abri d'un accident de voiture et d'une hospitalisation d'urgence. Plus tard, lorsque j'ai eu l'âge, ça a été le soutien-gorge. J'étais très grande pour mon âge... ça se devine aisément, il me semble... J'ai commencé à me développer très tôt, vers douze ans, et il fallait que je fasse attention à ce que je mettais à cause des garçons, vous savez, ils peuvent être tellement durs. Mais au fond, pourquoi faut-il que je me préoccupe tant de quelque chose de si banal ? Quelle raison ai-je de redouter qu'il m'arrive quelque chose de terrible si je ne suis pas habillée *impeccablement* ?

Silence.

Elle a déjà dit tout cela.

Elle sait qu'elle l'a déjà dit.

— Voyez-vous, déclare-t-elle, je suis consciente que tout ça se passe dans *ma* tête, sinon je ne serais pas ici, n'est-ce pas ? Je *sais* bien que ma mère ne viendrait pas à mourir si vendredi prochain, par exemple, mes chaussures n'étaient pas assorties à mon sac. Elle habite Omaha, comment voulez-vous qu'elle meure, de toute manière, si je m'arrête de préparer mes affaires ? Ce serait quoi ? Une histoire de sorcellerie à distance ? Dieu merci, je sais *déjà* ce que je vais porter vendredi prochain parce que je ne voudrais pas avoir ça sur la conscience, ah non ! Je mettrai les sandales blanches avec le sac en cuir de la même couleur que j'ai acheté chez Barney, une mini-jupe et un bustier blancs, comme ça je ressemblerai à une future épouse encore vierge. Ça, c'est pour vendredi prochain, si je me rappelle bien. J'ai la liste sur moi, vous permettez que je contrôle ? J'aimerais bien, si ça ne vous ennuie pas.

Elle s'assied immédiatement, sans le regarder, embarrassée par ce comportement qu'elle sait irrationnel mais qu'elle ne peut contrôler, plonge la tête dans un sac à main assorti à ses ballerines vertes et y trouve l'agenda dans lequel elle note sans relâche la planification de sa garde-robe. Toujours sans le regarder, elle s'exclame :

— C'est bien cela, vendredi 21, sac blanc, sandales blanches, ouais, tout est bien là ; maman, je crois que tu ne risques pas d'être renversée par un bus.

Elle rit, avec un air embarrassé, de sa propre absurdité, s'allonge de nouveau et pousse un tel soupir de désespoir que David en a presque le cœur brisé.

Elle reste silencieuse jusqu'à la fin de l'heure.

Lorsque finalement, il fait remarquer que la consultation touche à sa fin, elle se lève, incline la tête et remarque :

— Je sais qu'il faut que je m'en sorte.

— Oui, approuve-t-il.

— Oui, répète-t-elle en baissant la tête et en lâchant, de nouveau, un profond soupir. On reprend les rendez-vous habituels, c'est bien cela ? Jusqu'au 1er août, en tout cas.

— C'est exact, répond-il.

— Je vous vois donc vendredi ?

— Oui, bien sûr.

— À la même heure ?

— C'est cela, à la même heure.

Elle paraît plus angoissée lorsqu'elle quitte le cabinet qu'à son arrivée le matin.

Il n'est pas convaincu qu'elle s'en *sortira*.

Ce jour-là, il essaye de joindre Kate à plusieurs reprises.

Son répondeur automatique annonce d'une voix chantante : « Salut. Après le bip sonore, s'il vous plaît. »

À la troisième tentative, il a envie de casser l'appareil.

Il n'est pas sans savoir qu'elle a un spectacle cet après-midi-là et qu'ensuite, elle devra retourner au théâtre vers dix-huit heures trente, ainsi qu'elle le lui a déjà dit. Le maquillage de Kate n'est pas aussi complexe que celui de certains des autres chats et, pourtant, elle a besoin d'une bonne demi-heure pour se maquiller et de vingt minutes supplémentaires pour passer son costume. Elle occupe le reste du temps qui précède le lever du rideau à s'étirer et à s'échauffer. Elle lui a expliqué qu'un danseur risque une blessure sérieuse s'il ne se met pas en condition. Une demi-heure amène à dix-neuf heures trente. Quinze minutes, dix-neuf heures quarante-cinq. Il reste cinq minutes avant le lever du rideau, puis le spectacle commence. Il essaye de la joindre à nouveau chez elle à six heures moins dix, dès que son dernier patient a quitté le cabinet, et encore une fois à six heures précises, en rentrant chez lui, depuis une cabine téléphonique sur Lexington Avenue. Il tombe à chaque fois sur le message gazouillant de son répondeur. Pour arriver au théâtre à six heures et demie, Kate doit quitter son appartement au plus tard à six heures dix. Il l'appelle d'une autre cabine à six heures cinq et obtient pour toute réponse le même message exaspérant. Frustré, il réalise qu'il ne pourra pas lui parler avant qu'elle ne rentre tard le soir à la maison.

Si elle rentre.

– Nous ne devrions pas avoir cette conversation, dit Stanley à David alors que c'est lui qui l'a appelé, en lui annonçant qu'il a à lui parler. Les deux hommes ont dîné dans un restaurant turc sur la Seconde Avenue et flânent, à présent, dans le parc tels deux vieillards aux pieds plats, les mains dans le dos. Mais ils ne sont pas dans n'importe quel parc et David ne se considère pas comme un petit vieux, d'ailleurs. Pas en ce moment. Plus en ce moment.

Kate lui a promis d'organiser une fête pour ses quarante-six ans.

Il réalise qu'elle ne sait pas encore qu'il partira le lendemain à Martha's Vineyard.

Et qu'il sera absent pendant tout le mois d'août.

La nuit est collante et chaude.

La chaleur a poussé les gens à sortir et l'avenue grouille de monde. D'une certaine manière, la ville offre ce soir-là une image d'elle plus douce et plus sécurisante. Les conversations du dîner, aux terrasses de restaurant dont les éclairages chatoient, semblent aller bon train, les éclats de rire fusent et il règne, dans ce quartier privilégié de l'Upper East Side, un mélange de gaieté et de raffinement de l'Ancien Monde où, l'espace d'une soirée, la terre entière est décorée de lanternes japonaises, où tous dégustent du champagne français avec du caviar de Russie et où les valses viennoises tourbillonnent dans la tranquille nuit d'été.

Il croit être amoureux d'elle.

— Je pense que je suis amoureux d'elle, hum ? dit Stanley. C'est ridicule, je sais bien. Dave, elle n'a que dix-neuf ans et si elle était un peu plus jeune, je serais passible de prison. Je suis *médecin* ! Je suis son *psychiatre* !

Bien que je ne la connaisse même pas, pense David.

Comment puis-je aimer quelqu'un que je ne connais même pas ?

— Je n'arrive pas à croire que nous étions en train de nous envoyer en l'air sur le divan même du cabinet, explique Stanley. J'ai tellement honte de moi.

À vrai dire, il n'en a pas véritablement l'air. Il semble, tout au contraire, ravi de le constater ; il porte ce soir-là la même tenue de ramasseur d'épaves que celle qu'il avait mise pour *Cats* et on peut en déduire que c'est peut-être la seule qu'il possède. Le même pantalon kaki, le même veston écossais tout chiffonné, les mêmes mocassins portés, une fois de plus, sans chaussettes, la même chemise oxford blanche, ouverte à l'encolure et sans cravate. David est convaincu qu'il s'agit bien de cette chemise car elle est encore tachée du canard à l'orange[1] qu'il a commandé l'autre soir. Sa barbe a poussé de quelques bons centimètres depuis, mais elle n'en demeure pas moins un mélange plutôt inesthétique de poils de différentes couleurs. Son large sourire allant d'une oreille à l'autre lui confère l'apparence d'un exhibitionniste sur le point d'ouvrir son imperméable ; Stanley est fier d'avoir séduit une patiente de dix-neuf ans sur le divan de son cabinet.

— Je pars à Hatteras le 29, déclare-t-il. — Son sourire fait place à ce qui aurait dû être l'expression d'une douleur abjecte mais qui ressemble plus à un masque de tragédie de clown, la bouche

---

1. En français dans le texte *(N.d.T.)*.

90

vers le bas, les yeux accablés de douleur. – Je ne le lui ai pas encore annoncé. Je doute qu'elle sache que les psychiatres prennent leurs congés au mois d'août, je ne pense pas qu'elle ait lu le roman de Judith Rossner.

David se demande si Kate, *elle*, a lu le roman de Rossner.

– Je ne sais pas comment le lui dire, poursuit Stanley.

Mais tu n'as pas déjà prévenu *l'ensemble* de tes patients ? s'étonne intérieurement David. Tu ne les as pas préparés à ce long mois de séparation traumatisant, à cette absence de *plus* d'un mois même, puisque les consultations ne reprendront qu'après le 5 septembre, date du Labor Day[1] ?

Il se dit qu'il doit prévenir Kate.

– Je ne veux pas partir, déclare Stanley. Si je pouvais invoquer une raison pour rester à New York, je le ferais sur-le-champ, hum ? Je m'imagine seul ici pendant un mois entier, sans patient à soigner, Gerry loin en Caroline du Nord et moi, seul avec Cindy Harris...

Tant que tu y es, Stan, mets à mal *tous* les commandements de la profession.

– ... en train de m'envoyer en l'air ici. Je donnerais n'importe quoi pour ça. Un mois entier avec elle ? *Plus* d'un mois ? Je donnerais mon *testicule* gauche.

Les deux hommes se taisent un moment. Ils sont engloutis dans le tourbillon des piétons. Dans l'air épais s'élève un brouhaha de conversations dont ils saisissent des bribes en traversant silencieusement la foule. David se demande s'il trouverait une raison pour rester à New York pendant le mois d'août... cela s'avérerait difficile pour tout le mois, mais peut-être pas pour quelques jours... il n'y aurait plus de patients à soigner, seulement lui et...

Il réalise alors que Stanley réfléchit, sans l'ombre d'un doute, à la même chose que lui et se demande ce qui les différencie l'un de l'autre.

---

1. Fête du Travail, le premier lundi du mois de septembre aux États-Unis et au Canada *(N.d.T.)*.

— Serais-tu disposé à me servir d'alibi ? demande Stanley.

— À te servir d'alibi ? Qu'est-ce que tu entends par là ?

— Si j'invoque, par exemple, un colloque ou un séminaire pour revenir à New York... ou quelque chose dans le genre.

— Je ne pense pas que je pourrai...

— Parce que je sais *bien* que je ne peux pas rester tout le mois d'août ici, Dave. J'essaye juste de trouver une excuse pour y revenir au moins une semaine, hum ? Ou même deux ou trois jours.

— Stanley, il n'y a *pas* de colloque en août.

— On pourrait s'en inventer un. Ou un séminaire. Enfin, quelque chose.

— Je ne pense pas...

— Une série de conférences. N'importe quoi.

— Stanley...

— Quelqu'un venant d'Angleterre ou d'Australie, par exemple. Un psychiatre renommé qui profiterait de ses congés d'été.

— C'est l'hiver en Australie.

— Ou qui viendrait d'ailleurs. Quelqu'un qui serait invité de France, par exemple. Ils prennent leurs congés au mois d'août en France, non ?

— Oui, mais...

— D'Italie alors. Il viendrait d'Italie. Ils ont aussi leurs vacances en août là-bas, je crois ?

— Oui.

— Ils ont des psychiatres en Italie. Celui-là serait un type important qu'on aurait invité à venir parler à un petit groupe d'entre nous, hum ? Toi, moi, une poignée d'autres psy que Gerry ne connaît pas. Helen, non plus d'ailleurs. Si ça marche, j'veux dire, si tu acceptes de me servir d'alibi, il faudrait que ce soit des gens qu'aucune d'elles ne connaît. Le conférencier pourrait donner...

— Stanley, franchement, je ne pourrai pas...

— ... quelques conférences, où bon lui semblerait, non ? continue Stanley, en passant la main sur sa barbe décharnée, les pau-

pières mi-closes tel Fagin[1] lorsqu'il envoyait ses petits gangs-
ters faire du vol à la tire. En imaginant que ça commencerait en
milieu de semaine, hum, un mercredi soir par exemple, ça ferait
trois conférences ; j'ai déjà vu des tas de séminaires organisés
de la sorte, je n'ai pas l'impression que ce soit tiré par les cheveux. Il paraîtra tout à fait normal d'arriver la veille et de repartir le samedi matin. Quatre jours et quatre nuits entièrement avec
elle, mon Dieu, je louerais une suite au Plaza, je le jure, je me
l'enverrais à tout bout de champ et je retournerais le samedi
matin à Hatteras. Je crois que *ça marcherait*, tu sais. J'en suis
même convaincu, Dave. Mais seulement si...

— Je ne pourrai pas mentir ainsi à Helen, répond David.

— Tu es mon meilleur ami, Dave.

Bien évidemment, pense David.

— Réfléchis-y au moins, d'accord ?

— Si tu veux, j'y réfléchirai.

— Tu promets ?

— D'accord, je promets.

— Tu ne peux pas t'imaginer l'importance que ça a pour moi,
Dave.

— J'y penserai, je t'ai dit.

— Je t'en supplie.

— D'accord.

Il savait d'ores et déjà que ça marcherait.

Le lever du rideau est à vingt heures. Le spectacle se termine
à vingt-deux heures trente. Il réessaye de la joindre à vingt-trois
heures, puis de nouveau à vingt-trois heures trente. Vers minuit,
comme elle n'a toujours pas appelé, il commence à croire qu'il
ne la reverra plus jamais.

Il s'endort en se demandant si Ron, le roi de l'herpès, n'a pas
refait surface.

---

1. Personnage d'un roman de Charles Dickens, réputé pour son avarice et sa
méchanceté *(N.d.T.)*.

93

Le téléphone sonne à une heure du matin.

Il cherche l'appareil à tâtons dans l'obscurité, redoutant brusquement qu'il soit arrivé quelque chose à Helen ou aux enfants, un accident terrible, une noyade. Il fait tomber le combiné de son support, le retrouve dans le noir et le saisit pour dire :

— Allô ?

— Salut.

Il ne sait pas s'il doit être furieux ou soulagé. Il n'allume pas la lumière. Il ne veut pas savoir l'heure qu'il est mais immédiatement il demande :

— Quelle heure est-il ?

Ce à quoi elle répond :

— Une heure passée, je t'ai réveillé ?

— Oui.

— Oh ! fait-elle, on est en colère.

Il se demande si elle n'a pas bu.

— Je t'ai appelée, dit-il.

— Ah ! C'est toi qui as raccroché toutes ces fois sans laisser de message ?

— Je craignais que quelqu'un d'autre n'écoute ton répondeur.

— Et qui d'autre que moi, *à ton avis,* pourrait écouter mon répondeur ?

Il y a un silence sur la ligne.

Il attend dans l'espoir qu'elle sera la première à parler. Le silence devient insupportable. Il se demande si elle ne va pas raccrocher.

— Où étais-tu ? demande-t-il.

— Quand ?

— Eh bien pour commencer, aujourd'hui toute la journée ?

— Oh là là ! On est en colère, très en colère ! reprend-elle.

Il y a un autre silence encore plus long, enfin interrompu par un soupir exagéré de tragédienne, puis à nouveau le son de sa voix.

— D'abord, je suis allée voir mon agent, commence-t-elle. J'avais rendez-vous à dix heures moins dix mais j'ai dormi tard et j'étais à la bourre, ce qui fait que je n'ai pu t'appeler avant de quitter la maison. Bref, je suis sortie à dix heures moins vingt et, de toute manière, je n'aurais pas pu te parler avant dix heures, à la fin de ta consultation, n'est-ce pas docteur ? Après mon agent... Il se peut d'ailleurs qu'il ait un film pour moi, je te le dis comme ça, au passage, même si, vu ton humeur du moment, je doute que ça t'intéresse. Bref, après l'avoir rencontré, je suis allée à mon cours de danse, comme je le fais trois fois par semaine. Ensuite, je suis partie au théâtre parce qu'on avait un spectacle en matinée, puis j'ai avalé un sandwich et j'ai fait quelques courses avec une copine. Après ça, je suis rentrée à la maison pour y déposer ce que j'avais acheté, j'ai fait une petite sieste et, attends que je réfléchisse... Ah ! oui, je suis allée boire, toute seule comme une grande, un milk-shake à la carotte au snack végétarien qui se trouve sur la 57e Rue, avant de me rendre au théâtre pour le spectacle du soir. J'ai travaillé, bien sûr, et après, on est sortis un moment avec les jeunes de la troupe. Ensuite, je suis rentrée et voilà.

— Il n'y avait pas de téléphone dans tous ces endroits ?

— Jamais à moins dix de chaque heure.

— Et avant d'aller au théâtre ?

— J'ai essayé à ton cabinet, mais tu étais déjà parti.

— Tu as laissé un message ?

— Je craignais que quelqu'un d'autre n'écoute ton répondeur, dit-elle.

Touché ! pense-t-il, en souriant presque.

— Tu as essayé à la maison ?

— Oui mais sans succès. Tu étais probablement déjà parti.

— Quelle heure était-il ?

— Environ six heures. J'ai même rappelé du théâtre à sept heures trente, après m'être habillée et avoir fait mon échauffement.

À l'heure à laquelle il était sorti dîner.

— Je suis désolée que nous ayons passé la journée à nous manquer, remarque-t-elle.

— Ron était avec toi ?

— Ron ?

— Quand vous êtes sortis un moment avec les *jeunes* ?

— Ron est en Australie. *Ron ?*

— Alors qui c'étaient ces *jeunes* ?

Le fait qu'elle les appelle « les jeunes » lui donne l'impression d'être vieux comme Hérode. Il aura quarante-six ans le 27 de ce mois. Son grand-père avait cet âge lorsqu'il est mort d'un cancer des poumons. Aujourd'hui, c'est *lui* qui atteint ses quarante-six ans. Kate en a vingt-sept et elle sort avec « les jeunes » du spectacle.

— J'étais avec la fille qui a le rôle de Demeter, explique-t-elle, avec celle qui joue Bombalurina et avec le type qui fait Munkustrap. Il est homo, si tu veux savoir. Tu n'as aucun souci à te faire, ajoute-t-elle. Je t'aime à la folie. J'ai pensé à toi toute la journée.

— Moi aussi, j'ai pensé à toi toute la journée.

— Il y a deux téléphones publics en coulisse, dit-elle. Je peux m'arranger pour que tu en aies les numéros, de manière à ce que nous ne nous rations plus comme aujourd'hui.

— Oui, je pense que ce serait bien, répond-il.

Toutefois, il se demande comment il fera. Appeler en coulisse et prendre le risque de tomber sur quelqu'un d'autre que Kate ? Avoir à répondre à la question : c'est de la part de qui, s'il vous plaît ? De David Chapman, homme marié qui appelle une danseuse de revue déguisée en chat, c'est une plaisanterie ?

— Je suis désolée de t'avoir réveillé, dit-elle, mais je viens juste de rentrer.

Il se demande pourquoi elle n'a pas appelé, *avant* de quitter le théâtre, d'un des téléphones publics qui se trouvent en coulisse. Mais il part du principe qu'après le spectacle, ils doivent tous avoir une faim de loup, ces chats qui bondissent à droite et à gauche pendant deux heures et demie, enfin peut-être un peu moins si on ne compte pas l'entracte. Ils doivent être impatients de se changer et de quitter ce fichu théâtre pour se mettre quelque chose dans l'estomac. Il se demande ce qu'elle porte pour aller travailler : un blue-jeans ? Il se demande également si on la reconnaît lorsqu'elle est dans la rue — Maude, regarde, c'est la fille de *Cats* ! Il ne pense pas. Lui-même ne l'a pas reconnue une fois maquillée et pourtant, il l'a rencontrée avant de voir le spectacle.

— ... que l'on tournerait à New York, lui explique-t-elle, sans quoi je n'y aurais pas attaché la moindre importance. Te quitter pour aller tourner ailleurs ? Jamais. C'est un mélodrame en costume d'époque, dans lequel je serais la confidente de l'héroïne qui a une aventure avec un diplomate russe. Elle est anglaise. Et moi aussi d'ailleurs, si je décroche le rôle. En fait, ils ont repris *Ninotchka*, ils ont transformé la Russe en Anglaise et l'Américain en diplomate russe et ils ont situé l'action au XVIIIe siècle. Du moins, c'est la manière dont le producteur m'en a parlé. À Hollywood, ils ne savent rien faire de mieux que des plagiats de films. Ça s'appelle *Vision étroite*. D'ailleurs, c'était déjà le titre d'un film, non ? *Vision étroite* ? ou d'un livre ? ou de quelque chose ? Il faudrait que je reprenne un accent anglais, j'en avais un plutôt bon lorsque nous avions joué *Lady Windemere's Fan* au lycée. C'est plus facile d'imiter l'accent anglais que...

Il essaye d'imaginer ce qu'elle a sur elle. De quelle couleur sont ses ongles aujourd'hui ? S'est-elle déjà changée pour aller au lit ? Bien sûr que non, elle rentre à peine d'un moment passé avec les jeunes de la troupe. Il se représente son lit, puis il se la représente au lit. Porte-t-elle une chemise de nuit lorsqu'il n'est pas en train de lui faire l'amour ? A-t-elle, en ce moment même, une chemise de nuit ?

— Pour quelle raison tu ne me poses jamais de questions sur moi ? demande-t-elle à présent. Tu ne veux pas savoir comment je suis devenue danseuse, comment je me suis retrouvée dans *Cats* alors que je n'avais que dix-sept ans ? Tu ne veux pas savoir si mes parents sont encore ensemble ou s'ils sont divorcés, ou bien si j'ai des frères et sœurs ? Tu sais déjà que j'ai une sœur puisque tu l'as lu dans le programme. Mais tu ne veux donc *vraiment* rien savoir sur moi, David ? Tu m'aimes soi-disant tellement...

Il ne lui a jamais fait une telle révélation.

— ... et pourtant, tu ne me poses jamais aucune question sur ma vie. Pourquoi ? veut-elle savoir.

Pourquoi ? se demande-t-il. Il se demande aussi si elle espère qu'il lui posera des questions sur sa vie à cette heure-ci de la nuit. Est-ce que tes parents sont divorcés ? Si c'est le cas, se sont-ils

97

remariés ? À quel endroit vit ta sœur ? Ou bien est-ce que tu me l'as déjà dit ? Que fait Ron en Australie ? Est-ce qu'il t'envoie de temps en temps une carte postale ? Peut-être n'ai-je pas *envie* de mieux te connaître, pense-t-il. Peut-être que moins j'en sais sur toi...

– ... même jamais dit que tu m'aimais, alors que je sais que c'est le cas, continue-t-elle.

Il y a un silence.

– Je me trompe ? demande-t-elle. Tu ne m'aimes pas.

Il hésite.

– Si, répond-il, je t'aime.

– Bien sûr, dit-elle.

Ce matin-là, son premier patient est prévu pour neuf heures. D'une manière générale, David aime arriver au cabinet vers huit heures trente pour y consulter les notes qu'il a prises lors de la précédente consultation et se préparer à la longue journée qu'il aura devant lui. Le courrier est distribué entre neuf heures et neuf heures trente. Habituellement, il va le prendre dans la boîte aux lettres du hall d'entrée après sa première consultation et le feuillette pendant les dix minutes qui précèdent l'entretien suivant. Ses habitudes de travail sont empreintes de rigueur. En ce sens, c'est un homme organisé, dévoué – selon lui – à la tâche ardue d'aider ceux qui se trouvent dans la plus grande détresse.

Comme d'habitude, il a réglé son réveil sur sept heures quarante-cinq.

Lorsque le téléphone sonne, il dort profondément et il croit d'abord que c'est le réveil qui sonne. Il l'attrape et l'éteint avec quelque difficulté. Comme la sonnerie continue à retentir, il réalise alors qu'il s'agit du téléphone. Le cadran lumineux du réveil affiche six heures quarante-cinq. Il décroche le combiné.

– Allô ? fait-il.

– Salut.

À chaque fois qu'il entend sa voix, son cœur se met à battre violemment.

– Tu es réveillé ? demande-t-elle.

– Maintenant oui.

– Viens me faire l'amour, dit-elle.

Le concierge en uniforme se trouve en bas de l'immeuble de Kate avec un autre homme, vêtu d'une chemisette rayée et d'un pantalon en tergal bleu foncé. Il est à présent sept heures trente ; les deux hommes bavardent dans la lumière éclatante du soleil, tout en regardant les passants se hâter le long de cette rue animée. À son arrivée, ils s'interrompent et se tournent vers lui.

— Mlle Duggan ? demande-t-il au concierge.

— Votre nom, monsieur ?

— Monsieur Adler, répond-il.

C'est le nom dont ils sont convenus, Kate et lui, au téléphone, bien qu'elle ne lui ait trouvé aucune raison d'utiliser un faux nom. Adler. D'après le célèbre Alfred Adler, l'un des amis et collègues de Freud, qui assez rapidement a quitté le mouvement de la psychanalyse.

Le concierge appelle son appartement.

— M. Adler souhaiterait vous voir, dit-il.

David n'entend pas la réponse. Le concierge repose le combiné sur le standard téléphonique et lui dit :

— Allez-y, monsieur, appartement 3B.

Une femme avec un chien se trouve déjà dans l'ascenseur. David y entre, appuie sur le bouton du troisième étage et lui adresse un bref sourire en guise de bonjour. La femme ne sourit pas en retour. Le chien non plus d'ailleurs. Elle porte une robe de chambre ouatée rose sur une longue chemise de nuit à fleurs, assortie de pantoufles roses. Le chien est un teckel à poils longs qui renifle curieusement, ou peut-être affectueusement, les mocassins noirs de David. Ce dernier est vêtu d'un léger costume d'été bleu foncé – les prévisions météorologiques ont annoncé une journée torride –, d'une chemise oxford blanche et d'une cravate en reps de soie aux rayures rouges et bleues. Il a une allure plutôt professionnelle. Il ne ressemble pas à quelqu'un qui monte au troisième étage de cet immeuble pour faire l'amour à une jeune fille qui l'attend dans l'appartement 3B. Il ne peut s'empêcher de penser à Kate en terme de jeune fille. Il se dit qu'il lui faudra réfléchir à la raison pour laquelle il s'obstine à tenir cette femme passionnée de vingt-sept ans pour une jeune fille.

La femme dans l'ascenseur – *elle* a bien plus l'air d'une femme, elle est âgée d'environ cinquante-trois ans et a un visage bouffi et renfrogné ainsi que des yeux d'un bleu suspect –, la femme dans l'ascenseur tire sèchement sur la laisse du chien et ordonne : « Arrête, Schatzi ! » Une fois corrigé, le chien s'arrête de renifler. La femme regarde droit devant elle et feint l'indifférence alors que l'ascenseur entame une montée lente et difficile ; mais il se doute qu'elle le tient pour un violeur ou pour un meurtrier, *vêtu* tel un respectable médecin effectuant une visite à domicile au lever du jour *sans*[1] stéthoscope ou cartable. Il espère qu'elle ne descendra pas au troisième étage et qu'elle n'habite pas l'appartement 3A ou 3C. Il espère que Schatzi ne commencera pas à aboyer lorsqu'il sentira l'odeur d'Hannah, la chatte, dans l'appartement 3B. Ou celle de Kate qui attend. Les portes de l'ascenseur s'ouvrent en coulissant. David en sort sans regarder ni la femme ni son chien. Les portes se referment derrière lui.

Il contrôle le couloir tel un petit voleur sur le point de commettre un cambriolage. Sa montre-bracelet affiche sept heures quarante. Tout au fond du couloir, une fenêtre laisse pénétrer la lumière oblique du soleil, chargée de poussière. Une odeur de bacon s'échappe d'un des appartements, d'un autre émane celle du café. Le son d'un téléviseur parvient de derrière la porte de l'appartement 3C. Il s'imagine les journalistes qui présentent les nouvelles du matin. Il s'imagine des gens en train d'avaler leur petit déjeuner avant de filer au travail. Ce n'est pas une heure pour faire l'amour, mais son cœur bat à tout rompre lorsqu'il sonne à la porte. Il entend le carillon résonner, puis le bruit de talons claquant sur le plancher. Le volet du judas se rabat. La chaîne fait un bruit sec lorsqu'elle la décroche, puis vient le léger déclic huilé des serrures, dont l'une est verrouillée et l'autre pas. La porte s'entrouvre. Il pénètre dans l'appartement presque en s'y glissant.

Elle porte uniquement des escarpins à talons hauts en cuir rouge. Elle se précipite dans ses bras, claque la porte derrière lui et

---

1. En français dans le texte *(N.d.T.)*.

le pousse contre. Tout en se pressant dans ses bras, elle atteint le verrou de la main gauche et en tourne le loquet. Sa bouche est en quête de baisers ; tour à tour, elle lui mordille avidement et lui embrasse les lèvres, le menton, les joues, les mots qu'elle lui murmure s'embrouillant sur leurs langues. Elle sent le talc et le savon. Il sait que le corps de Kate enduit de cette poudre blanchira son costume sombre, mais il ignore ce risque et la tire encore plus à lui. Il caresse sa poitrine de jeune fille, la poitrine de *cette jeune fille*. Il baisse la tête et trouve ses mamelons. « Ne me mords pas ! » le met-elle en garde d'un ton brusque, bien qu'il soit en train de l'embrasser et de lécher le bout de ses seins. Il s'agenouille, malgré son costume et sa cravate en soie, écarte de ses doigts les poils roux et frisés qu'elle a rasés pour l'été, puis ses grandes lèvres, et commence à l'embrasser et à la lécher, en savourant sa fente gonflée de désir comme s'il s'agissait d'une pierre nourricière lisse et humide.

Avant qu'il ne quitte l'appartement, elle lui suggère, s'il se sent *obligé* de prendre un faux nom à chaque fois qu'il vient la voir, d'utiliser celui, beaucoup plus approprié, d'un autre psychiatre qu'Adler.

– Qui ? demande-t-il.

– Horney[1], répond-elle.

Il part du principe que Stanley est conscient, comme n'importe quel psychiatre, que, tout au long de sa thérapie, un patient voit ressurgir des sentiments à l'égard de personnes qui ont occupé un rôle significatif dans son passé et qu'inconsciemment il projette ces sentiments sur son psy. Stanley a lu Freud. Tous les psychiatres du *monde* ont lu Freud :

« Nous avons raison du transfert en rendant le patient conscient que ses sentiments ne proviennent pas de la situation présente et ne sont pas à projeter sur la personne de son médecin mais qu'ils sont

---

1. Psychanalyste américaine d'origine allemande. Jeu de mots avec *horny,* qui signifie « sexuellement excité » *(N.d.T.).*

101

la répétition d'un événement antérieur. Nous l'obligeons ainsi à transformer cette répétition en souvenir. »

Ce qui, sans l'ombre d'un doute, est la méthode que Stanley – tout aussi freudien que David – utilise avec sa patiente, Cindy *Harris*, le meilleur moyen pour elle de recouvrer un équilibre psychique.

Mais Stanley ? Tu suis, Stanley ? Tu te souviens ?

« Ce ne sont pas les brutaux instincts sexuels du patient qui constituent la tentation. Il semble que ce soient plutôt des désirs ihnibés et plus subtils chez la femme qui drainent avec eux le danger de faire oublier à un homme sa technique thérapeutique et son devoir médical au profit d'une expérience plaisante. »

Stanley semble ne plus se souvenir, si ce n'est de sa technique thérapeutique, du moins de son devoir médical. En « s'envoyant en l'air » avec Cindy sur le divan du cabinet, il a plutôt outrepassé l'interdiction absolue et explicite par la profession de rapports sexuels entre patient et thérapeute.

Pourquoi donc, se demande David, suis-je en train de me demander si, oui ou non, je servirai d'alibi à cet enfoiré pendant le mois d'août ?

Aussi répugnant qu'il trouve le comportement de Stanley, il ne peut s'empêcher d'ignorer qu'en devenant son complice, pour ainsi dire, il sert également sa propre cause. Toute la journée du jeudi, cela lui trotte dans la tête à un tel point qu'il a l'impression dangereuse d'en oublier, lui aussi, sa technique thérapeutique et son devoir médical. En matière de technique, il encourage le transfert des souvenirs du patient dans le présent, de manière qu'ils soient mieux gérés que dans le passé. Il exclut également de sa thérapie tout sentiment personnel d'angoisse, d'espoir, de désir, de peur et de passion. Dans son cabinet, il est avant tout une oreille neutre et objective, un interprète infatigable et impartial, et son devoir médical consiste à faire recouvrer un certain équilibre psychique à huit personnes en difficulté.

Et pourtant.

Les souvenirs troublés de ses patients sont, le plus souvent, d'ordre sexuel. Ainsi, il passe la plupart de ses journées de travail à écouter Arthur K, Susan M, Brian L, Josie D ou l'un des autres lui révéler – ou essayer de lui cacher – que les symptômes de leurs maladies peuvent être décelés « avec une régularité vraiment surprenante par rapport à leur vie érotique », merci encore, Dr Freud. David a fait de cette prémisse de base une vérité absolue. C'est en fait le fondement de la médecine qu'il pratique cinq jours par semaine, excepté au mois d'août.

Et pourtant.

En ce jeudi matin, après que Stanley lui a fait une offre concernant le mois d'août qu'il ne pourra refuser...

En ce jeudi matin, après qu'il s'est empressé de rejoindre Kate chez elle dans le seul but de passer un instant en sa compagnie avant d'aller au travail...

En ce jeudi matin de fin juillet implacablement chaud et lourd, David écoute apathiquement les récits de ses patients ayant trait à des viols, des abandons, des situations de complaisance ou de dépendance ou bien encore à des problèmes d'identité ou de dysfonctionnement qui, tous, le ramènent à sa propre aventure passionnée et qu'il trouve, comparativement, plutôt mornes et niais.

Elle l'appelle à onze heures moins dix pour lui apprendre que la compagnie d'assurances lui a envoyé un chèque de remboursement et qu'elle a l'intention de sortir acheter une nouvelle bicyclette ; veut-il l'accompagner ? Le magasin de cycles dans lequel elle souhaite se rendre se trouve sur la 79ᵉ Rue, entre la 1ʳᵉ Avenue et York Avenue. Il lui dit qu'il la retrouvera là-bas à midi.

À l'occasion de « l'achat de la bicyclette », ainsi qu'il évoquera plus tard ce moment, elle porte les mêmes vêtements que le jour où ils se sont rencontrés dans le parc. Le short vert, le débardeur de coton orange, les Nike avec des chaussettes blanches, une petite balle de coton placée à l'arrière de chacune d'elles. Le vendeur, un jeune homme qui répond au nom de Rickie, est habillé de manière semblable ; il y a peut-être, ce jour-là, une course de vélos quelque part dans New York.

Il porte en tout cas un short rouge en Nylon qui dévoile ses jambes musclées de jeune homme, ainsi qu'un débardeur d'un bleu pâle sur le devant duquel est imprimé le numéro 69 en blanc. Hum ! Le débardeur met en valeur des pectoraux, des biceps et des triceps qui ont joui d'un entraînement intense dans la salle de gym du coin ou bien dans une prison d'État. On fait aisément cette association d'idées car il exhibe, sur le biceps musclé de son bras gauche, une tête tatouée de chef indien avec sa parure de plumes. Ce qui amène à penser qu'il est peut-être lui-même indien ou plutôt, pense David, ce qu'il est convenu d'appeler un *Américain* de souche. La couleur assez sombre de sa peau conforte cette supposition, bien qu'il s'agisse peut-être d'un simple hâle. Mais ses cheveux sont d'un noir luisant, tirés en queue de cheval dans le cou par une bande ornée de perles, ce qui confirme l'hypothèse qu'il pourrait s'agir d'un Sioux ou d'un Cherokee ou plus plausiblement, dans la mesure où il n'a que vingt-deux, vingt-trois ans, d'un simple Indien Ute. Vu leur âge et leur tenue vestimentaire, Kate et lui paraissent parfaitement assortis. Petit à petit, dans ce magasin de cycles, David a le sentiment d'être la cinquième roue du carrosse.

Rickie, l'Indien Ute sans plumes, commence à vendre ses bicyclettes, en s'assurant de bien faire jouer ses muscles impressionnants à chaque fois qu'il descend un vélo de son support. Il s'enquiert du lieu où elle a l'intention de l'utiliser principalement ; elle lui répond qu'elle en fera à Central Park et l'informe sur-le-champ qu'elle ne peut pas dépenser plus de quatre cents dollars ; il est donc inutile de lui montrer des bicyclettes qui coûtent deux mille ou trois mille dollars, elle sait que certaines atteignent ces prix.

— Je pense avoir de bons modèles dans cette fourchette de prix, dit Rickie.

— Pas dans cette *fourchette*, rectifie Kate, *à* ce prix. J'ai quatre cents dollars, ni plus, ni moins.

— TVA comprise ? demande-t-il en montrant des dents d'une blancheur éclatante sur lesquelles David a bien envie d'asséner un coup de tête.

– Je crois que je peux me permettre de ne pas compter la TVA, répond Kate en lui retournant son sourire.

– Ouf ! fait Rickie en faisant mine de s'éponger le front.

David a l'impression qu'ils sont en train de flirter.

Rickie leur montre un superbe petit modèle dans une couleur qu'il nomme « orchidée sauvage avec bleu perlé super clair » avant de décrire la bicyclette comme un « vélo en aluminium Cannondale de série mixte 3.8 avec cadre hybride et fourche tout en chrome soudée TIG ». Kate écoute les yeux écarquillés et David se tient là, à subir une langue maîtrisée uniquement par les Indiens des plaines et la jeune Kate Duggan, qui semble savoir exactement de quoi il s'agit. Mais le vélo coûte quatre cent soixante-dix-neuf dollars et Kate lui a déjà dit...

– Désolé, je croyais que j'allais arriver à vous convaincre, s'exclame Rickie en lui adressant de nouveau un sourire puéril typiquement américain.

– Vous y êtes presque arrivé, dit-elle en battant des cils.

Elle grimpe sur la bicyclette suivante qu'il a descendue de son support. Alors qu'elle est assise sur une selle en cuir noir que Rickie décrit comme « selle tout confort Vetta, made in Italy », l'échancrure du petit short vert en nylon dévoile un peu de la désormais traditionnelle culotte blanche en coton.

– Vous vous tenez en bonne forme, fait remarquer Rickie, en interrompant son jeu – ou du moins, celui de la bicyclette.

– Je vous remercie, dit-elle. Combien coûte celle-ci ?

– À peu près la même chose que l'autre. Où est-ce que vous vous entraînez ?

– Je ne m'entraîne pas. Je suis danseuse.

– Vraiment ? Quel style de danse ?

– Je joue dans *Cats*, dit-elle.

– Non, c'est pas vrai ! lâche-t-il.

David se demande si Rickie croit que la personne âgée aux côtés de Kate est son frère, en train d'observer ce vulgaire petit flirt sans faire aucun commentaire. Ou peut-être même qu'il s'agit de son père ? Mais *quel que soit* son lien avec cette danseuse mince et agile qui glisse si facilement d'une selle à l'autre, David semble être arrivé à un stade d'invisibilité que seuls

Claude Rains, Vincent Price ou Nicholson Baker[1] eussent souhaité atteindre.

— Ce Tassajara dans la ligne Gary Fisher est un peu moins cher, déclare Rickie, néanmoins, il a toutes les caractéristiques que vous...

— Moins cher ? Combien ?

— Quatre cent quarante-neuf dollars. Mais il a un cadre avec double soudure TIG tout en chrome, des jantes Weinmann et des pneus Tioga Psycho, exactement comme vous voulez...

— Je ne peux vraiment pas dépenser autant.

— Alors, j'ai *tout à fait* la bicyclette qu'il vous faut, dit Rickie en décrochant un modèle sportif de la ligne Raleigh qu'il décrit comme un « adorable petit M60 équipé d'un cadre tout en chrome, d'un dérailleur STX Rapid Fire Plus et de moyeux en alliage Shimano Parallax ». C'est en anthracite métallique.

— Ça coûte combien ?

— Trois cent quatre-vingt-dix-neuf dollars, c'est exactement ce qu'il vous faut, non ?

— Qu'est-ce que vous avez d'autre ? demande-t-elle.

Il passe encore une vingtaine de minutes à lui montrer des bicyclettes, jusqu'à ce que Kate grimpe finalement sur un vélo tout terrain, clair, en chrome, avec des supports en acier ductile, une fourche en acier, des jantes en alliage 36 trous et des décalcomanies blanches, le tout pour trois cent quarante-neuf dollars.

David la laisse s'acquitter de son achat auprès de Chef Grande Gueule pour courir jusqu'à la 96e Rue où il achète un hot-dog accompagné de moutarde et de choucroute à l'angle de Lexington Avenue avant d'arriver à temps au cabinet pour y accueillir son patient suivant, un certain Alex J. Celui-ci lui raconte qu'au moment où il pensait avoir accompli de réels progrès, il a recommancé à se frotter contre les filles dans le métro.

---

1. Acteurs américains ayant tenu les rôles de Dracula et de l'Homme invisible (*N.d.T.*).

Lorsque Kate appelle à l'appartement à sept heures moins vingt ce soir-là, elle semble avoir complètement oublié « l'achat de la bicyclette ». Ou bien alors c'est *lui* qui exagère cet épisode de manière démesurée. Il lui demande de patienter un instant car il vient d'enfourner son dîner dans le micro-ondes et que s'ils doivent discuter, il vaut mieux qu'il aille l'éteindre. Il prend tout son temps et la laisse poireauter en guise de punition pour son comportement de l'après-midi, bien qu'il sache qu'elle appelle du téléphone des coulisses. Quand enfin il retourne dans le bureau, il saisit le combiné et annonce : « Ça y est, je suis prêt », en espérant avoir donné à son inflexion de voix toute la distance possible. Elle semble ne pas l'avoir remarqué.

— Nous ne travaillons pas ce soir, tu sais, commence-t-elle, mais j'avais prévu de dîner avec une fille de la troupe.

— Vraiment dommage, lâche-t-il.

— Tu peux passer plus tard ?

— Non, il faut que je me lève tôt demain matin.

— À quelle heure est-ce que ton avion décolle ? demande-t-elle.

— À seize heures.

— Tu comptes partir de chez toi ou directement du cabinet ?

— Du cabinet. Je termine toujours tôt le vendredi.

— Pour pouvoir aller à Martha's Vineyard.

— Oui, c'est cela. Dès que mon dernier patient est parti.

— Quelle heure sera-t-il ?

— Deux heures moins dix.

— On peut se voir avant que tu n'ailles à l'aéroport ?

— Non, je ne pense pas.

— Tu passes chez moi demain matin ?

— Non, je ne peux pas. J'ai un patient qui vient à huit heures. Le vendredi est...

— Bien sûr, une journée courte.

— Oui.

— Combien de temps dure le vol ?

— Une heure et douze minutes.

— Donc, tu seras arrivé à dix-sept heures vingt.

— Dix-sept heures dix-sept. L'avion décolle exactement à seize heures cinq.

— Helen vient te chercher à l'aéroport ?

— Oui. Et les enfants *aussi*.

Il y a un long silence. Il peut entendre des voix plus ou moins audibles dans le fond. Il s'imagine des danseurs en costume de chat passer en courant près du téléphone, d'autres en train de faire leurs étirements. Il peut également entendre quelqu'un qui chauffe sa voix, hummmm-aaaah ! hummmm-hééé ! hummmm-ooooh ! et ainsi de suite.

— Y a quelque chose qui va pas ? demande-t-elle.

— Non.

— C'est à cause de Rickie ?

— Qui est Rickie ?

— Le type du magasin de cycles. Tu sais très bien qui est Rickie.

— C'est comme ça qu'il s'appelle ?

— Il m'a proposé de sortir un soir avec lui, ajoute-t-elle.

David reste silencieux.

— Je lui ai dit que j'y réfléchirais.

— Très bien.

— On n'est pas mariés, tu sais.

— Je sais.

— En plus, tu as une vie qui ne tient pas vraiment compte de moi.

— C'est vrai.

— Tu ne peux pas être en colère quand quelqu'un...

— Je ne suis pas en colère.

— Je n'ai même pas dit oui. J'ai juste dit que j'y réfléchirais.

— Tu lui as laissé ton numéro ?

— Non.

— Je te remercie.

— Tu es en colère, n'est-ce pas ?

— Non, je t'ai déjà dit que non.

— Très bien. Dans ce cas, je passerai au cabinet demain.

— J'ai des patients toute la...

— J'entendais pendant ta pause de midi. Que je puisse te voir avant que tu ne partes pour Vineyard.

— Eh bien...

— Tu dois *vraiment* aller à Vineyard ?

— Oui.

— Pourquoi ne restes-tu pas plutôt à New York ?

— Je ne peux pas.

— Pourquoi ne m'épouses-tu pas ?

— Je suis déjà marié.

— Divorce et épouse-moi. On pourra faire l'amour jour et nuit. Et tu n'auras plus de souci à te faire ni à propos de Rickie, ni à propos de qui que ce soit. Bien que tu n'aies aucune raison de t'en faire, soit dit en passant. À quelle heure tu fais ta pause déjeuner ? À midi ?

— Oui.

— C'est l'heure à laquelle nous nous sommes rencontrés dans le parc.

— Je sais.

— À midi vingt exactement. Le dernier jour du mois de juin. Je ne l'oublierai jamais. Tu as un divan ?

— Bien sûr.

— Évidemment, un psy. Il est en cuir ?

— Oui.

— Parfait. On fera ça sur ton divan.

Je n'arrivais pas à croire que nous étions en train de nous envoyer en l'air sur le divan même du cabinet.

— De quelle couleur est-il ?

— Noir.

— Je porterai des dessous assortis.

— Très bien.

— Et un porte-jarretelles noir.

— Très bien.

— Avec des bas à couture et une jupe en cuir noir.

— D'accord.

J'avais tellement honte de moi-même.

— Ne sois pas en colère, s'il te plaît David.

— Je ne le suis pas.

109

— Le concierge pensera que je suis une de tes patientes nymphomanes.

— Probablement.

— Tu as des nymphomanes parmi tes patientes ?

— Je ne peux pas te le dire.

— Ça veut dire oui.

— Non, ça signifie que je n'ai pas le droit de te le dire.

— Bref, tu en auras une demain. L'idée t'excite ?

— Oui.

— Je peux t'appeler quand je rentrerai ce soir ?

— Non, je voudrais dormir.

— C'est vrai, tu pars demain à Vineyard.

— Oui.

— Alors à demain midi. Comment dois-je me présenter au cas où le concierge demanderait ?

— Ce n'est pas la peine de lui donner un nom. Dis-lui simplement que tu viens voir le Dr Chapman.

— Très juste, c'est bien le Dr Chapman que j'irai voir.

— À demain alors.

— Merci de me dire que tu m'aimes.

— Je t'aime, répond-il.

— Mais oui, bien sûr ! lâche-t-elle avant de raccrocher.

Elle arrive sur le coup de midi.

Il sort de son bureau dès qu'il entend la sonnerie de la porte d'entrée et la trouve debout dans la salle d'attente, en train d'observer les gravures délibérément neutres qui sont suspendues au mur. Elle porte un chemisier de coton blanc à manches courtes et une mini-jupe plissée écossaise avec des bas noirs à mi-cuisse et des chaussures noires à lacets. Ses cheveux sont tirés en une queue de cheval, attachée par un ruban qui reprend le ton bleu de sa jupe bleu-vert. Il se demande si elle porte les dessous noirs dont elle a parlé. Elle ne ressemble pas du tout à la nymphomane qu'elle a évoquée la veille, mais plutôt à une jeune fille de bonne famille en uniforme scolaire.

— Salut, dit-elle.

— Entre, dit-il.

Elle pénètre dans son bureau tel un chat, étudie du regard ses diplômes encadrés, laisse courir la paume de sa main sur la surface lustrée de sa table de travail, lève les yeux au plafond staffé d'un blanc neutre, fait de nouveau le tour de la table et laisse glisser son index sur les lattes du store vénitien qui se trouve derrière. Elle regarde son doigt, à la recherche de poussière, pince les lèvres en signe de désapprobation lorsqu'elle le frotte pour le nettoyer sur sa mini-jupe plissée, puis se rend finalement vers le divan de cuir noir, sur lequel elle s'assied toute droite, les genoux recouverts de bas noirs et serrés l'un contre l'autre, les mains sur les cuisses, les paumes à plat.

— Vous désirez savoir pourquoi je suis ici, docteur ? demande-t-elle d'une petite voix tremblante.

Il devient clair, tout à coup, qu'elle est en train de jouer le rôle d'une adolescente troublée qui consulte un psy plein de compréhension. Il se demande de nouveau si elle porte des dessous noirs sous la jupe.

— J'ai déjà tout raconté à Jacqueline, dit-elle, au Dr Hicks, mais je pense que c'est quelque chose que *vous aussi*, vous devriez savoir. Vous ne croyez pas, docteur ?

Elle baisse timidement les yeux et fixe ses mains posées sur ses cuisses blanches au-dessus des bas noirs. Elle est assise bien droite telle une petite écolière effrayée.

— Oui, tout à fait, répond-il en souriant et en rentrant dans le jeu.

Assis dans le fauteuil derrière le bureau, il tend les mains et feint d'être le psychiatre de cette petite écolière troublée, un rôle qui n'est pas si difficile à tenir dans la mesure où il est vraiment un psychiatre, même si *elle* n'est pas une écolière – mais porte-t-elle des dessous noirs ? Porte-t-elle des dessous *tout simplement* ? Car ses genoux sont pressés à un tel point l'un contre l'autre que...

Elle était assise là, comme Sharon Stone, les jambes bien écartées, sans culotte. Qu'est-ce qui te paraît bon ?

Ce qui paraît bon à David, c'était Kathryn Duggan assise sur le divan de son cabinet et venue pour faire l'amour avec lui. Il a déjà oublié sa manière de battre des cils devant l'Indien Ute de la veille, sans plumes et en débardeur. On est aujourd'hui, elle est là, elle fait mine d'être une écolière et lui un psychiatre. Il ne simule pas vraiment, bien entendu, puisque écouter est ce qu'il fait toute la journée. Et tout en faisant semblant, il écoute lorsqu'elle lève les yeux pour le regarder, ces yeux verts saisissants qui le dévisagent sans ciller ; ses mains sont immobiles sur ses cuisses, elle ressemble à une petite vierge assise bien droite sur le divan, qui commence à faire le récit imaginaire de ses malheurs.

On est à Westport dans le Connecticut et la petite Katie Duggan – « Katie, c'est comme ça que mes parents m'appellent » – est âgée de treize ans et travaille pendant l'été comme stagiaire au théâtre de Westport, un job qu'elle a eu par l'intermédiaire d'un ami de son père, qui lui-même travaille à ce moment-là au théâtre en tant que comptable ou quelque chose du genre ; « J'ai oublié son titre exact, précise-t-elle, mais je me souviens qu'il était dans le secteur des finances, ce n'était pas le directeur artistique ou quelqu'un avec une fonction de ce style » ; tout cela sonne juste dans sa bouche de petite écolière qui continue à raconter qu'elle commence à peine, à l'âge précoce de treize ans, à développer une minuscule poitrine. « Regarde-moi aujourd'hui, rien n'a vraiment changé », déclare-t-elle, avant de baisser les yeux de nouveau en feignant la timidité. Oui, il la regarde à présent, il observe son nouveau chemisier en coton et se rend compte que, comme à son habitude, elle ne porte pas de soutien-gorge et que, comme toujours, ses mamelons sont dressés contre le tissu et le plissent. Il se demande encore une fois si elle porte une culotte.

– Bien que j'aie déjà eu des poils pubiens avant, continue-t-elle, ils sont devenus roux à partir de mes douze ans.

– Passionnant, commente-t-il. Dites-moi, vous portez une culotte, mademoiselle ?

– Oui, docteur, répond-elle en esquissant un sourire avant de reprendre l'attitude d'une petite fille sérieuse en train de relater des faits déjà racontés à Jacqueline Hicks mais qu'il lui semble nécessaire de porter aussi à sa connaissance à *lui*, n'est-ce pas docteur ?

Lorsqu'elle recommence à parler, elle se prend à son rôle à tel point qu'il se surprend à l'écouter attentivement, tel un *vrai* psychiatre, tel le Dr Hicks, si une telle histoire lui a été réellement contée, et de la même manière – réalise-t-il dans un sursaut – que le Dr Hicks lorsque Kate lui a parlé pour la toute première fois de l'été de ses treize ans. En vérité, c'est un spécialiste de l'écoute bien trop chevronné pour continuer à croire qu'elle simule. Au bout de quelques instants, il a compris que ce qu'elle raconte s'est *vraiment* passé et qu'elle a choisi cette manière de lui révéler ce qu'elle a déjà raconté au Dr Hicks, celle qu'elle voyait quand elle était « vraiment dérangée ».

Tout en le fixant dans les yeux, elle lui raconte qu'elle a décidé, cet été-là, de perdre sa virginité avec le meilleur ami de son père, un homme marié, père de trois enfants et dont elle a oublié la profession, mais qui vient chaque jour pointer les recettes de la caisse, faire la comptabilité et verser les salaires, tout cela dans un petit bureau qu'il a sous le théâtre.

– Tu sais où se trouvent les toilettes là-bas ? Tu as déjà été au théâtre de Westport ? Le bureau de Charlie – c'était son nom – se trouvait en bas, juste à côté des toilettes. Il avait ce petit bureau avec une table de travail, un fauteuil et quelques classeurs. J'avais l'habitude d'y descendre lorsque j'avais fini de faire ce qu'ils me demandaient – ils demandaient aux stagiaires de faire des tas de p'tites choses sans intérêt – et là, je m'asseyais sur sa table et j'écartais les jambes pour lui. Enfin ça, ça a été plus tard.

Au début, elle cherche constamment des excuses pour y descendre et se plaindre de la manière dont elle est traitée. Il l'écoute ; après tout, il est le meilleur ami de son père et il semble apprécier d'être tiré, l'espace d'un instant, de ses livres de comptabilité. Elle déboule là dans un short en jeans et un T-shirt sans rien en dessous, bien évidemment car elle n'a pas grand-chose à mettre dans un soutien-gorge, si ce n'est ses minuscules seins qui ne sont presque constitués que de ses mamelons. Cet été-là, ils commencent à devenir suffisamment gros, en tout cas assez pour qu'il se permette un jour, d'un ton très paternel, cette remarque : « Katie, tu devrais commencer à porter un soutien-gorge. » Ce qui signifie qu'il a remarqué ses progrès dans ce domaine. De plus, ses jambes dans ce short font un effet monstre.

— J'ai toujours eu de très belles jambes, avoue-t-elle maintenant à David, même quand j'étais une petite fille. En plus, à cette époque, je prenais des cours de danse depuis déjà un bon moment et mes jambes étaient longues et bien faites...

— C'est toujours le cas, fait-il remarquer, oubliant un instant qu'il n'était ni son vrai ni son *faux* psychiatre.

Il lui revient tout à coup à la mémoire qu'ils sont là pour faire l'amour, que le temps s'écoule, qu'il n'a pas mangé, que son prochain patient arrive dans quarante minutes et qu'en plus il n'est pas vraiment convaincu de vouloir entendre cette histoire d'adolescente.

— Merci, docteur, dit-elle. Bref, je pense qu'*il* trouvait mes jambes plutôt attrayantes...

— Elles le sont, ponctue-t-il.

En confirmant ses propos, il utilise un stratagème de psychiatre, un truc facile dans l'espoir qu'elle réponde : *Oui*, viens mettre tes mains sur mes cuisses si blanches, *Oui*, viens les glisser sous ma jupe d'écolière et sous ma...

— Merci, docteur, répète-t-elle, parce qu'un jour, il m'a dit d'un ton très parternel : « Katie, certains garçons ont remarqué tes jambes », ce qui signifie que lui-même les a remarquées ; c'est donc un progrès de plus. D'ailleurs, je travaillais au théâtre *principalement* dans le but de le séduire, si c'est la question que tu te poses. En fait, c'était quelque chose que j'avais décidé de faire parce que je m'ennuyais *terriblement*. Peut-être aussi parce que j'étais *en colère* de ne pas avoir été admise dans le spectacle *On the Town* qu'ils devaient monter et qui était ma première raison d'être là – mais enfin, c'est une autre histoire.

Charlie était âgé d'une cinquantaine d'années, estime-t-elle à présent.

... En fait, son père a, à ce moment-là, quarante-trois ans et Charlie est plus vieux ; il a donc bien une cinquantaine

114

d'années. Il est chauve, assez petit et corpulent, et il n'est pas très attrayant bien qu'il ait de jolis yeux bleus ; mais elle ne comprend pas aujourd'hui pourquoi elle a tant souhaité que ce soit lui qui la remarque, ce qu'il fait probablement de plus en plus fréquemment, avant de la *toucher* un jour pluvieux du mois d'août pendant que les acteurs, dont deux sont venus de Broadway, répètent sur la scène *Qui a peur de Virginia Woolf ?* et que les autres stagiaires sont occupés, dans l'atelier, à peindre des décors.

Elle se lève, comme si le souvenir de cette journée embrumée d'août l'empêchait de rester sagement assise sur un divan de cuir noir, et commence à faire les cent pas dans son bureau. Pendant qu'elle arpente le petit périmètre devant la table de travail, la jupe plissée tournoie autour de ses longues jambes à chaque fois qu'elle fait demi-tour sur le court trajet que ses grandes enjambées ont tracé. C'est une danseuse. C'est une danseuse même lorsqu'elle remarque que sa manière de se retourner fait ondoyer sa mini-jupe sur ses jambes et dévoile chaque fois un peu plus des cuisses blanches au-dessus des bas noirs tendus – puis, tout d'un coup, on aperçoit la culotte blanche du magasin de cycles, désormais mondialement connue, et non pas les dessous noirs qu'elle a promis au téléphone ; seulement une petite culotte blanche toute simple, plus appropriée à son uniforme d'écolière, semblable à celle qu'elle porte en cette journée humide d'août où elle a treize ans et où elle descend dans le bureau, vêtue d'une culotte blanche, d'un short en jeans qu'elle a l'habitude de porter et d'un léger T-shirt de coton blanc sur lequel sont imprimés les mots THÉÂTRE DE WESTPORT sur le tissu plissé par ses mamelons.

Il est assis à sa table de travail, penché sur des livres de comptes. Il y a une fenêtre étroite sur le petit mur face à la porte. Dehors, la pluie qui bat fortement vient grossir une flaque et les gouttes d'eau s'écrasent sur la vitre. Une lampe avec un abat-jour vert éclaire les livres de comptes jaunes ainsi que sa calvitie. Tout à coup, un éclair enveloppe la fenêtre d'un bleu cru et un coup de tonnerre retentit immédiatement dans le parking voisin. Il lève les yeux en direction de la fenêtre, secoue la tête en signe de crainte puis retourne à ses livres. Il ne s'est pas aperçu qu'elle est là. Ils n'ont encore jamais été seuls dans cette pièce, la porte close. Elle referme cette dernière avec précaution. Il lève les yeux lorsqu'il entend le bruit de la serrure qu'elle tourne.

— Katie ? demande-t-il.

Elle s'avance vers la table, lui fait face – il est assis dans son fauteuil pivotant, les livres éparpillés devant lui –, prend le bord de son T-shirt dans les mains et le soulève jusqu'à dévoiler sa minuscule poitrine d'adolescente et ses mamelons outrageusement durs.

— Embrasse-les, soupire-t-elle.

Il dit :

— Katie, qu'est-ce que... ?

— Embrasse-les.

— Ton père...

— Vas-y.

Il l'embrasse sans relâche durant tout cet après-midi pluvieux – enfin, au moins pendant une heure, les mains tendues sur les fesses tendues de son short tendu, qu'elle refuse d'enlever malgré ses demandes répétées. Toute la semaine suivante, il continue à embrasser ses mamelons et sa poitrine naissante, bien qu'il éprouve de terribles sentiments de culpabilité à l'égard de sa femme. La deuxième semaine, il lui répète qu'il ne devrait pas faire ça à la fille de son meilleur ami et se sent coupable d'agir ainsi. La troisième semaine, alors qu'il lui raconte qu'il a une fille de son âge, il se demande comment il est capable de faire une telle chose, n'est-il pas en train de devenir *fou* ? Il le devient encore plus lorsqu'un jour de début septembre où les feuilles mortes s'amoncellent dans le parking, elle fait glisser la fermeture éclair de son short, l'enlève, baisse sa culotte blanche en coton, s'assied sur son bureau face à lui, écarte largement les jambes pour lui offrir sa rousseur et lui permet d'y enfouir sa tête de chauve et de la lécher jusqu'à ce qu'elle atteigne, pour la toute première fois, un orgasme bouillonnant.

Tout à coup, elle s'arrête de faire les cent pas.

Ses yeux croisent à nouveau ceux de David.

116

Elle fait un signe de tête en connaissance de cause et s'approche de lui, assis derrière son bureau. Elle déboutonne lentement le chemisier blanc de coton jusqu'à ce qu'il pende ouvert sur sa poitrine. Debout entre ses jambes écartées, elle s'approche de lui, amène sa tête vers ses seins et dit :

– Embrasse-les.

Et pendant qu'il l'embrasse fiévreusement, elle passe la main sous la mini-jupe plissée et fait glisser la culotte blanche en coton sur ses cuisses, puis le long de ses longues jambes sur les bas noirs. Elle s'assied ensuite sur le bureau face à lui, écarte les jambes comme elle l'a fait avec Charlie il y a bien longtemps, et murmure :

– Oui, vas-y.

Le samedi matin, Helen accompagne Jenny à Vineyard Haven pour y acheter de nouvelles espadrilles, dont Jenny déclare avoir absolument besoin si elle ne veut pas devenir « un cas social », selon ses propres mots. Il y a des nuages et du vent mais, néanmoins, David et Annie vont se promener ensemble sur la plage. Il porte un coupe-vent de couleur verte ; Annie a un ciré jaune et un suroît noué au menton. Elle a les joues rouges de froid et le vent fait pleurer ses yeux. Ils sont tous les deux pieds nus bien qu'il fasse trop frais pour cela et que le sable, au toucher, soit collant et froid. Malgré cela, ils avancent lentement main dans la main. L'eau est d'une teinte grise, striée des crêtes blanches de vagues déchaînées.

– Y a quelque chose que j'comprends pas, dit Annie.

– Qu'est-ce que tu ne comprends pas ?

– Comment les astronautes font-ils pipi ?

– Les astro... ?

– Enfin j'veux dire, *où* font-ils pipi lorsqu'ils sont sur la Lune dans ces combinaisons ?

– Je suppose qu'ils ont un tuyau ou quelque chose dans le genre.

– Les filles aussi ?

117

— Je n'en ai pas la moindre idée, ma chérie.

— Ça me préoccupe vraiment, dit Annie en levant les yeux vers lui. Parce que tout le monde me demande si je veux devenir astronaute quand je serai grande.

— Qui « tout le monde » ?

— Tous ceux qui viennent à la maison. Les grands. D'abord, ils me disent : « Comment ça va, Annie ? » et je réponds : « Bien, merci », et alors ils disent : « Tu es contente de retourner à l'école en septembre ? » et je réponds : « Vous savez, on est seulement en juillet. » Alors ils me demandent : « Tu aimes l'école, Annie ? » et je dis : « Oui, bien sûr », et là, ils me demandent toujours ce que je veux faire quand je serai grande.

— Je crois que c'est parce qu'ils s'intéressent à toi, Annie.

— Pourquoi est-ce qu'ils devraient s'intéresser à ce que je veux faire quand je serai grande ? En tout cas, je suis sûre que je ne veux pas être président des États-Unis, c'est *encore* autre chose qu'ils me demandent tout le temps. Tu n'as pas froid aux pieds ?

— Si.

— On rentre à la maison pour faire du feu et griller des shamallows ? propose-t-elle. Avant que Jenny et maman ne reviennent, d'accord ?

— Tu ne veux pas que je te porte jusqu'à la maison ? demande-t-il en la prenant dans ses bras. Comme ça, tu auras moins froid aux pieds !

— D'accord, dit-elle avec un large sourire.

La tête contre son épaule, elle lui demande :

— Papa, tu crois que je dois devenir astronaute ?

— Non, tu dois faire ce dont tu as envie, répond-il.

— Parce que je n'aimerais pas faire pipi dans un tuyau, reprend-elle.

Il la serre plus fort pour la protéger du vent.

Ce soir-là, pendant le dîner d'une fête à laquelle ils ont été conviés, une femme leur déclare que c'est la fin du système judiciaire tel qu'on le connaît.

— Dans ce pays, on n'accusera plus jamais un Noir de crime, explique-t-elle. Pour la défense, il suffit de s'assurer qu'il y a au moins une personne de couleur parmi les jurés. C'est tout. À chaque fois, tous des vendus. Il n'y a qu'à constater.

C'est une brune assez jolie qui paraît trop jeune pour être avocate, mais qui néanmoins plaide pour le compte d'une société de Wall Street. Harry Daitch, qui a, avec sa femme Danielle, organisé cette soirée, est lui-même avocat et contredit violemment la jeune fille brune, avec un sourire en coin toutefois, et soutient que la justice n'a rien à voir avec des sympathies d'ordre racial et que les récents verdicts constituent plus des anomalies que des indicateurs de tendance. C'est la raison pour laquelle ils dégustent tous des cocktails sur la terrasse et sous un ciel menaçant, pendant qu'une serveuse noire apporte les amuse-gueule. Elle feint d'être sourde, muette et aveugle alors que le soleil disparaît à l'horizon.

Pendant le dîner, Fred Coswell qui, avec sa femme Margaret, loue la maison jouxtant celle d'Helen et de David rappelle que, peu de temps auparavant, David s'est trouvé dans une situation – « Tu te souviens de nous l'avoir raconté, David ? » – où un adolescent noir avait dérobé la bicyclette d'une fille à Central Park.

— Tu veux dire que *lui* va s'en sortir ? demande Fred à l'avocate, dont le nom est Grace Quelque-chose et qui se trouve à présent assise à la droite d'Harry Daitch, juste en face de David.

Il y a, en tout, huit personnes, y compris un courtier en investissement de Manhattan qui a été invité pour servir de cavalier à Grace et qui est assis à ses côtés.

— Ne me fais pas dire ce que je n'ai pas dit, déclare Grace en riant. Je ne suis pas sûre que cela soit également appliqué aux crimes de moindre importance. Un gamin noir qui vole une bicyclette, c'est un petit[1] larcin, un délit mineur ; le maximum qu'il puisse prendre, c'est un an. Et même dans ce cas, qui n'arrive jamais, il sera libéré quatre mois plus tard et volera un autre vélo. Mais s'il s'offre les services d'un bon avocat...

---

1. En français dans le texte *(N.d.T.)*.

119

– Tel que toi, dit Harry en tapotant sa main.

– Tel que moi, merci – en tout cas, blanc comme moi, pour que ce n'ait pas l'air d'une insurrection d'esclaves –, la défense jouera la carte du Noir défavorisé, puis celle de l'affaire Black Rage et toutes les personnes de couleur parmi les jurés suivront, continue-t-elle en illustrant ses propos avec une imitation fidèle des cantiques chantés dans les églises baptistes noires.

David se demande tout à coup si Grace n'est pas une grenouille de bénitier refoulée, mais la serveuse noire, elle, semble plutôt s'amuser de cette caricature. En tout cas, elle sourit.

– Ensuite, il sera relâché, conclut Grace avec découragement avant de saisir son couteau et sa fourchette.

– Au fait, est-ce que cette affaire est passée en jugement ? demande Fred.

– Je n'en ai aucune idée, répond David.

– Jamais plus entendu parler ?

– Si, j'ai dû aller l'identifier.

– Tu veux dire qu'ils l'ont *attrapé* ? s'exclame Margaret.

– Oui.

– Je ne savais pas, fait remarquer Helen surprise.

– Je crois que j'ai oublié de te le dire.

– Quand est-ce que c'était ?

– Je ne me souviens pas. Peu après le week-end du 4 juillet. Lorsque je suis rentré à New York.

– Et alors, que s'est-il *passé* ? demande Danielle.

En sa qualité d'hôtesse, elle est assise en bout de table et fait face à son mari. À sa gauche, Helen, dans une position mi-féminine mi-masculine, est à présent penchée en avant, la tête tournée à gauche en direction de David, dans l'attente d'une réponse. En fait, toute l'attention semble s'être portée, pour ainsi dire, de la défense à l'accusation ; tous sont soudainement désireux de savoir ce qu'il s'est passé lorsque David est allé identifier le jeune voleur de bicyclette, un événement qu'il a oublié de raconter à Helen suite au déroulement de la situation. Elle continue à le fixer du regard, dans l'attente.

– La police m'a contacté pour me demander si je pouvais venir après le travail, explique-t-il. Alors j'y suis allé, conclut-il en haussant les épaules.

– Comment savaient-ils qui tu étais ? demande Fred.

– Je suppose que c'est la fille qui le leur a dit.

– C'était bien le type ? demande Danielle.

– Oui, effectivement.

– Donc, ils l'ont attrapé, lâche Margaret presque pour elle, en inclinant la tête. C'est bien.

– Tu ne m'avais pas raconté ça, reprend Helen toujours avec le même air surpris.

– Je croyais, dit-il.

– Annie continue à me demander tous les jours s'ils l'ont attrapé.

– Je suis désolé, je crois que ça m'est juste sorti de la...

– Mais on n'en est pas encore arrivé au procès ? demande Fred.

– C'est tout ce que je sais à ce sujet.

Helen le regarde toujours.

– Il faudra que tu témoignes ? veut savoir Margaret.

– Vraiment je...

– S'il y a un procès ?

– Je ne...

– Quel âge a-t-il ? demande Grace.

– Seize, dix-sept ans.

– Premier délit ou récidiviste ?

– Je ne sais pas.

– Il est même probable qu'on classe cette affaire, déclare-t-elle. Vous savez ce qu'on considère comme un délit mineur ?

– Non, quoi ? interroge son compagnon de dîner.

C'est la première fois qu'il ouvre la bouche depuis le début de la soirée. Il a des cheveux blond filasse et des yeux marron foncé, et il porte une grosse chaîne en or sur un pull-over violet de chez Tommy Hilfiger. David se demande s'il n'est pas gay.

– Faire des *graffiti* constitue un délit mineur. Utiliser un ordinateur sans licence est un délit mineur. Le bizutage aussi. Vous voyez ce que je veux dire ?

121

— En fait, ça signifie que c'est un délit de rien du tout, fait remarquer Harry.

— Enfin, il l'a quand même frappée, dit David tout en pensant qu'il aurait mieux valu qu'il se taise pour mettre un terme à cette discussion. Il lui a donné des coups de pied. Il l'a fait tomber par terre.

— Cela relève de l'agression, approuve Grace.

— Ça, c'est une autre histoire, commente Harry.

— Et c'est pour cela qu'il sera relâché, conclut Grace en experte.

En sortant de la salle de bains, Helen jette :

— Je ne peux pas croire que Danielle soit à ce point *aveugle*.

Tout en marchant, elle enfile une chemise de nuit par la tête ; le tissu en Nylon bleu tombe en cascade sur son corps bronzé avant que ses cheveux blonds ébouriffés ne réapparaissent du corsage à lacet. Elle les secoue, une habitude qu'il adore, puis se dirige vers la coiffeuse. Assise devant le miroir, elle se met à les brosser. Il ne comprend pas comment elle peut à la fois se peigner, compter et parler, mais c'est un exploit qu'elle accomplit chaque soir, sans le moindre effort. Car chaque soir avant de se coucher, tout en jacassant, elle se passe cinquante coups de brosse dans les cheveux.

— Il l'invite à chaque fois, la place toujours à *sa* droite, il la *pelote* à chaque...

— Il lui tapote la main, corrige David.

— Pourquoi est-ce que les hommes se sentent *toujours* obligés de défendre les copains qui baisent à droite et à gauche ? demande Helen d'un ton incrédule. Il lui tapote la main *sur* la table. Mais *sous* la table, il la pelotait.

— Comment sais-tu ce qu'il faisait sous la table ?

— Je sais quand un homme a sa main sur la cuisse d'une femme. Ou même ailleurs. Ça se repère à son visage à elle.

— Je n'ai rien vu sur son visage qui ait trahi quoi que ce soit.

— Elle avait le regard perdu.

— Je n'ai pas remarqué. J'étais assis en face d'elle et je n'ai pas...

— Très bien, défends-le.

— Non, je crois seulement qu'il n'y a rien entre Harry et Grace Machin-chose.

— Grace Humphrey. Un nom qui, à mon avis, lui va comme un gant[1].

David réfléchit à cette remarque pendant un instant.

— Ah ! fait-il.

— Ah ! reprend-elle en lui lançant un clin d'œil dans le miroir.

Il est allongé sur le lit, le coude replié, la tête apposée sur la paume de sa main, en train de la regarder. Il aime l'observer dans ses tâches féminines les plus simples, lorsqu'elle se met du rouge à lèvres ou du vernis à ongles, lorsqu'elle attache son soutien-gorge, qu'elle enfile des chaussures à talons hauts ou bien encore qu'elle se coiffe.

— Comment la connaît-il, d'ailleurs ? demande David.

— Aussi bien que sa femme, répond-elle.

— J'veux dire d'où...

— Ils travaillent ensemble dans le même cabinet d'avocats.

— Et elle passe ses vacances ici ?

— Non, c'est son hôte. Chaque week-end, dit Helen en sourcillant. Tu trouves ça normal ?

— Eh bien...

— Hum ! fait Helen.

— Tu crois que c'est Danielle qui l'invite ?

— Je n'en sais rien. Peut-être que Danielle a un amant elle aussi. Peut-être bien qu'elle se fiche éperdument de ce qu'Harry *fait* sous la table ou derrière la grange. Tu sais, mon amour, Danielle est française.

— Écoute, Helen. Elle vit en Amérique depuis vingt ans. D'ailleurs, ils sont mariés depuis cette époque.

---

1. Jeu de mots avec le verbe *to hump* qui signifie « baiser, avoir une relation sexuelle » *(N.d.T.)*.

– Comme nous, ajoute Helen. Je n'arrive pas à croire que tu aies oublié de me le dire.

– De te dire quoi ?

– Que tu avais été identifier ce garçon.

– C'est tombé une semaine où j'avais beaucoup de travail. C'était le retour d'un long week-end.

– Je parie qu'ils devaient tourner en cage.

– Disons qu'il y avait pas mal de tension.

– Ils étaient alignés ?

– Oui.

– C'était où ?

– Au commissariat. Ils ont une salle.

– La fille était là aussi ? Celle qu'il a frappée ?

– Oui.

– Comment s'appelle-t-elle déjà ?

– J'ai oublié.

– Elle l'a reconnu, elle aussi ?

– Oh ! oui.

– Donc ils l'ont vraiment attrapé.

– Oui.

– Kate, prononce-t-elle. Elle s'appelait Kate.

– C'est cela. Kate.

– Terminé ! s'écrie-t-elle en reposant la brosse.

– Comment fais-tu ?

– J'ai le coup, dit-elle. À propos de coup, ajouta-t-elle en pivotant sur le tabouret pour lui faire face.

– J'ai cru que tu ne me demanderais jamais, dit-il.

En lui faisant l'amour cette nuit-là, il la revoit ce jour d'automne où il l'a aperçue pour la première fois, assise sur un banc au bord de la rivière et entièrement absorbée par sa lecture. Une équipe d'aviron d'Harvard avançait infatigablement sur la Charles ; il se rappelle encore la voix du barreur qui donnait la nage dans le mégaphone, ainsi que tous les détails de cette journée, comme si elle était en train de passer sur écran géant et en son stéréo.

Partout autour d'elle, les feuilles tombent telles des pièces d'or. Ses cheveux blonds et raides descendent en cascade bien au-dessous de ses épaules ; elle les portait plus longs à l'époque. Elle n'a pas encore obtenu son diplôme, du moins c'est ce qu'il suppose en l'observant, figé sur le sentier qui longe la rivière. Elle porte une jupe en laine, un chandail vert mousse et un collier de toutes petites perles. Des feuilles virevoltent dans la brise légère ; elles flottent sans bruit et semblent provenir de la lumière du soleil, aussi dorée que ses cheveux. De toute sa vie, il n'a jamais vu quelqu'un d'aussi beau. Il se rappelle soudain qu'il est seulement là pour prendre un livre à la librairie universitaire.

En lui faisant l'amour cette nuit-là dans des draps rendus humides par l'océan si proche, il se remémore tout cela aisément.

– Salut, dit-il. Je peux m'asseoir ?

Elle se retourne afin de le voir.

Ses yeux sont d'un bleu éblouissant.

Il a vingt-six ans, il est diplômé depuis peu de la faculté de médecine d'Harvard et porte la moustache. Il est convaincu qu'elle le vieillit et il nourrit, par conséquent, l'espoir qu'elle lui confère plus d'autorité dans son travail à la salle des urgences de Mass General, l'hôpital dont il est interne. Il a déjà décidé qu'il deviendrait psychiatre, mais il ne commencera sa spécialisation que l'année suivante et, en attendant, il soigne des gens qui saignent, mordent, parlent de manière incohérente, crient à tue-tête ou dont les membres, tout simplement, ont été brisés en maints endroits. Tous passent par la salle des urgences en un flux constant destiné à lui enseigner les vérités fondamentales de la médecine, parmi lesquelles celle d'être conscient que toute faute qu'il commet peut s'avérer fatale. Il suppose que la superbe déesse blonde assise là, les jambes croisées, un livre ouvert sur les genoux, n'en sait pas autant que lui en matière de vie et de mort. Il suppose qu'elle a quatre ou cinq ans de moins que lui – en fait, il s'avère qu'elle est sa cadette de six ans – et il espère, en s'asseyant à ses côtés, que la moustache ne lui donne pas un air *trop* vieux ou *trop* sage, même si la manière dont son

125

regard d'un bleu perçant semble s'y fixer le conduit à penser qu'elle n'aime pas trop les hommes poilus, et ce malgré Esaü[1].

— Je m'appelle David Chapman, déclare-t-il en guise de présentation.

Il se garde d'ajouter « Dr David Chapman » car ce titre a encore une connotation étrange à ses oreilles, bien qu'il soit désormais officiellement médecin ; comment aurait-il été habilité autrement à soigner tous ces gens estropiés et blessés qui affluent, jour et nuit, dans la salle des urgences ?

La façon dont elle continue de le regarder le porte également à penser qu'elle n'est pas habituée à ce que des moustachus à l'allure étrange s'assoient à côté d'elle sans y avoir été invités. Sur la rivière, les rameurs continuent à progresser sans fatigue apparente. Les feuilles tombent doucement sur la rive de la Charles ; c'en est presque romantique et il lui semble que c'est là une toile de fond appropriée à cette première rencontre mémorable, bien qu'elle ne semble pas partager sa conception des événements.

— Je ne voudrais pas vous déranger, continue-t-il.

— Alors pourquoi le *faites-vous* ? semble demander son regard.

— Mais... je souhaiterais vous connaître, ajoute-t-il.

— Pourquoi ? demande-t-elle.

— Parce que... vous êtes ravissante, dit-il.

Réplique lamentable.

— J'en suis consciente, répond-elle.

Les rameurs sont maintenant hors de vue. Des promeneurs progressent lentement sur le pont de Longfellow qui mène à Alston. De l'autre côté de la rivière, il aperçoit les voitures qui circulent bruyamment sur Storrow Drive avec, en arrière-plan, l'immense panneau Coca-Cola qui se trouve près de l'entrée de Mass Pike. Les feuilles continuent à tomber silencieusement. Elle se replonge dans sa lecture.

---

1. Personnage biblique. Frère aîné de Jacob, à qui il vend son droit d'aînesse pour un plat de lentilles (*N.d.T.*).

– Alors, qu'en diriez-vous ? reprend-il.

– Que dirais-je de quoi ? demande-t-elle sans relever les yeux.

– De faire quelques pas ensemble et d'aller prendre un café.

– J'ai un cours dans vingt minutes, remarque-t-elle sans même regarder sa montre.

– Bon, eh bien on n'a qu'à rester *ici* pour discuter, dit-il.

Elle le regarde de nouveau. Annie hérita un jour du regard intense de sa mère et de sa manière d'être mais, bien évidemment, il ne le sait pas encore ; il ne pense pas à l'avenir, il ne pense même pas à ce qui suivra l'instant où il a approché cet être au parfum enivrant (elle lui dira plus tard qu'il s'agissait de l'eau de toilette Tea Rose) et où il a été saisi d'une envie obsédante d'embrasser ses lèvres, des lèvres en ce moment pincées sans qu'il puisse s'en expliquer la raison. Il se demande si elle a remarqué le stéthoscope enfoui dans la poche droite de sa veste. Si c'est le cas, peut-être pense-t-elle qu'il l'a volé à un médecin de l'hôpital psychiatrique ? Il se fait cette remarque car la manière dont elle le regarde semble impliquer, dans une certaine mesure, qu'il est un fou en vadrouille.

– J'ai un examen dans vingt minutes, précise-t-elle afin de mettre un terme à la conversation. Je ne voudrais pas paraître impolie, monsieur Chapman...

C'est une opportunité à saisir.

– Docteur Chapman, la reprend-il.

– Docteur Chapman, veuillez m'excuser. Mais je dois vraiment...

– Un examen de quoi ?

– C'est sans importance, réplique-t-elle. Je dois étudier. S'il vous plaît.

– Vous me permettez de vous téléphoner ?

– Pourquoi ? demande-t-elle à nouveau.

– Pour apprendre à mieux vous connaître, suggère-t-il avec un tel sourire qu'elle explose de rire.

La première fois qu'ils sortent ensemble, Helen lui conseille de se raser la moustache car comme il porte aussi des lunettes, on dirait qu'il s'est affublé d'un de ces postiches constitués d'un gros nez, de sourcils en broussailles, de lunettes et d'une moustache, alors qu'en fait son nez est plutôt fin et que ses sourcils ne sont pas touffus. Elle ne peut simplement pas s'imaginer en train d'*embrasser* un moustachu, remarque qui, sans être directement une invitation, n'en est pas moins une supposition qu'il ne peut ignorer ; il l'embrasse donc pour la première fois et le ciel de l'Alabama se couvre d'étoiles – du moins, pour lui. *Elle* lui dit que c'est la première et la dernière fois. Il se rase la moustache le soir même.

Il fallait que ce soit la première et la *dernière* fois car Helen Barrister[1] – c'était son nom, un nom qui lui seyait dans la mesure où son père et sa mère étaient avocats et qu'ils avaient tous deux des ancêtres anglais – est fiancée à un certain Wallace Ames qui poursuit ses études en Californie, ce qui en fait un GIG, à savoir un garçon indésirable géographiquement, mais Helen n'en est pas consciente. Pour l'instant, elle étudie sagement le journalisme à Radcliffe, dans l'espoir de devenir un jour éditeur en chef du *New Yorker*, son magazine préféré, bien qu'il la soupçonne d'être également une lectrice de *Vogue*, ainsi qu'en attestent les tenues dans le vent qu'elle porte en cet automne flamboyant du Massachusetts où il lui fait la cour, lui vole de temps à autre un baiser, quand il n'est pas occupé à panser des blessures ou à mettre des bébés au monde, dont trois uniquement à Noël.

David est convaincu que sa mère aurait été une alliée inconditionnelle de Wallace Ames si elle avait connu son existence, ou même celle d'Helen puisqu'il ne lui a encore jamais parlé de cette beauté aux yeux bleus si lumineux qu'il a rencontrée un beau jour d'octobre. Il ne doute pas un instant que sa mère considérerait Wallace comme l'époux *rêvé* pour cette jolie jeune fille. Pourquoi ne te concentres-tu pas sur ton *travail*, David, pourquoi n'essayes-tu pas de devenir un bon *médecin*, au lieu de tourner autour de cette beauté blonde aux yeux bleus déjà fiancée à un surfer ?

---

1. *Barrister* signifie « avocat » en anglais britannique *(N.d.T.)*.

Au grand mérite du surfer – qui, d'ailleurs, *n'est pas* surfer mais étudiant en cinématographie à l'université d'UCLA –, c'est lui-même qui décide de mettre un terme à cette relation rendue difficile par la distance avec une fille qu'il « connaît à peine », ainsi qu'il le lui explique dans une lettre en bonne et due forme qu'elle reçoit pour la Saint-Sylvestre. Deux semaines plus tard, comme on est encore dans les années soixante-dix, période d'impudeur, de provocation, d'obscénité et de pornographie, David et Helen consomment leur toute jeune idylle dans le lit à une place d'une chambre qu'ils ont louée à cap Cod. Sa mère, à son grand mérite, accepte Helen sans rechigner.

Voici leur histoire.

C'est un souvenir tout aussi complexe que les banques de données de leur esprit, constituées des événements qu'ils ont vécus ensemble ou individuellement, avant de s'être rencontrés ou depuis. C'est tout aussi envahissant que les vagues qui lèchent le rivage, derrière les baies vitrées coulissantes de cette pièce où il fait l'amour doucement par crainte de réveiller les enfants, un amour passionné dont ils ne peuvent pas tout à fait réfréner leurs ardeurs.

Il a partagé avec cette femme de multiples espoir et de nombreux désirs, de petites victoires et d'amères déceptions. Ensemble, ils ont ri, ils ont pleuré ; ils se sont disputés, il l'a détestée, puis aimée de nouveau, reniée, puis encore adorée. Lorsque Jenny était née, oh mon Dieu, et que le médecin accoucheur lui avait annoncé qu'Helen était tombée dans le coma et qu'il risquait de la perdre, oh mon Dieu, il avait prié, jusqu'à une heure avancée de la nuit, un dieu auquel il n'avait plus accordé d'intérêt depuis ses dix-huit ans. Il connaît toutes les facettes de son esprit, toutes les nuances de son corps. Il les savoure depuis longtemps et n'en a jamais été lassé. Il reste convaincu qu'elle demeure la plus belle femme qu'il ait jamais rencontrée.

Alors *pourquoi ?* se demande-t-il.

Pourquoi ?

Il pleut ce dimanche matin.

Annie veut aller au cinéma.

— C'est tout ce qu'il reste à faire lorsqu'il pleut, déclare-t-elle en haussant les épaules comme si c'était la logique même.

Helen et elle se rendent à la cuisine pour appeler les différentes salles de cinéma de Vineyard Haven. David fait une partie d'échecs avec Jenny dans le salon. Elle est très douée pour ce jeu qu'il lui a appris quand elle avait l'âge d'Annie et elle se concentre pour l'obliger à se déplacer selon ses plans à elle, tout en bavardant encore plus que sa mère, le soir, devant sa coiffeuse.

— Échec, dit-elle. Si je te confie un secret, tu promets de ne le dire ni à maman, ni à Annie ?

— Je promets.

— *Surtout* pas à Annie.

— Oui, chérie, je promets.

Jenny baisse la voix. Il y a, sur son doux visage solennel, l'expression d'une telle confiance qu'il voudrait la serrer dans ses bras et lui dire qu'il ne trahira jamais un de ses secrets aussi longtemps qu'il vivra. Ses yeux bleus grands ouverts, elle se penche sur l'échiquier et murmure :

— Brucie est amoureux de moi.

— Qui est Brucie ? murmure-t-il à son tour.

— Brucie Di Angelo. Notre voisin.

Elle fait un geste de la tête.

— Comment le sais-tu ?

— Il m'a offert une bague, chuchote-t-elle en tirant de son T-shirt une chaîne en or à laquelle est pendue une petite bague. Tu sais quoi ? continue-t-elle en la dissimulant rapidement d'éventuels regards.

— Quoi ?

— Je l'aime aussi.

— C'est bien, approuve-t-il.

— Oui, acquiesce-t-elle joyeusement. À toi de jouer, papa.

Le soleil brille lorsqu'ils sortent du cinéma à trois heures et quart. Son avion décolle le soir même à dix-huit heures quinze et il arrivera à La Guardia[1] à dix-neuf heures vingt-neuf.

— Pourquoi ne rentres-tu pas plutôt demain matin ? demande Jenny.

— Parce que ce serait trop fatigant, déclare Annie. En plus, papa revient le week-end prochain *pour toujours*.

Ils font une dernière promenade sur la plage avant qu'il soit l'heure de se rendre à l'aéroport. Helen et lui se tiennent par la main. Les filles courent devant eux, revenant à l'occasion pour s'accrocher à leurs jambes avant de repartir gambader ou de s'approcher, tels des bécasseaux, des vagues qui s'échouent sur la rive.

— C'est vrai hein, papa ? demande Annie en se retournant pour le regarder.

— C'est vrai, ma chérie, répond-il en serrant la main d'Helen.

— Pour toujours, hein ?

— Pour toujours, confirme-t-il.

Annie saute par-dessus un château de sable abandonné, atterrit sur ses deux pieds de l'autre côté et s'accroupit.

À ce moment précis, il décide de mettre un terme à sa relation avec Kate.

Il est en train de lire dans le bureau lorsque le concierge l'appelle, à vingt heures cinquante-cinq. Perplexe, il traverse l'appartement pieds nus jusqu'à l'interphone qui se trouve à côté de la porte d'entrée.

— Oui ?

— Docteur Chapman ?

— Oui ?

— Le livreur de pizzas.

— Je n'ai pas commandé de pizza, dit-il.

— Oun jeune fille dit qu'il y a oun pizza pour vous.

---

1. La Guardia est un des aéroports de la ville de New York *(N.d.T.)*.

— Ah ! oui. Heu... Faites-la monter.

Elle porte un short noir, un T-shirt, un béret et des chaussettes rouges ainsi que des chaussures hautes à semelle compensée noires qui ressemblent à des Rangers. Elle a vraiment l'air d'un livreur de pizzas, et c'est d'ailleurs ce qu'elle est en train de faire. À en croire le carton d'emballage, il s'agit d'une pizza de taille conséquente.

— Elle est moitié au fromage, moitié au poivron, déclare-t-elle. J'espère que ça te va. Tu as faim ?

— Non, j'ai déjà mangé il y a un petit moment.

— Je *meurs* de faim, dit-elle. Pourquoi ne m'as-tu pas appelée ?

— L'avion avait du retard.

— Je suis contente que tu sois rentré. Tu ne m'embrasses pas ?

— Kate..., commence-t-il.

— Avant que je n'en meure, poursuit-elle en se lovant dans ses bras.

Il l'embrasse, puis se détache d'elle gentiment mais toutefois presque immédiatement, apeuré à l'idée qu'Helen pourtant bien loin dans le Massachusetts, vienne à apprendre qu'il y a eu une autre femme dans cet appartement, qu'il l'a embrassée alors qu'elle lui apportait une pizza à neuf heures du soir et qu'en fait elle n'était rien d'autre que la *fille* avec laquelle il couchait. En lui enlevant le carton des mains et en l'apportant à la cuisine, il s'attend réellement à ce que le téléphone sonne et qu'Helen lui hurle :

— Qui est celle qui est avec toi, espèce de salaud ?

Mais bien évidemment, il ne sonne pas.

— C'est mignon, observe-t-elle en embrassant la pièce du regard.

— Merci, répond-il.

Il demeure très nerveux. Plus que nerveux, plein d'appréhension. Il redoute que Luis... Était-ce Luis qui, ce soir, était dans l'entrée lorsqu'il est revenu de son dîner ? Si c'est lui qui l'a laissée monter, se souviendra-t-il qu'il s'agit de la même fille que celle qui a déposé, deux semaines auparavant, un mouchoir lavé et repassé à la conciergerie ? Mais cela fait-il seulement *deux* semaines qu'ils couchent ensemble ? Et puis au fond, le mouchoir se trouvait dans une enveloppe, il n'a donc pas pu savoir que c'en était un... et quelle différence cela peut-il bien faire ? Malin de Luis, avec son grand sourire de macho latino-américain et son clin d'œil, rusé de Luis qui a accepté le « pétite » paquet d'une superbe rousse un dimanche matin, deux semaines auparavant ; on est maintenant dimanche soir, vingt-et-une heures, et madame Chapman profite de ses vacances à la mer dans le Massachusetts, *verdad, señor ?* Luis se souviendra-t-il ? Si c'est bien Luis qui est en bas. Luis se souviendra-t-il et détruira-t-il sa vie à lui, David, alors même qu'il aura déjà mis fin à cette relation ? C'est vrai que ce n'est pas encore le cas. Pas tout à fait. Il a seulement pris la décision.

— On devrait la mettre au four, suggère Kate.

Elle semble pleine d'allégresse et inconsciente, à un point exaspérant, du malaise qu'il éprouve. Ne se doute-t-elle pas qu'-Helen a le nez d'un chien renifleur et que le parfum qu'elle porte, certes séduisant mais peu approprié à un livreur de pizzas, est du genre à pénétrer dans les tapisseries d'ameublement et dans les rideaux, et que sa femme le repérera à l'instant même où elle et les enfants franchiront la porte d'entrée le 15 septembre, date où les vacances à Vineyard s'achèvent ? Courbée avec la grâce de la danseuse qu'elle est, elle glisse la pizza dans le four, se retourne pour lui sourire et lui adresse un baiser dans le vide.

— Kate, commence-t-il, il faut que nous parlions.

— Bien sûr, répond-elle en réglant le four comme si, depuis toujours, elle avait l'habitude de réchauffer des pizzas dans cette cuisine, comme si, au fond, ça avait été *sa* cuisine. Mais tu ne m'offres pas un verre avant ?

— D'accord, dit-il tout en pensant qu'il veut en finir avec cette situation, lui parler, lui dire que c'est terminé, manger cette fou-tue pizza, se débarrasser du carton d'emballage et mettre un terme à tout ça. Pendant qu'il la conduit au salon, elle promène un regard observateur autour d'elle et ses yeux verts se posent tour à tour sur les peintures accrochées au mur, la composition de fleurs artificielles qui trône sur la table de l'entrée, les meubles et la petite sculpture qu'Helen et lui avaient ramenée d'un voyage en Inde trois ans auparavant.

— C'est mignon, répète-t-elle avant de s'asseoir sur le canapé qui fait face au bar et de croiser ses longues jambes terminées par un petit short et des Rangers incongrues.

Elle est consciente d'avoir de splendides jambes...

J'ai toujours eu de très belles jambes, même quand j'étais une petite fille. En plus, à cette époque, je prenais des cours de danse depuis déjà un bon moment et mes jambes étaient longues et bien faites...

... Elle sait qu'elle peut tout se permettre avec elles et n'ignore probablement pas que le short et les bottes sont un écho exagéré du short de jogging vert en nylon et des Nike qu'elle portait le jour où ils se sont rencontrés.

— Tu peux me faire un martini, s'il te plaît ? demande-t-elle.

— Bien sûr, répond-il.

— Merci, dit-elle. Avec de la vodka et un zeste de citron, c'est possible ?

— D'accord.

Il avait espéré qu'elle préfère quelque chose de plus simple, un scotch avec des glaçons, un whisky-soda, n'importe quoi excepté une boisson qui nécessite trop de préparation, car il veut vraiment en finir avant...

Avant quoi ?

Avant qu'Helen n'appelle *vraiment* de Menemsha.

Il ignore ce qu'il pourra bien lui dire si elle téléphone.

Tout en versant la vodka, en y ajoutant un doigt de vermouth, en râpant un peu de la peau du gros citron jaune qu'il a pris dans le réfrigérateur, il angoisse à l'idée que le téléphone, accroché au mur derrière le plan de travail, ne sonne, *Bonsoir Helen, j'étais en train de me faire un martini,* mais le téléphone ne sonne pas. Il apporte la boisson dans le salon, où Kate a, entre-temps, retiré ses Rangers. Elle s'est assise sur le canapé, les jambes repliées sous ses fesses et un bras tendu sur le dossier de celui-ci. Elle a également ôté son béret. Ses cheveux roux luisent à la lumière du spot qui éclaire la peinture abstraite derrière elle. Il lui tend le verre...

– Quelque chose ne va pas ?

... se verse un peu de scotch avec de la glace, s'approche du divan pour trinquer...

– À nous, dit-elle en lui souriant.

– Kate, commence-t-il de nouveau, nous...

– Mmm, fait-elle en avalant une gorgée de son martini.

Il est assis à côté d'elle. Le canapé est bleu. Il se met à espérer qu'elle ne s'est pas couverte de talc, une fois sa douche prise, et qu'elle ne laissera pas de traces de cette poudre, de son parfum, de son *odeur* qu'Helen puisse repérer, une fois que Luis aura fait allusion à la petite visite nocturne d'une rousse.

– Bon, qu'est-ce qu'il se passe ? demande-t-elle en se tournant vers lui.

Il avale une longue gorgée de scotch.

– Kate, continue-t-il, il me semble que tu devrais savoir que vendredi prochain, je partirai, comme d'habitude, à Vineyard...

– Oui ?

– ... et que cette fois-ci, j'y passerai le mois entier.

– Oui, je sais.

Il la regarde.

– Tu es psy et tu seras absent tout le mois d'août, j'en suis consciente. Il nous reste quand même toute la semaine. Dis-moi, pourquoi ne m'épouses-tu pas ? Tu n'aurais plus à aller à Vineyard du tout.

– Kate...

– Ou au moins, pourquoi ne pars-tu pas seulement samedi ? ou même dimanche. Pourquoi faut-il que tu te dépêches de partir vendredi ? Vendredi n'est que le 28 du mois. Tes patients savent que tu seras parti si tôt cette année ?

– Oui. Vendredi est le dernier jour du mois.

– Non. Le dernier jour du mois, c'est *lundi* prochain. La fin du mois est le 31, et c'est lundi.

– Je sais, mais...

– Je peux te le dire, je suis contente que tu ne sois pas mon psy, David. S'esquiver avant même la fin du mois... Pendant que j'y suis, je t'ai préparé une surprise pour ton anniversaire, alors j'espère que tu n'as pas l'intention de partir à Vineyard encore plus tôt que...

— Non, je ne partirai pas avant...

— Bon. Jeudi chez moi à huit heures alors. On ne travaille pas ce soir-là, donc je n'ai pas à aller au théâtre.

— Kate, je crois que nous...

— Attends de voir ce que je t'ai préparé.

— J'espère que tu n'as pas fait de fo...

— Tu vas aimer. Tu auras une *autre* fête d'anniversaire à Vineyard ?

— Oui.

— Quand ?

— Vendredi soir.

— C'est pour ça que tu pars aussi tôt ?

— Je ne pars pas tôt. Mes patients...

— S'esquiver trois jours avant la fin du mois, répète-t-elle en se tournant entièrement vers lui, à la manière d'une danseuse ou peut-être d'une adepte de yoga, il ne sait pas trop, qui ramène ses pieds l'un à l'autre, les maintient joints à l'aide de ses mains et reste assise bien droite, les genoux écartés.

Le short noir remonte sur ses cuisses si bien qu'il aperçoit un bout de sa culotte, tout aussi blanche que celle qu'elle portait dans le parc ce fameux jour et que l'échancrure d'un petit short vert en nylon avait laissé voir. Cela contribue à lui donner une image de jeunesse ; une culotte blanche comme celle qu'elle portait un jour de début septembre alors que les feuilles mortes s'amoncelaient dans le parking et qu'elle avait dégrafé son short, baissé sa culotte, s'était assise sur son bureau avant de s'offrir à lui.

— Mes patients *savent* que le cabinet ferme, précise-t-il. Nous ne parlons de rien d'autre depuis trois semaines.

Mais ce n'était pas vraiment la vérité.

Ils avaient également abordé d'autres sujets.

Tout d'un coup, on s'est retrouvé dans l'obscurité totale, et là, elle aurai pu être n'importe qui. Elle a ouvert sa robe de chambre et écarté les jambes ; elle était chaude et humide, et elle m'a fait entrer en elle.

– Kate, reprend-il, je crois que nous devrions...

– Moi, ce que je crois que nous devrions faire, c'est nous mettre un peu plus à l'aise, tu ne trouves pas ? déclare-t-elle, avant de quitter prestement la position qu'elle a prise. Elle se lève en tendant les bras pour faire balancier, tel un nageur sortant d'une eau bleue glacée, se retrouve l'espace d'un instant debout, pieds nus, sur le canapé bleu, puis saute d'un bond de chat sur le tapis blanc, en baissant d'un coup sec le short et la culotte à hauteur des genoux. Elle s'en dégage avec grâce, en levant une longue jambe de danseuse, puis l'autre, avant de jeter les vêtements derrière ses épaules. Elle fait un pas vers lui en souriant, puis un autre, des pas de danseuse, les genoux levés, la pointe des pieds tendue, un pied posé à plat sur le tapis, des pas au ralenti, s'approchant toujours plus, tel un chat traquant sa proie, mais avec un sourire.

– Tu veux me baiser tout de suite ? demande-t-elle en s'agenouillant avec l'élégance d'une danseuse. Décide, dit-elle en faisant glisser sa braquette et en le débarrassant de son pantalon et de son slip avant d'empoigner fermement son sexe.

Elle le regarde. Ses yeux verts le fixent. Elle a les sourcils levés. Alors ? questionne son regard.

– Ou tu préfères me mettre cette grosse belle chose dans la bouche ? demande-t-elle avec un sourire radieux.

Il jette sa tête en arrière et fixe la lumière aveuglante qui éclaire le tableau. Il se perd dans son éclat et dans l'insistance de la main implacable de Kate ; la lumière lui procure un tel bien-être, il oublie en quelques secondes toutes ses résolutions et il se précipite irrévocablement dans la jeunesse et la passion incandescente que cette femme lui offre, noyé, de manière déconcertante, dans l'extase.

– Tu préfères quoi ? demande-t-elle de nouveau. Décide !

Le lundi matin, il appelle Stanley Beckerman pour lui annoncer qu'il lui apporte son soutien en ce qui concerne la supercherie du mois d'août.

Désormais, tous les événements de sa vie portent un nom.

La supercherie du mois d'août en est un.

Ainsi qu'il en va à cette période de l'année, chacun de ses patients trouve des manières différentes, bien que peu originales, de gérer ce qu'ils considèrent comme une négligence injustifiée et un manque de considération de la part de David. Comment *ose-t-il* les abandonner pendant tout le mois d'août ? Plus longtemps encore. Cinq semaines et quatre jours si l'on compte ses jours d'absence fin juillet et début septembre avant de reprendre son travail le 5 du mois. Cinq semaines et quatre jours, mais de qui se moque-t-on ?

Arthur K fait face à cette abominable situation en essayant de boucler sa thérapie avant la fin du mois. Il ne cherche pas, plus simplement, à la reporter après le Labor Day mais il veut l'achever, y mettre un terme. Ce que David, par expérience, sait ne pas être chose aisée. Mais en ce mardi, Arthur K – qui lui avait révélé n'avoir plus jamais touché sa sœur après la nuit où, en rentrant du bal, il s'était retrouvé dans son lit – semble impatient de confesser qu'en fait, après cette première occasion, ils avaient toujours fait l'amour de temps à autre, même *après* qu'ils s'étaient mariés...

– Avec d'autres, bien sûr. Épouser ma sœur aurait été un inceste.

... Ils l'avaient fait *régulièrement*, de manière continue, jusqu'à ce qu'elle disparaisse douze ans auparavant et que naisse la peur phobique d'Arthur pour les voitures. Si, au fond, David souhaitait *savoir* – et peut-être mettraient-ils ainsi un terme définitif à tout ça ainsi qu'à cette fameuse analyse –, si David voulait savoir ce qui s'était *réellement* passé ce jour-là...

Le mari de Veronica, Manny, est au travail comme d'habitude ; il est propriétaire d'un magasin de prêt-à-porter sur la 14e Rue et vend, en majorité à des Hispano-Américains, des robes jaunes, des robes rouges, la merde habituelle pas chère et de mauvais goût qu'ils aiment porter. Sa sœur et Manny habitent Larchmont, l'endroit même où Arthur se rend en ce mercredi matin pour la retrouver. Le mercredi est le jour où il va chez son chiropracteur avant de rendre visite à sa sœur. Il le fait régulièrement. Il ne peut pas laisser passer une semaine sans voir sa sœur, sans lui faire ce qu'il lui a fait des années auparavant. Il l'aime plus que tout au monde.

— Je n'ai jamais éprouvé de honte quant à mon amour pour elle. Je l'aime *encore*, si vous voulez savoir.

En cette journée fatale qui marquera la fin de sa vie, elle porte, en son honneur, ce qu'elle a toujours revêtu chaque fois qu'ils font l'amour, à savoir un peignoir bleu semblable à celui qu'elle avait à l'âge de quinze ans, lorsqu'elle était encore vierge, ainsi qu'une chemise de nuit à lacet rose, plus courte que celle de cette époque.

— Veronica n'a jamais eu d'enfant, dit Arthur K. Elle avait conservé un beau corps. Le même que celui qu'elle avait à quinze ans. Un ventre ferme, des seins, elle avait tout, bien qu'elle ait déjà eu... heu... cinquante-trois ans lorsqu'elle a été tuée dans cet accident.

Il en a la voix entrecoupée.

David attend.

— Je veux vraiment mettre un *terme* à toute cette merde, déclare-t-il.

David doit-il se risquer à réagir ?

Mettre un terme à *quoi* ? se demande-t-il. Au fait de croire que leur transgression avait entraîné la mort de sa sœur ?

Ou parle-t-il de son analyse ?

Il attend.

— Elle m'avait dit... elle disait qu'elle...

David attend.

— Elle disait qu'elle l'avait dit à Manny.

Il y a un long silence écrasant.

— Je lui ai dit... Je... J'étais sidéré. Je lui ai dit : « *Quoi ?* Tu l'as dit à Manny ? » Elle répondit que oui. « Tu lui as dit à propos de nous ? » Elle acquiesça. Elle me dit que ce devait être la dernière fois que nous faisions ce que nous venions juste de faire. Elle m'expliqua que Manny ne voulait plus jamais me revoir, qu'il ne voulait plus m'adresser la parole, qu'il ne voulait plus *entendre parler* de moi, que c'était une *honte* de baiser avec sa propre sœur. C'est ce que Manny lui avait dit. Il avait dit que je baisais ma propre sœur. Nous venions juste de terminer... elle me racontait ça assise au bord du lit, entièrement nue. C'était après. Nous fumions toujours une cigarette après. Elle me racontait ça pendant que nous fumions. Elle était assise sur le rebord du lit et moi dans un petit fauteuil recouvert d'un tissu doré. On fumait tous les deux. Je lui ai demandé comment elle avait pu faire une *telle* chose, si elle n'était pas folle. Elle a répondu qu'elle ne supportait plus ce sentiment de culpabilité, qu'elle devait le lui dire. J'ai dit : « *Quelle* culpabilité ? de quelle culpabilité parles-tu ? Toi et moi, on s'aime, quelle culpabilité ? Comment tu as pu faire ça ? » Elle répondit qu'elle était désolée mais qu'elle ne supportait plus de mentir.

« Je... je me suis mis à genoux devant elle, j'ai pris ses mains dans les miennes, sa cigarette fumait dans le cendrier, et je lui ai dit : « Veronica, tu dois lui raconter que tu plaisantais. – Que je plaisantais ? Comment pourrais-je lui dire que je plaisantais ? Qui plaisante avec de telles choses ? », me répondit-elle. J'embrassai ses mains, je la suppliai sans relâche, mais elle me demanda de partir. « Arthur, il faut que tu t'en ailles maintenant, j'ai un rendez-vous chez la manucure et je dois y aller en voiture. » Je la suppliai, je lui dis : « S'il te plaît, Veronica », je pleurais, je lui dis : « S'il te plaît, ne me quitte pas », mais elle me répondit qu'elle le devait et elle me demanda de partir car il la tuerait s'il apprenait que j'étais venu. Je lui dis : « J'espère qu'il le fera. » Elle pleurait quand je suis parti. Sa Camaro était garée dans l'allée devant la maison.

Elle passe à son cabinet le mardi, à l'heure du déjeuner. Elle apporte des petits pains et du pâté. Après avoir mangé, ils font l'amour sur le divan. Lorsqu'il l'embrasse, elle sent l'oignon.

Le mardi, il n'y a pas de spectacle.

Il passe la soirée chez elle.

Mais il s'assure d'être rentré vers vingt-deux heures afin d'appeler Helen avant qu'elle n'aille se coucher.

Il lui téléphone à nouveau le lendemain à sept heures et lui explique qu'il se rend plut tôt que d'habitude à son cabinet, car il a beaucoup à faire d'ici vendredi. Elle lui demande quel est son programme du lendemain, jour de son anniversaire. Il lui répond qu'il ira peut-être au cinéma et elle lui suggère de sortir fêter cet événement en compagnie de Stanley Beckerman. Il lui dit qu'il y réfléchira.

— De toute manière, on aura l'occasion de se rappeler d'ici là, fait-il remarquer.

On est mercredi.

Un jour de spectacle en matinée. Mais qui n'aurait pas lieu sur le divan noir de son cabinet, car Kate doit se trouver au théâtre vers douze heures trente avant la *vraie* matinée de quatorze heures. Dès qu'il a raccroché, il se dépêche de descendre prendre un taxi pour se rendre chez elle.

Ce soir-là, il rappelle Helen à vingt-deux heures et lui dit qu'il sort se promener et qu'il va boire un café dans ce fameux bar de la 72ᵉ Rue. Elle lui recommande d'être prudent et il lui promet de la rappeler le lendemain matin. Une fois la conversation achevée, il s'empresse de se rendre au théâtre. L'entrée des artistes se trouve sur la 7ᵉ Avenue. Il y arrive au moment où la troupe sort. Elle le prend par le bras.

— Salut ! dit-elle en montant sur la pointe des pieds pour l'embrasser sur la joue.

— Bonne soirée, Kate ! lance une des filles.

— Bonne soirée ! jette une autre en faisant un signe de la main.

Ils prennent un café ensemble quelque part sur la Sixième Avenue. Pendant qu'ils sont assis, main dans la main, à une table d'angle, il l'embrasse souvent et ouvertement. Ils se rendent ensuite chez elle, où ils font frénétiquement l'amour. Il ne rentre pas chez lui avant minuit et il est soulagé de voir qu'il n'y a pas de message d'Helen sur le répondeur téléphonique.

Alex J a sa façon bien à lui d'affronter les absences imminentes qui menacent de se prolonger pendant un mois. Un mois *ou plus*, ne l'oublions pas. Alex J la ferme. Il n'a pas dit un mot de la semaine. Aujourd'hui, c'est jeudi, et l'heure s'écoule : il ne dit toujours rien. C'est comme ça qu'il punit David. Tu veux aller je ne sais où et me laisser tomber ? D'accord ! Je vais faire comme si t'étais *déjà parti*, qu'est-ce que tu penses de ça, hein ? Et puisque t'es déjà parti, j'ai pas besoin de te parler. Je peux bien rester là à regarder le plafond, non ?

— Oui ? demande David, comme s'il avait lu dans ses pensées.

— Quoi ? dit Alex J en sursautant.

— Je croyais que vous alliez dire quelque chose.

— Et qu'est-ce que j'aurais à dire ? répond Alex J sèchement.

— Pardon, je croyais...

Un autre long silence. David se demande quel genre de surprise Kate a manigancé pour son anniversaire. Elle n'arrête pas de parler d'une « fête », mais il espère qu'elle n'a pas été assez folle pour préparer une vraie fête, avec des invités. Il reconnaît qu'au cours des semaines passées, s'il n'est pas devenu totalement imprudent, il a quand même fait moins attention. Il espère qu'elle n'a pas vu là un feu vert pour...

— ... le temps sera plus chaud, dit Alex J.

— Oui ?

— Vous dormiez ? demande-t-il.

— Non, non.

— Alors répétez-moi ce que je viens de dire.

— Vous disiez que le temps sera plus chaud...

Puis il essaye de deviner et de tomber juste, alors il ajoute :

— Ce sera quand je serai parti. En août.

— Tu parles ! Combien de fois vous vous endormez quand je parle ?

— Jamais.

— Je le parierais !

— Vous perdriez.

— Quand les robes qu'elles portent sont tellement légères, continue Alex J. Ces petites robes...

David garde le silence.

Il attend.

— Je veux dire quand il fait vraiment chaud. Vous avez lu cette nouvelle d'Irwin Shaw ?

— Laquelle ?

— *The Girls in Their Summer Dresses.*

— Oui ?

— C'est exactement pareil, vous savez ? La façon dont elles s'habillent en été. J'agirais pas comme ça si c'était l'hiver. Je ne les suivrais pas jusque chez elles, je veux dire. C'est juste parce que c'est...

— *Quoi ?* pense David.

— ... l'été. Ces petites robes qu'elles portent et qui se soulèvent à chaque pas.

Il les suit jusque *chez elles* ? pense David.

Alex J travaille à la Bourse, il a trente-sept ans, et il fait le trajet en métro entre West Ninety-Third et Wall Street, tous les jours de la semaine et parfois le week-end. Il est marié, a trois enfants, et il vient en consultation chez David depuis un an, parce qu'un mois avant il s'est frotté contre une femme dans le métro, elle lui a donné un coup de coude dans le ventre et elle s'est mise à hurler : « Fous le camp, *me touche pas !* » Pour lui, c'était comme s'il avait tout d'un coup trouvé des serpents dans son lit. Craignant qu'on l'arrête la prochaine fois qu'il se frotterait contre quelqu'un, ou même s'il effleurait une personne par inadvertance, Dieu l'en préserve, Alex J était venu trouver David pour lui expliquer ses irrésistibles besoins.

Alex J est ce qu'on appelle un *frotteur* dans le métier. Il agit dans le métro sur des femmes légèrement vêtues, un crime qui se définit en ces termes : soumettre une personne à un contact sexuel sans son consentement, ou – pour reprendre la conception que s'en était faite David sept ans plus tôt, alors qu'il soignait un patient souffrant de la même façon – « n'importe quel contact, charnel ou à travers le tissu, des parties sexuelles ou intimes d'une personne avec le corps d'une autre à laquelle il n'est pas uni par le mariage, dans le but de satisfaire les désirs sexuels de l'une ou de l'autre partie ». En d'autres termes, si Alex se fait attraper en train de faire ce qu'il a fait (pendant les six dernières années, comme David s'en est rendu compte, et non pas les six derniers mois, avant son apothéose un an plus tôt, en juillet), il risque de passer entre trois mois et un an en prison, ce qui est de la petite bière, à moins d'avoir une femme et trois enfants qui vous attendent à la maison, hein mon petit ?

David n'est pas là pour sauver Alex de la prison, bien qu'en soi il faille prendre en considération cet aspect de la situation. Il est là pour aider Alex J à découvrir l'origine de sa conduite, afin qu'il la comprenne mieux et qu'il puisse la contrôler. Mais *maintenant*...

Et peut-être que tout cela n'est qu'une ruse, peut-être qu'Alex J lui raconte toutes ces histoires pour s'assurer que David écoute vraiment. Tu crois pouvoir partir pendant tout le mois d'août, hein ? Alors écoute un peu *ça*, docteur !

Et maintenant, David entend qu'Alex J, en plus d'avoir recherché délibérément dans les gares n'importe quelle femme ou fille de n'importe quel âge, apparemment vêtue de ce qu'il appelle « une robe légère et provocante », en plus de la suivre depuis le quai jusque dans une rame de métro à l'heure de pointe, pour que la foule le repousse contre elle, et que, dans une position stratégique, juste dans son dos, il se frotte jusqu'à avoir une érection, et même, une fois, une éjaculation...

En plus de tout ça, David entend *maintenant* qu'Alex J a développé au cours des dernières semaines un nouveau symptôme inquiétant qui pourrait l'entraîner derrière les barreaux pour un très très long moment. Peut-être craint-il que son attitude répréhensible dans le métro ne le mène à l'arrestation et à l'incarcération, s'il devait se frotter un jour contre une femme commissaire dans une robe de coton ; toujours est-il qu'il s'est mis à suivre celles dont il est certain qu'elles ne sont pas flics, et qui, du moins selon ses propres certitudes, ne résisteraient pas à ses avances.

Et voilà ce qu'il se met à raconter, dix minutes avant la fin de son heure, en ce jeudi, veille du départ de David pour tout le mois d'août. C'est comme ça qu'il a pu captiver toute l'attention de David. C'en est fini maintenant des femmes *dans le métro* avec leurs robes légères. Tandis que les minutes s'égrènent il en est arrivé à parler des femmes provocantes de la rue, qu'il a suivies depuis le bureau jusque chez elles. Et pour une de ces femmes, il s'est même aventuré dans un quartier hispanique du Queens.

– Elle sait que j'ai l'œil sur elle. Elle sait que je vais faire quelque chose. Elle le veut, dit-il en hochant la tête d'un air satisfait.

David lui conseille de ne pas faire de bêtises – c'est le mot qu'il emploie – tant qu'ils n'ont pas eu l'occasion d'en parler plus à fond en septembre.

– Bien sûr doc ! lui répond Alex gaiement. Passez un bon été !

Ce soir-là, lorsque David sonne à la porte de son appartement, elle entrouvre à peine la porte, reste cachée et murmure : « Ferme les yeux. »

Il espère qu'elle n'a pas rassemblé ici toute une clique de personnages divers qui vont lui crier « Surprise ! » dès qu'il va mettre le pied dans l'appartement. Mais, obéissant, il ferme les yeux, tout en ayant l'impression de paraître complètement idiot.

– Tu as les yeux fermés ? demande-t-elle à voix basse de l'autre côté de la porte.

– Ils sont bien fermés, répond-il, également à voix basse.

Il entend la porte qui s'ouvre.

– Entre, dit-elle.

Il pénètre dans l'appartement et sent immédiatement l'odeur entêtante de l'encens, qui se mêle à son parfum capiteux, plus subtil, et obsédant comme un leitmotiv. Il a toujours les yeux fermés. Il entend le bruit de la porte qui se referme derrière lui, le déclic familier des verrous tandis qu'elle ferme à clé. Une musique lui parvient faiblement depuis l'autre extrémité de la pièce où il sait qu'elle a placé sa chaîne hi-fi, contre le mur. C'est une musique qui lui est vaguement familière, un vague ensemble symphonique de cordes et d'instruments à vent, il connaît sûrement ce morceau, il a sûrement déjà entendu cette mélodie émouvante. Des sonorités sensuelles et riches qui s'échappent doucement des haut-parleurs, un air qui lui évoque avec douceur des horizons exotiques, des caravanes lointaines, des dunes de sable...

— Tu peux ouvrir les yeux maintenant, déclare-t-elle.

Elle se tient à environ un mètre de lui, nue sous ses pantalons de harem qui finissent en pattes d'éléphant autour de ses chevilles, ornées d'épais bracelets d'or qui ressemblent à des menottes. Un gilet de soie rouge, décoré de broderies, s'ouvre sur sa poitrine nue. Elle porte des mules rouges à hauts talons, assorties à son gilet, qui la grandissent d'au moins cinq centimètres. Elle reste devant lui, immobile, intimidée, baissant les yeux, le cou et les poignets pris dans d'innombrables clochettes et chaînes d'or, elle porte à tous les doigts de grosses bagues ornées de pierres aux couleurs vives. Elle a remonté sa chevelure sur le haut de sa tête, où elle forme une masse cuivrée, retenue par un ruban métallique doré qui brille dans la lumière pâle. Elle est une esclave occidentale transportée en Orient – car il peut voir maintenant les modifications qu'elle a apportées à la décoration de l'appartement.

La lumière est tamisée, elle a recouvert les lampes d'écharpes de soie transparente, rouge, noire et or, qui rappellent son costume. Tout autour de la pièce, les flammes d'épaisses bougies dans les mêmes tons vacillent, et l'encens se consume dans de petits récipients de cuivre posés sur la table basse. La porte de la chambre à coucher est entrouverte. Une lumière rouge s'en échappe et se répand sur le tapis du salon comme une flaque de sang. La musique prend du volume : c'est du Rimski-Korsakov, et pour son anniversaire, elle s'est transformée en Schéhérazade, elle va lui raconter des légendes où se mêleront des voluptés et des extases parfumées.

— Ça te plaît ? demande-t-elle.

— Beaucoup.

— Donne-moi tes lunettes, je vais te bander les yeux.

Elle prend ses lunettes, vient se placer derrière lui, passe par-dessus sa tête un ruban de soie noire – est-ce une écharpe, un sous-vêtement ? Il serait incapable de le dire parce qu'il est immédiatement aveuglé. Maintenant qu'il a les yeux fermés,

146

que le bandeau est noué derrière sa tête, le jeu des ombres a fait place à une obscurité totale.

— Donne-moi la main, ordonne-t-elle.

Il sent sa main dans la sienne, prise entre ses doigts bagués. Il ne se rappelle pas l'avoir vue portant une bague par le passé.

— Est-ce que tu peux voir ? l'interroge-t-elle.

— Non.

— C'est promis ?

— Oui.

Pas la moindre lumière autour du bandeau. Elle l'entraîne à travers cette nuit noire, l'aide à contourner les obstacles qui parsèment la pièce et qui lui sont familiers : la table basse devant le sofa, un pouf, quelques meubles qu'elle évite tout en le guidant, du moins le pense-t-il, vers la chambre à coucher, d'où s'échappe la lumière rouge qu'il ne voit plus. Il entend la porte qui s'ouvre doucement. Elle le fait entrer.

— Reste là, dit-elle.

Là aussi, il sent l'odeur de l'encens.

Il entend le bruit de la porte qui se referme derrière lui.

La musique de *Schéhérazade* ne parvient plus jusqu'à lui.

Il n'y a plus que le silence.

— Je vais t'embrasser maintenant, dit-elle. Garde les bras le long du corps. Je ne veux pas que tu me touches.

Il sent qu'elle s'approche, qu'elle se penche vers lui. Ses lèvres rencontrent les siennes. Elle l'embrasse, sa langue s'enfonce dans sa bouche. Dans l'obscurité, il sent ses lèvres humides de désir. Il en éprouve un plaisir immédiat mais elle se retire aussitôt et fait rapidement un pas en arrière. Et toujours dans le noir, elle murmure :

— Ça t'a plu ?

— Oui.

— Tu veux que je t'embrasse encore ?

— Oui.

— Je parie que tu voudrais bien me toucher, hein ?

— Oui.

— Ah mais tu ne peux pas !

Il n'entend plus sa voix. À nouveau, ses lèvres touchent les siennes. Sa main glisse lentement sur son pantalon, elle commence à le caresser à travers le tissu, tandis que sa langue explore sa bouche. Il sent qu'elle ouvre sa braguette. Puis à nouveau, elle recule, hors de portée.

— Qu'est-ce que tu voudrais que je te fasse ? murmure-t-elle. Dis-le-moi.

— Tout ce que tu veux.

— T'embrasser encore une fois ?

— Oui.

— Oh oui ! Et tu veux que je sorte cette chose de ton pantalon ?

— Oui.

— Ça te plairait, hein ?

Il attend, impatient. Il perçoit un mouvement. Elle s'agenouille devant lui, il sent ses mains dans son pantalon, et soudain, elle le prend dans sa bouche humide. Chaque fois qu'il essaye de toucher son visage, ses cheveux, elle se retire, pour revenir l'instant d'après, déterminée. Puis, comme si elle devinait qu'il risque de jouir d'un moment à l'autre, elle disparaît complètement. Sa voix lui parvient du fond de l'obscurité.

— Tu as aimé ça ?

— Oui.

— Tu en veux encore ?

— Bien sûr, approuve-t-elle.

Puis sa voix retombe et elle prend à nouveau son sexe dans sa bouche, goulûment. Il tente de lui caresser le visage, mais elle évite le contact de ses mains. Et il entend sa voix, comme désincarnée, dans la pièce.

— Non, mon chéri, pas encore.

Le silence qui s'ensuit n'est rompu que par le froissement de la soie, le léger cliquetis des bracelets et des chaînes qui répond aux senteurs de l'encens et de mille parfums. Il attend, les jambes tremblantes. Où est-elle maintenant ?

— Tu veux que j'enlève le bandeau à présent ? demande-t-elle à voix basse.

— Oui.

— Tu aimerais voir ce que je vais te faire.

— Oui.

— Ça te plairait, hein ?

— Oui, ça me plairait.

— J'en étais sûre, conclut-elle en allant se placer derrière lui.

Il sent ses doigts sur sa nuque, elle se débat avec le nœud du bandeau. La soie noire tombe. Il ouvre les yeux.

— Voici Gloria, l'informe Kate.

Gloria est noire et Gloria est grande et souple, et Gloria a des yeux en amande et une bouche sensuelle et Gloria est entièrement nue, elle ne porte que des talons aiguilles et une chaîne en or qui passe plusieurs fois autour de sa taille.

— Joyeux anniversaire, déclare-t-elle en souriant. Voilà ton cadeau !

Il se souvient tout d'un coup des lèvres douces et épaisses qui l'ont possédé quand il avait les yeux bandés. Une lampe rouge est allumée sur une table de chevet. Elle projette sa lumière dans toute la pièce. Elle projette sa lumière rouge sur le corps plantureux de Gloria. Elle projette sa lumière rouge sur les seins de Kate, entre les pans de son gilet.

— Ça t'a plu ? demande-t-elle de nouveau.

Les jambes de David recommencent à trembler.

— Réponds !

— Oui.

— Alors viens vers moi chéri, dit Gloria en lui tendant les bras.

Il lui prend les mains.

Au cours de ce film hallucinatoire qui passe devant ses yeux ce soir-là – car il est certain qu'il rêve éveillé, que cette scène ne peut pas réellement se dérouler dans la chambre à coucher de Kate, sur le lit de Kate qui lui est désormais familier –, il apprend que cette femme noire aux longues jambes, aux yeux en amande et à la bouche voluptueuse est une danseuse, comme Kate...

— On s'est rencontrées pendant *Les Misérables*...

Mais c'est la première fois qu'elles font une chose pareille ensemble.

— Pas vrai Gloria ?

— Hmmm ! fait Gloria en murmurant, tandis que sa bouche s'active sans relâche. Pendant ce temps, Kate couvre les lèvres de David de baisers et murmure des paroles d'encouragement à sa chère bonne amie.

C'est sûrement un film qu'il a vu à Times Square, un film sur Times Square dans lequel il est *la vedette*, car il n'y a aucun doute que c'est à lui que revient le rôle principal masculin dans cette histoire qui s'intitule *Le Cadeau d'anniversaire* ! Il est l'objet de ce déchaînement de passions, là sur le lit de Kate, dans la chambre de Kate. Les lèvres de Gloria sont maintenant sur les siennes, sa bouche s'empare de la sienne, sa langue s'enroule autour de la sienne, tandis qu'en bas la langue de Kate joue avec son sexe, l'agace, l'excite, refuse de le libérer, et que la lumière rouge à côté du lit renvoie de longues ombres noires sur le plafond et sur les murs.

Gloria ouvre les jambes devant le visage de David, puis se baisse au-dessus de lui. Malgré sa propre incrédulité, il accepte sans hésitation cette femme qu'il voit ce soir pour la première fois, mais qu'il connaît déjà intimement, cette créature lascive avec laquelle il joue son rôle dans une production de plusieurs millions de dollars intitulée *Le Plongeur de fond*. Kate est la star de son propre film, intime et passionné, *La Flûtiste*. Elle ajoute des passages que le scénariste n'avait pas prévus mais que le metteur en scène, c'est-à-dire *elle-même*, demande à ses acteurs et à ses actrices d'improviser. David et Gloria, seuls autres comédiens dans cette double production — ou peut-être est-ce une triple production ? il devient si difficile de savoir qui dirige quoi — voient leurs rôles réduits à une suite de soupirs, de cris et de grognements, tandis que Kate, s'exprimant directement avec son cœur ou son inconscient, murmure une incessante litanie dans laquelle se mêlent le sexe, sa chatte, la baise. Elle abandonne soudain son dialogue improvisé et sa fellation pour s'allonger sur les coussins, se tourner sur le dos et ouvrir les jambes devant Gloria alors que la lumière donne à ses poils roux et à sa

150

fente rose un éclat plus intense encore. Elle étend ses longues jambes blanches et nues. « *Maintenant,* Glo ! » soupire-t-elle, et Gloria s'exécute promptement, faisant montre d'une multiplicité de talents qui n'apparaissaient pas immédiatement dans les bouts d'essai.

C'est comme s'ils avaient toujours fait ça, tous les trois ensemble. C'est comme si ce film qui auparavant portait le titre FOLIE À TROIS venait de bénéficier d'un budget plus important pour s'appeler désormais MÉNAGE À TROIS, avec l'inimitable trio qui vous a déjà étonné dans...

Mais non, ces stars ne sont ni les Andrews Sisters, ni les Trois Stooges, ni le trio de Nairobi, ni même Athos, Portos et Aramis malgré l'agilité et la compétence du trio, malgré le succès de leur show. Car même si Gloria a la tête enfoncée entre les cuisses écartées de Kate, et même si David est en train de monter Gloria et de lui donner de grands coups de reins par-derrière, c'est Kate qui mène le jeu, c'est elle qui dirige leurs énergies et leurs passions respectives. La seule véritable star ici, le maître du manège qui crée et fait vivre cette représentation, c'est Kate, elle encourage, elle ordonne, et finalement décide du moment exact où ils se libéreront, simultanément ; elle crie : « *Mon Dieu,* je jouis » et Gloria crie : « Mon Dieu, *moi aussi !* » David ferme les yeux et, en silence, a l'impression de décharger en même temps dans les *deux* femmes qui vibrent sous son corps.

Ils restent allongés côte à côte, couverts de sueur, sur leurs draps froissés et les oreillers trempés, tachés de rouge par la lampe de chevet. David est au milieu. Elles se tiennent la main, par-dessus sa poitrine humide. Kate pousse un soupir de satisfaction et murmure :

— Quand tu m'épouseras, on pourra faire ça tout le temps.

— Recommençons *tout de suite*, suggère Gloria.

Il a mis le réveil pour sept heures du matin.

Il prend une douche, se rase, puis retourne près des deux femmes, endormies dans les bras l'une de l'autre. Il secoue doucement Gloria pour la réveiller.

— Quelle heure est-il ? demande-t-elle immédiatement.

151

– Sept heures et demie.

– D'accord, dit-elle.

Elle se redresse sur le bord du lit et se dirige vers la salle de bains.

Il entend le bruit de la douche pendant qu'il s'habille dans la lumière du petit matin qui pénètre par le côté des fenêtres que les persiennes ne parviennent pas à recouvrir. Kate est encore profondément endormie. Gloria sort de la salle de bains, enveloppée dans une serviette.

– Ton avion est à quelle heure ? demande-t-elle.

– Je ne pars pas avant cet après-midi. Mais je dois d'abord voir des patients.

– Où est-ce que tu prends ton avion ?

– À Newark, cette fois.

Elle se dirige vers la coiffeuse, prend sa montre et la regarde en plissant les yeux, aveuglée par la lumière qui s'échappe de la salle de bains.

– Malik devrait être ici à huit heures, remarque-t-elle en attachant sa montre à son poignet.

David ne sait pas qui est Malik. Et il ne demande rien. Il ne sait pas où Gloria et cet homme peuvent bien aller à huit heures du matin. Et là encore, il ne pose pas de questions. Il pense tout d'un coup qu'il ne sait rien d'elle. Elle se cogne l'orteil dans l'obscurité. « Merde », s'écrie-t-elle. Elle s'assoit au bord du lit, enfile une culotte, se lève, se penche en avant pour mettre son soutien-gorge, soulève ses seins avec ses mains, puis ferme l'agrafe. Il regarde sa robe. Jupe et chemisier. Sandales. Elle commence à ressembler à une personne. Je ne la connais même pas, pense-t-il. Elle retourne dans la salle de bains et applique son rouge à lèvres. Il l'observe, fasciné. Il ne la connaît même pas. Elle surprend son regard dans le miroir et lui fait un clin d'œil...

– C'était bon, cette nuit, non ?

– Oui.

– Quand est-ce que tu reviens ?

– Le 15.

C'est le mardi qu'il a choisi avec Stanley comme date de la première de ses conférences imaginaires.

— Je te verrai ? demande Gloria.

— Bien sûr.

— Bien, approuve-t-elle.

Il se demande s'il la reverra vraiment un jour.

— Tu veux du jus d'orange ? demande-t-il.

— Hmm, oui, répond-elle avant de se détourner du miroir.

— Alors ? comment je suis ? l'interroge-t-elle.

— Bien.

— Bien ? C'est tout ?

— Tu es belle, dit-il.

— C'est mieux, précise-t-elle avant d'éteindre la lumière de la salle de bains.

Dans la cuisine, ils vont s'accouder au bar, ensemble, et boivent leur jus d'orange. Le soleil s'est levé. La lumière se répand à travers le rideau qui recouvre le vasistas.

— Malik conduit une Jaguar, dit Gloria. Il va descendre à huit heures pile.

Elle regarde sa montre et demande :

— À quelle heure vas-tu partir ?

— Un peu après.

— Tu vas au bureau ?

— Oui.

— Il vaut mieux que je me mette en route, annonce-t-elle avant d'aller chercher son sac dans la salle de bains.

En revenant, elle ajoute :

— Je lui dirais au revoir et l'embrasserais volontiers, mais elle dort. — Elle hausse un sourcil puis ajoute : — Et toi, mon chéri ? Tu dors ?

Elle s'approche, colle son entrejambe contre lui, puis effleure ses lèvres avec les siennes.

— À plus tard, conclut-elle en s'éloignant.

Il entend la porte d'entrée qui s'ouvre et se referme. L'appartement est plongé dans un silence complet.

Il regarde sa montre.

Encore trois minutes et il sera huit heures.

153

Dans la chambre, Kate dort toujours. Il lui touche l'épaule. Elle bouge légèrement.

— Kate ?

— Hmmm ?

— Il faut que j'y aille maintenant.

— Tu pars ?

— Dans quelques minutes. Dors mon ange.

— Mon ange... oui, dit-elle.

Elle ferme les yeux. Il s'assoit au bord du lit et la regarde. Elle ouvre les yeux.

Elle regarde son visage au-dessus d'elle.

— Tu sais, n'est-ce pas ? demande-t-elle.

— Je sais quoi ?

— Tu sais. Tu es un psy. Tu dois savoir.

Puis elle ferme encore une fois les yeux. Elle garde le silence quelques instants, puis d'une toute petite voix, elle demande :

— Tu me quittes ?

— Oui, je...

— Je veux dire, est-ce que tu me quittes pour de bon ?

— Non, je ne te quitte pas.

— Reviens David.

— Oui, c'est promis.

— Tu m'aimes, David ?

— Je t'aime Kate.

— Oui, je sais que c'est vrai.

— Au revoir, Kate.

Et il l'embrasse.

— Je te reverrai le 15, dit-elle.

Il l'embrasse à nouveau.

Sa bouche est si douce.

Susan M est venue à sa dernière séance avec une liste de vêtements de rechange qui lui permettront de tenir jusqu'au 5 septembre, jour de la fête du Travail. Comme elle l'explique à David dans les moindres détails, le problème est qu'elle n'a pas assez d'habits pour se changer tous les jours pendant trente-neuf jours, ce qui est le nombre exact des jours qui la séparent du 5 septembre, quand elle le reverra.

– C'est bien ce jour-là que je vous reverrai, hein ? demande-t-elle. Le 5 septembre ?

– Oui, dit David.

– À la même heure, hein ?

– À la même heure.

– Alors voilà, je vais vous expliquer comment j'ai tout prévu, dit-elle en sortant un calendrier de son sac. Demain c'est samedi, ajoute-t-elle en faisant rapidement tourner les pages jusqu'à juillet. Je vais donc porter quelque chose de simple mais sexy, vous vous rappelez, on en avait déjà parlé il y a deux semaines. La mini-jupe blanche évasée, et un haut en maille. Mais j'aurai un soutien-gorge blanc en dessous parce que sinon... ouh là là ! Mais quand même un soutien-gorge sans bretelles. Et bien sûr des sandales et une culotte blanches. Dimanche j'ai un brunch avec mon amie d'Omaha. Je l'ai connue quand je vivais là-bas, elle est en ville et on va aller au Plaza alors je vais porter... je sais que je vous ai dit que je mettrai la veste beige avec le pantalon crème et les bretelles blanches, vous vous souvenez ? Mais c'était avant que j'apprenne que Marcy venait en ville, alors j'ai pensé que pour le Plaza il fallait la veste et la jupe plissée en lainage, avec le débardeur noir, les chaussures noires et le petit chapeau avec une plume grise. Culottes et soutien-gorge blancs. Puis, lundi...

Elle a tout prévu, jusqu'au lavage et au temps qu'il faudra pour emmener les vêtements et les laisser au pressing, ce qui l'empêchera de reprendre le cycle à zéro dans deux semaines, il faut donc élaborer un système compliqué et équilibré de substitutions et de répétitions. Susan M ne se contente pas de lui montrer ses listes et ses tableaux, elle lui explique également le nombre de jours qu'il faut pour faire nettoyer un chemisier de soie au pressing, ou pour laver une chemise d'homme à la machine afin de pouvoir porter l'un ou l'autre dans le cycle qu'elle a conçu.

Tandis qu'elle lui explique tout ça, qu'elle montre ses tableaux, ses listes et les jours sur le calendrier, elle regarde constamment sa montre, craignant que l'heure s'écoule avant qu'elle n'ait eu le temps d'achever sa litanie et sa démonstration, faisant ainsi courir à sa mère, à Omaha, le danger d'être décapitée, ou défenestrée, ou de subir toutes sortes de catastrophes épouvantables. Et c'est avec un immense soulagement – partagé d'ailleurs par David, car l'angoisse qui imprègne l'atmosphère du bureau devient insoutenable – qu'elle parvient à lui dire dans les quelques minutes qui lui restent ce qu'elle portera pour la séance qui suivra la fête du Travail.

— Le costume à rayures, annonce-t-elle, avec des chaussures noires à talons, une chemise noire, une lavallière blanche, des sous-vêtements noirs et des culottes noires, ouf !

Avant de quitter le bureau, elle confirme à nouveau l'heure et la date de leur prochaine séance, puis elle tend la main comme une petite fille gênée, sourit timidement et dit :

— Passez un bon été, docteur Chapman.

Il lui serre la main.

— Vous aussi, Susan.

Lorsqu'il sort de l'immeuble où se trouve son cabinet, à deux heures moins dix, une longue limousine noire attend le long du trottoir. La vitre arrière s'ouvre immédiatement, et la tête de Kate apparaît. Elle est silencieuse, elle sourit, tout simplement. Il s'approche aussitôt de la voiture.

— Salut, dit-elle, tu veux que je t'emmène ?

Il la regarde, étonné, secouant la tête de droite et de gauche pour exprimer son plaisir et sa stupéfaction.

— Où est-ce que tu as trouvé ça ? demande-t-il.

— Je l'ai commandée ! Où veux-tu que je l'ai trouvée ?

Il monte dans la voiture. Il sent le cuir noir et épais, et les boiseries en noyer. Une bouteille de champagne est posée dans un seau à glace en argent sur la console. Le chauffeur se tourne vers elle.

— Newark, mademoiselle ?

— Newark.

Elle porte une jupe qui ressemble à une jupe de tennis, mini, blanche et aguichante, un débardeur rose vif et une chemise en coton blanc. Elle a des talons hauts blancs, avec des lanières, et des socquettes rose shocking assorties à son haut. Ses ongles aussi sont peints dans le même rose violent. Elle a les jambes nues.

— Pourquoi est-ce que tu n'ouvres pas le champagne ? demande-t-elle.

Il s'active sur le fil de fer, enlève l'aluminium et fait sauter le bouchon. La mousse déborde lentement en haut du goulot étroit et sombre.

Il remplit deux coupes et lui en offre une, puis il repose la bouteille et lève son verre pour porter un toast.

— Au 15 ! dit-il.

— À nous ! rectifie-t-elle.

— À nous et au 15 !

— Quatre nuits entières à passer ensemble !

— Oui.

— J'inviterai Gloria, fait-elle en murmurant, puis elle tourne la tête vers lui et croise son regard.

— Seulement pour une nuit, précise-t-il.

— Tout ce que tu voudras.

— C'est toi que je veux !

— Tu fais bien. Mais je sais que Gloria t'a plu, c'est pas vrai ?

Ils parlent toujours à voix basse. Il regarde dans le rétroviseur accroché au pare-brise, au-dessus de la tête du chauffeur. On dirait qu'il a les yeux rivés sur la route.

— Oui, bien sûr qu'elle m'a plu, mais...

— Je l'appellerai encore, elle est très sexy. Tu n'as pas trouvé qu'elle était sexy ?

— Très, approuve-t-il, puis il jette à nouveau un coup d'œil dans le rétroviseur.

Le chauffeur regarde toujours fixement la route.

— Oui, très. Tu as raison, murmure Kate. Ou je peux trouver quelqu'un d'autre si tu préfères.

— Je t'ai dit que tout ce que je voulais...

— Oui, mais tu mens. La nuit dernière tu voulais aussi Gloria. Je la rappellerai pour toi. Peut-être avant que tu ne repartes. Pour ta dernière nuit ici, peut-être. Comme cette fois.

— Si c'est ce que tu veux.

— C'est toi qui le veux, confirme-t-elle, puis elle se met à agiter furieusement une de ses sandales au bout de son pied.

La grosse voiture continue sa course, vers le centre-ville et le tunnel. Ils boivent leur champagne en se tenant les mains. Elle remue toujours le pied. Il baisse les yeux vers ses jambes nues. Elle appuie sur le bouton qui commande la vitre les séparant du chauffeur et allonge sa jambe sur le strapontin en face d'elle.

Quand ils arrivent à l'aéroport, il a les lèvres en feu, son pantalon est taché. Elle sort de la voiture après lui, et lui passe les bras autour du cou, elle le couvre de baisers humides et passionnés, devant les passagers qui entrent et sortent du terminal. Puis, le regardant droit dans les yeux, fixement, les lèvres à quelques millimètres à peine de sa bouche, elle dit :

— Je te conseille de ne pas m'oublier.

— Je ne t'oublierai pas.

— Je te préviens !

Ce soir-là, avant le lever de rideau, on livre une douzaine de roses dans sa loge.

Et elle lit sur la carte :

« Je t'aime, Kathryn »

— Bien sûr que tu m'aimes, dit-elle à haute voix.

3. *Samedi 29 juillet – lundi 14 août*

Le samedi soir, on livre une deuxième douzaine de roses dans la loge. Comme celles qui sont arrivées la veille et l'après-midi même, avant la représentation, elles sont rouge sang, à longue tige, au milieu d'un buisson de fougères. Leur parfum évoque l'haleine d'un enfant, elles sont entourées de papier de soie et déposées au fond d'une longue boîte blanche. Sur la carte qui accompagne les fleurs, on peut lire encore une fois : « Je t'aime, Kathryn » ; mais chacun de ces trois bouquets – qui sont maintenant dans des vases et qui prennent toute la place sur la table de maquillage de Kate – provient d'un fleuriste différent, et l'écriture est également différente sur chaque carte. Ce qui signifie bien sûr que David les a commandés avant de partir et a dicté le message pour chaque carte. « Je t'aime, Kathryn, ». Chaque fois de l'écriture différente d'un fleuriste différent.

Les seuls artistes qui bénéficient d'une loge privée sont ceux qui tiennent les cinq rôles principaux dans la pièce – ce que le syndicat des acteurs appelle un « contrat blanc » – et seulement un de ces danseurs est une femme : Grizabella. Le reste de la troupe n'a reçu que des « contrats roses » et ils doivent partager leurs loges avec un nombre plus ou moins grand de collègues.

Kate partage la sienne avec huit autres danseurs et deux chanteurs : dans un spectacle de danse comme celui-ci, la plupart des participants ont un jour ou l'autre remplacé quelqu'un de malade ou d'« indisposé », selon l'expression consacrée, ou qui a dû répondre à une « obligation familiale ». Les danseurs qui par-

159

tagent la loge sont des rouages interchangeables dans cette machine chorégraphique. Sur scène, avec tout ce maquillage et cet attirail de fourrure, ils se ressemblent tous.

Et maintenant, tandis qu'ils se maquillent en chat et qu'ils enfilent leurs costumes de chat, même leurs voix deviennent semblables, leur conversation n'est que l'écho de milliers de dialogues de coulisse que Kate a entendu dans des dizaines d'autres loges. Ce soir – comme c'est pratiquement toujours le cas – on parle des hommes. Ou plutôt, on parle d'un homme en particulier : « l'admirateur secret » de Kate, ou « son vieux monsieur », ou « l'homme qui entretient sa danseuse », comme elles l'appellent à la grande surprise de Kate, autant d'expressions qui se sont démodées avant même que ces danseuses n'aient vu le jour.

— Les roses ne sont pas vraiment bon marché, en cette saison, remarque Rumpleteazer.

— Marla Trump, tu ferais mieux de te méfier, continue Sillabub.

— C'est le type qui t'a soulevée un peu plus tôt cette semaine ? demande Jennyanydots.

— C'était quand ? demande Demeter, mercredi ?

— Le grand type dégingandé avec des lunettes ?

Attends un peu qu'il entende cette description, pense Kate. Mais elle est secrètement ravie que les cadeaux de David aient fait d'elle le centre de l'attention des occupantes de cette pièce qui, pense-t-elle, sont de meilleures danseuses qu'elle. Les autres « gamines ». Qui savent toutes chanter et danser.

— Ah j'ai compris ! ajoute une des chanteuses en intérim. C'est une fille qui t'envoie des fleurs avec ces mots d'amour.

— Ça commence à devenir ridicule, renchérit Bombalurina.

— Ouais, c'est pour un enterrement ? demande une des chanteuses.

— J'ai *horreur* du parfum des roses.

— J'ai horreur du parfum de *toutes* les fleurs.

— Certaines fleurs n'ont pas d'odeur, précise Jellylorum, tu savais ça ?

— Tant mieux.

— Ça en fait combien ? Quatre bouquets ?

— Trois.

– Oui, mais trois à la suite.

– À cinq dollars la rose, en plus. C'est ce qu'on paye en ce moment, dit l'autre chanteuse.

– Quatre dollars.

– Pas à Grand Central.

– Des roses à longue tige ? *Cinq dollars.* Grand Central ou ailleurs.

– Qui *est* ce type, de toute manière ?

– Un ami, répond Kate timidement.

– Ça, ça veut dire qu'il est marié.

– En tout cas, on dirait qu'il est dingue d'elle. Trois représentations *de suite* !

De l'autre côté de la pièce, une danseuse pose le talon sur la table de maquillage. Elle se penche en avant, le dos droit, s'allonge sur sa jambe, et, tout en s'étirant, déclare :

– Il paraît que les filles dans *Oh Calcutta !* recevaient des tonnes de cadeaux *hors de prix.*

– C'était il y a des siècles.

– Et elles dansaient nues en plus.

– C'était à l'époque du Saint Empire romain.

– La compagnie Pilobolus danse *toujours* nue.

– Oui, et en Hollande aussi on danse toujours nu.

– Maguy Marin aussi.

– Ce n'était pas seulement qu'elles étaient nues, *Oh Calcutta !* était un spectacle dégueulasse.

– C'était encore plus dégueulasse au tout début.

– Comment tu le sais ?

– C'est ma mère qui me l'a dit. Il y avait une scène où une fille taillait une pipe à un godemiché.

– C'est ta mère qui t'a dit ça.

– Disons qu'elle me l'a dit un peu différemment.

– *Ma* mère pense que fellatio est une petite ville en Italie.

– C'est pas comme ça qu'on raconte cette blague.

– C'est comment alors ?

– Je ne suis pas sûr, mais je sais que c'est pas comme ça.

– Ce type vient voir toutes les représentations ?

– Non, dit Kate.

— Il se contente d'envoyer des fleurs, hein ?

— À chaque représentation de *Calcutta* il y avait une douzaine de chauves au troisième rang. Toujours les mêmes mecs.

— Ils envoyaient des tas de cadeaux hors de prix.

— Mais est-ce qu'il a vu le spectacle *au moins une fois* ?

— Oh oui !

— Combien de fois ?

— Une fois.

— Et moi ? Comment il m'a trouvée ? demande Jennyanydots en remuant les hanches et en faisant tournoyer sa queue.

— Ces chauves ! Des tas de cadeaux hors de prix !

— Est-ce qu'il vit ici, à New York ?

— Ou est-ce que c'est un roi du pétrole texan ?

— Il vit ici, répond Kate.

Elle aime entendre toute cette conversation à propos de David. Ce n'est pas *vraiment* à propos de David, en fait, parce qu'il est marié après tout, et elle doit faire attention. Mais c'est presque de lui qu'on parle. Et c'est excitant de parler « presque de lui ». Et, en quelque sorte, toutes ces paroles donnent une certaine permanence à leur... aventure, c'est sans doute ainsi qu'il faut décrire leur relation.

On frappe à la porte.

— Une demi-heure, crie le régisseur.

Quand son téléphone sonne à dix heures le dimanche matin, elle pense que c'est David qui appelle depuis Vineyard, et elle saisit le récepteur d'un geste brusque.

— Allô ? dit-elle.

— Katie ?

C'est sa mère.

— Oui, maman.

— Il ne t'a pas encore appelée ?

L'espace d'un instant Kate a l'impression que sa mère est un devin.

Sinon, comment connaîtrait-elle l'existence de David ? Sinon, comment cette chère Fiona McIntyre qui a repris son nom de jeune fille depuis son divorce, il y a neuf ans...

— Alors ? Est-ce qu'il t'a appelée ? demande-t-elle à nouveau.

Comme d'habitude, la voix de Fiona lui évoque simultanément la sirène d'une ambulance et la consistance de la marmelade. Kate ne comprend jamais comment elle arrive à produire ces sons à la fois stridents et plaintifs, un talent qu'elle ne lui envie pas, d'ailleurs.

— Qu'est-ce que tu veux dire ? interroge-t-elle prudemment.

— Ton père, dit Fiona.

Elle veut parler de cet homme qu'elle appelait « papa » jusqu'à ce qu'il quitte sa femme et toute sa famille à Westport, dans le Connecticut, alors que Kate avait dix-huit ans et Bess seize ans, pour s'enfuir à Dallas. C'est à ce moment-là qu'il est devenu « ton père » dans le lexique de Fiona, terme qui signifie implicitement « le salaud » ou « le fils de pute ». On l'entend à une inflexion à peine perceptible dans sa voix mielleuse.

— Pourquoi est-ce qu'il m'appellerait ?

— Il est à New York.

Oh merde ! pense Kate.

— Comment le sais-tu ? demande-t-elle.

Fiona le sait parce que sa meilleure amie sur cette terre, une femme du nom de Jill Harrington, qui vit au Lombardy sur la 61e Rue et qui rend visite à Fiona à chaque fois qu'elle vient à La Costa, l'a appelée la veille pour lui dire qu'elle l'avait rencontré par hasard au Circus...

— *Évidemment !* Le Circus, fait Fiona sur un ton sarcastique.

... Avec une blonde, qui n'était définitivement pas le grand cheval qu'il a emmené au Texas, il y a des siècles maintenant. Loin des yeux, mais en tout cas pas loin du cœur, comme on dit.

— À mon avis, il va vouloir contacter sa chère petite fille...

Sa chère petite fille, pense Kate.

— ... dès qu'il aura bu un ou deux verres de trop. Tu as toujours été sa préférée, ajoute Fiona d'un air songeur, comme si elle ne l'avait pas déjà dit cent fois, toujours d'un air songeur d'ailleurs, comme si elle venait de s'en rendre compte.

163

Et la plupart du temps, elle disait cela en présence de la pauvre Bess.

Ta sœur a toujours été la préférée de ton père, tu sais ?

D'un air songeur.

— Je pensais qu'il valait mieux te prévenir, ajoute Fiona.

— Merci.

— À part ça, comment ça va ?

— Bien.

— Tu danses toujours dans ce spectacle ?

Il y a maintenant dix ans qu'elle se produit dans *Cats* par intermittence, mais sa mère parle toujours de « ce spectacle ». C'est compréhensible finalement. Avec un titre aussi difficile que *Cats*. Si c'était plus simple, elle en parlerait autrement. Là, on pourrait lui en *vouloir* de ne pas avoir retenu le nom du putain de spectacle dans lequel sa fille danse. Ou pour l'avoir su et l'avoir oublié.

— Oui, toujours.

Cats, pense-t-elle. Ça s'appelle *Cats*. Maman, c, a,...

— Il est quelle heure chez toi ? demande-t-elle à Fiona.

— Sept heures.

— Ce n'est pas trop tôt pour que tu sois levée ?

— J'ai passé une mauvaise nuit.

Je ne veux rien savoir, pense Kate.

— Chaque fois que je repense à ce que ce salaud nous a fait, dit Fiona.

Et la litanie repart, une conversation privilégiée, pense Fiona, et qui fait plaisir par conséquent, une conversation que Kate sait être douloureuse et par conséquent haïssable. Il a fallu six ans d'analyse à Kate, avec le Dr Jacqueline Hicks, sa chère Jacqueline, avant qu'elle cesse de haïr son père pour ce qu'il a fait. Mais pour sa mère, « ce qu'il a fait » veut dire encore autre chose. Il lui a aussi fallu six ans pour qu'elle ne haïsse plus sa mère, parce qu'elle lui rappelait sans cesse ce qu'il *avait fait*, bien que là encore... Mais chaque fois que Fiona *reprend* sa complainte préférée, Kate recommence à les haïr tous les deux, alors qu'à partir du mois d'octobre, elle sera censée s'être *débarrassée* de ce sentiment depuis un an.

164

On penserait que les soi-disant amis de sa mère se retiendraient de venir lui raconter qu'elles ont rencontré par hasard Neil Duggan au bar, ou au MacDonald ou *n'importe où*, mais elles continuent à l'alimenter en rumeurs, comme les Romains alimentaient leurs lions avec les premiers chrétiens. Puis elles se délectent de ses questions et de ses angoisses, et, enfin, de ses longues tirades éplorées. Toutefois le plus souvent c'est Kate qui a droit aux fontaines de larmes, comme maintenant (c'est dimanche matin) alors que David est peut-être en train d'essayer de l'appeler en PCV. Comme ils en sont convenus, c'est ce qu'il doit faire chaque fois qu'il rencontre une cabine téléphonique sur son chemin. Pourquoi est-ce que tu ne vas pas pleurer *à l'église* ? pense-t-elle. Il n'y a pas d'église à San Diego ? Est-ce que le nom même de cette ville ne suggère pas qu'il y a des missions espagnoles à tous les coins de rue ? Pourquoi est-ce que c'est toujours sur *mon épaule* que tu viens pleurer, maman ?

Mais au cas où le monde l'ignorerait, elle est la seule femme sur terre que son mari a quittée pour une autre. Fiona raconte encore une fois comment le « père » de Kate (l'enfant de salaud) a détruit sa vie, ce qui donne à Kate une terrible envie de cigarette, c'est toujours le cas quand sa mère l'entraîne dans un de ces monologues labyrinthiques. Avant que Kate ne commence ses séances avec Jacqueline, elle fumait constamment, habitude suicidaire pour *tout le monde*, et pour une danseuse encore plus. Et maintenant qu'elle écoute sa mère, elle a de nouveau envie d'une cigarette. Elle veut tout un *paquet* de cigarettes. Tout un paquet de Camel. Elle veut *manger* tout un paquet de Camel.

« ... détruit nos vies à toutes », continue-t-elle. Ce qui bien sûr n'est pas vrai. Son père n'a pas détruit la vie de sa mère, ni celle de Kate... même si Kate était sa préférée, comme si on en avait quelque chose à faire que Kate soit *sa préférée*, comme si on avait *quelque chose* à faire de savoir qui était sa préférée. L'idée qu'il va l'appeler, cette menace, suffit à donner à Kate des sueurs froides, elle entend les paroles de sa mère qui tournent au-dessus de sa tête comme un cimetière. *À mon avis il voudra contacter sa chère petite fille, dès qu'il aura bu un ou deux verres de trop. Tu as tou-*

jours été *sa préférée*. Le monologue de sa mère continue, sans lui laisser le moindre répit...

— ... m'a humiliée devant toute la ville. Il y a neuf ans, Wesport était à peine plus qu'un *village*, tout le monde se connaissait, surtout dans notre cercle ! Partir avec une femme que tous les hommes de la ville avaient sautée avant lui ! Ton *merveilleux* père ! Et il fallait qu'il choisisse *celle-là* ! La *pute* de la ville ! Pardonne-moi, Katie, je sais que tu l'adorais, mais il faut savoir ce qui est bien et ce qui ne l'est pas, et Dieu m'est témoin qu'il n'avait pas besoin d'être aussi cruel, aussi indifférent, j'ai toujours essayé d'être une personne bonne et attentionnée, il n'avait pas besoin de se montrer aussi méchant avec nous, il n'avait pas besoin de nous *abandonner*...

Sa mère continue pendant presque une demi-heure.

À la fin, Kate est prête à se jeter par la fenêtre.

— Maman, dit-elle, il faut que j'aille faire pipi, on pourrait finir cette conversation une autre fois ?

— Oui, oui, c'est ça, une autre fois, dit sa mère en sanglotant.

— Je t'appelle bientôt.

— Oui, c'est ça.

— Au revoir maman, passe un bon week-end.

— Oui, d'accord.

Kate raccroche.

Son cœur bat à toute allure.

Il est à New York, pense-t-elle.

Puis elle va dans la salle de bains pour se laver le visage.

Le téléphone sonne à nouveau à onze heures et quart alors qu'elle s'apprête à quitter l'appartement. Sa mère lui répète sans cesse qu'elle s'habille de façon trop provocante, mais elle se fout de ce que dit sa mère, elle s'habille de façon à se sentir bien, et pour qu'on la remarque, *oui*, pour être sexy, *oui*. Je suis une jeune Américaine, non ? Une *danseuse* ! Aujourd'hui, comme elle n'a pas besoin d'arriver au théâtre avant une heure et demie pour la représentation de trois heures, elle décide d'aller se promener dans les galeries de Soho, et pour cette sortie, elle a mis un short blanc en coton, un haut en maille, et des dockside en cuir blanc. Le télé-

phone sonne. Elle pense tout d'abord que c'est sa mère qui rappelle pour pleurer encore un peu. Puis que c'est son père. Mon
Dieu ! Encore une minute et il faudra que je sorte d'ici, se dit-elle.
À l'abri. Mais le téléphone sonne toujours. Vas-y, sors ! Elle
décroche.

— Allô ?

— C'est un appel en PCV..., lui dit une voix enregistrée.

— Oui, répond-elle immédiatement.

— De la part de...

Puis elle entend *sa* voix, il donne *son* nom.

— David...

— Vous acceptez de payer la communication ?

— Oui, j'accepte. Oui, oui, oui, oui, oui, oui.

— Merci d'utiliser AT&T, ajoute la voix enregistrée comme si
elle ne voulait pas libérer la ligne.

— David ?

— Oui. Salut. Comment vas-tu ?

— Pourquoi est-ce que tu ne viens pas tout de suite me faire
l'amour ?

— J'aimerais bien.

— Où es-tu ?

— Dans un drugstore. J'ai essayé de te joindre plus tôt...

« Qu'elle aille *au diable*, c'est sa faute », pense Kate.

— ... mais la ligne était occupée. Tu vas bien ?

— Oui, ça va. Tu me manques.

— Tu me manques à moi aussi.

— Encore dix-sept jours, en comptant aujourd'hui.

— Je sais.

— Je fais des croix sur mon calendrier. C'est *sûr* que tu viens,
hein ?

— Oh oui.

— Bien. Je meurs d'impatience. Est-ce qu'il y a une chance pour
que tu puisses venir le 14 ? Parce que...

— Non, c'est vraiment impossible.

— ... On ne joue pas les mardis, tu sais...

— Oui mais...

— Et ça nous permettrait d'avoir toute la journée ensemble.

— Vu la façon dont on s'est arrangés avec Stanley...

— J'aimerais que...

— On aura la journée de toute manière. Parce qu'on a dit que les conférences *commençaient* ce mardi soir, tu vois ?

— Fantastique !

— Je vais donc prendre un avion le matin...

— Je viendrai te chercher à l'aéroport.

— Ce serait génial.

— Avec une limousine, si ça te fait plaisir.

Soudain, elle entend qu'il reprend son souffle à l'autre bout de la ligne, puis c'est le silence.

— Kate, dit-il brusquement, je dois...

— Non, je t'en supplie, pas tout de suite.

— Je vois les gosses qui arrivent. Non vraiment, il faut que je...

— Je t'aime. Je t'aime. Je *t'aime*, lui crie-t-elle.

— Moi aussi, je t'aime. Je te rappellerai. Il faut vraiment...

— Attends ! Merci pour toutes ces fleurs ! Elles sont tellement belles.

— Quelles fleurs ? demande-t-il.

Avant la représentation du soir, le lundi, dernier jour de juillet, on livre une longue boîte blanche, d'abord à l'entrée des artistes de la 7e Avenue, puis dans la loge, deux étages et demi au-dessus de la rue.

Le portier de nuit entre en coup de vent dans cette pièce pleine de femmes plus ou moins déshabillées, mais il a travaillé dans plus d'un spectacle de Broadway, mes chéries, et il a déjà tout vu et tout entendu. Il ne bronche même pas quand Kate lui prend la boîte des mains et commence à l'ouvrir, alors qu'elle est en train de se maquiller, une serviette sur les épaules, et la poitrine nue.

Ce sont des roses, évidemment.

Mais au lieu de trouver la carte habituelle, elle trouve, dans la boîte, une enveloppe cachetée. C'est un papier lourd, épais, on sent qu'il est cher, et qu'il vient sans doute de chez Tiffany ou Bergdorf. Une enveloppe blanc cassé, avec son nom écrit à la main, à l'encre violette.

Miss Kathryn Duggan

Elle avait d'abord songé, quand David lui avait dit que ce n'était pas lui qui avait envoyé les fleurs, que son père était peut-être l'admirateur secret sur lequel les filles s'interrogeaient. Mais ce n'est pas son écriture. Elle déchire l'enveloppe. Le papier, à l'intérieur, est de la même couleur. Couvert de la même écriture, avec la même encre violette.

Ma très chère Kathryn, j'espère que vous apprécierez cet humble témoignage de ma profonde affection. Je ne saurai vous dire à quel point j'admire votre beauté et votre talent. Si vous aviez la bonté de m'adresser un sourire, un clin d'œil, ou de me toucher ce soir, quand vous passerez devant moi, je vous en serais intimement reconnaissant.
Votre tendre amour.

Eh bien, en tout cas, ce n'est pas ce cher papa.

Plus de fleurs.
Ce sont maintenant des lettres qui lui sont adressées.
Trois d'entre elles l'attendent au théâtre quand elle arrive le mercredi soir. Le même papier blanc cassé. La même encre violette. La même écriture.

Miss Kathryn Duggan
Winter Garden Theatre
1634 Broadway
New York, New York 10019

Sur le tampon de la poste on peut lire New York, New York, 1er août.
On est le 2 août.
Les enveloppes sont numérotées, 1, 2, 3, à la main. Elle ressent une étrange inquiétude tandis qu'elle ouvre la première enveloppe. Quelqu'un, à l'autre extrémité de la pièce – Kate a la tête penchée pendant qu'elle ouvre son enveloppe et elle ne peut pas savoir de

qui il s'agit exactement –, quelqu'un lui crie : « Pas de fleurs aujourd'hui. »

Elle lit :

> *Ma très chère Kathryn,*
> *Vous n'avez donc pas aimé les roses ? J'ai attendu en vain un signe, lundi soir, mais vous ne m'avez pas adressé le moindre regard. Vous êtes la plus jolie petite chatte du spectacle. Je ne me lasse pas de vous observer. Je vous en supplie, soyez assez bonne pour me regarder ou me sourire,*
> > *Votre tendre amour.*

Elle résiste à la tentation de froisser les deux lettres et les enveloppes, car elle comprend immédiatement qu'il faut les garder. Ces lettres constituent une preuve. Une preuve ? pense-t-elle. Sa main commence à trembler alors qu'elle ouvre la deuxième enveloppe.

> *Ma chère petite chatte,*
> *Je rêve de toi jour et nuit habillée tout en blanc comme une chatte qui va se marier. Tu es si douce dans ton satin et ta soie, avec ton adorable visage de chatte. Ne veux-tu pas me regarder pour que je sache que tu sais que j'existe ?*
> > *Ton tendre amour.*

Elle voudrait ne pas ouvrir la troisième enveloppe, mais elle le fait quand même. Assise à sa table de maquillage encombrée de pots de crème, de brosses à cheveux et de tubes en tout genre, elle lit en silence.

> *Peut-être devrais-je t'appeler Victoria ? Mon amour, ma chère chatte Victoria qui arpente la scène avec tant de souplesse mais qui ne m'adresse pas le moindre regard. Les fleurs ont-elles déplu à ma douce chatte Victoria ? Comment pourrais-je me faire pardonner ? Je t'en supplie, je t'en supplie, souris-moi ou j'en mourrai,*
> > *Ton tendre amour.*

170

Elle trouve encore d'autres lettres avant la représentation du vendredi soir. Quatre lettres arrivées par le courrier de l'après-midi, elles sont toutes numérotées à la main, 4, 5, 6 et 7. Le tampon de la poste sur chacune d'elles indique New York, New York, 3 août. Ce qui signifie qu'elles ont été postées la veille. Elle les met dans son sac et décide de ne pas les ouvrir avant d'arriver chez elle ce soir-là.

Assise à la table de la cuisine, occupée à boire un verre de lait, et à manger un sandwich qu'elle s'est acheté chez l'épicier qui reste ouvert toute la nuit sur la Deuxième Avenue, elle ouvre les enveloppes avec un parfait sang-froid, en s'aidant d'un coupe-papier.

> *Qu'est-ce qui ne va pas, ma douche chatte Victoria ? Ai-je fait quelque chose qui t'a déplu ? Je t'implore sans cesse de me lancer un regard, mais tu préfères les autres hommes dans le public. Pourquoi ? Tu ne sais pas à quel point j'aime ma douce Victoria, combien j'aime ma petite chatte à la fourrure si douce,*
> *Ton tendre amour.*

Elle pose la lettre sur la table à côté de la première, puis ouvre l'enveloppe suivante.

> *Ma très chère chatte, ma Victoria,*
> *Est-ce que quelqu'un dans le public t'a gênée mercredi soir ? J'ai cru te voir froncer les sourcils. A-t-on essayé de te toucher ? Tu n'as permis à personne de te toucher, j'espère ? Tu sais que tu m'appartiens et que personne d'autre n'a le droit de te toucher. Il vaut mieux que tu t'en rendes compte. Souris-moi pour me le prouver. Ou mets la main sur mon épaule quand tu glisseras devant moi. Effleure-moi de ta main, juste un regard pour...*
> *Ton tendre amour et ton maître.*

Comment s'est opéré ce changement ? se demande-telle. Comment mon soupirant, mon adorateur est-il devenu tout d'un

171

coup mon seigneur et maître ? Cette lettre marque-t-elle une transition ? Une évolution qui fait le lien entre celle qui la précède et l'autre que je n'ai pas encore ouverte ? Sûrement. Sinon, pourquoi les aurait-il numérotées ? S'il n'y a pas de continuité, de progression, alors pourquoi cette succession ? Explique-moi ça, mon seigneur et maître.

Calmement, elle ouvre l'enveloppe qui porte le numéro 6, elle déplie l'épaisse feuille de papier blanc cassé. Et toujours avec le même sang-froid, elle lit la lettre suivante :

> *D'accord, mademoiselle Chatte,*
> *Maintenant, je suis sérieux, je ne veux pas être ignoré une seconde de plus. Je ne peux pas me permettre d'envoyer des fleurs aussi chères tous les jours de la semaine, si c'est ce que tu veux. Le billet à lui seul coûte une fortune, ils devraient avoir honte de demander un tel prix ! Tu devrais avoir honte, toi aussi, Victoria, honte de te dandiner dans ce costume qui moule ton corps, de t'exhiber devant tous les hommes du public, de les laisser te toucher quand tu passes devant eux. Je serai là à te regarder, comme toujours, alors tu ferais mieux de faire attention. Et tu ferais mieux de bien danser pour...*
> *Ton tendre amour.*

Sans se départir de ce calme étrange qui la possède, elle prend la dernière enveloppe de la journée. Elle regarde cette écriture : son nom et l'adresse du théâtre. Elle regarde le numéro 7 et observe à nouveau son nom écrit sur l'enveloppe. L'écriture paraît soudain plus frénétique. Elle déchire l'enveloppe quand le téléphone sonne.

C'est une de ces étranges coïncidences, deux événements distincts, sans rapport entre eux, qui se déroulent en même temps, comme si l'un avait entraîné l'autre, comme si le fait de déchirer le rabat de l'enveloppe avait fait sonner le téléphone. Elle lâche l'enveloppe immédiatement, comme si elle venait de prendre feu. Le téléphone sonne toujours. Elle regarde le mur de la cuisine. Il

172

est presque une heure du matin. Elle se dirige vers la fenêtre et tire le rideau, comme si elle était soudain certaine d'être observée, comme si elle savait, sans le moindre doute possible, que son seigneur et maître l'observe tandis qu'elle se dirige vers le téléphone accroché au mur.

– Allô ? dit-elle.

Prudemment.

– Katie ?

Elle est presque soulagée.

Mais pas totalement.

– Salut papa.

– Salut, ma chérie. Comment vas-tu ?

Neil Duggan fait son entrée. Une fois de plus. Encore un rappel pour le séducteur qui est parti avec une blonde, grande et mince (une jument, comme dit sa mère chaque fois qu'elle parle d'elle), une femme plus jeune que lui de treize ans, et il y a neuf ans de ça. Mais plus personne ne fait le compte. Sa douce voix chantante, un peu après une heure du matin, et un peu après six ou sept verres, songe-t-elle. Mais il n'appelle de toute manière que dans ces moments-là. Au milieu de la nuit, quand il a trop bu. Pour répéter à sa chère petite fille à quel point il l'aime. Voyons voir ce qu'il a à dire, les amis :

– Comment ça s'est passé pour toi ces derniers temps, Katie ?

– Très bien, papa, dit-elle.

Elle ne lui demande pas pourquoi il est à New York, ni depuis combien de temps, elle ne lui demande pas non plus comment va sa santé, parce que, franchement les amis, elle s'en fout complètement. Elle attend qu'il dise quelque chose. Elle est debout, dans la cuisine, le téléphone contre l'oreille et elle attend.

– Tu danses toujours, Kate ?

– Oui, papa.

Puis elle attend.

Sur la table de la cuisine, la dernière enveloppe attend, elle aussi. Elle a peur de l'ouvrir, mais elle préférerait ça – elle préférerait même marcher pieds nus sur des charbons ardents à Bombay – plutôt que de passer une minute de plus au téléphone avec Neil Duggan. Ou même une seconde de plus.

Un long silence.

– Je voulais juste savoir comment tu te débrouilles, dit-il.

– Je vais bien, papa.

– Eh bien, je suis content de l'entendre.

De nouveau le silence.

– Tu as vu ta sœur, récemment ?

– Je lui rends visite tous les mois, répond Kate.

Sa voix se brise. Elle a tout d'un coup les larmes aux yeux, des larmes dures, qui la brûlent.

– Comment va-t-elle ? Comment va ma Bessie chérie ?

– Ta Bessie chérie se porte bien, répond-elle, sans pouvoir se retenir de prendre un ton sarcastique.

– Voyons, voyons, dit-il.

– Papa...

Puis elle se retient.

À quoi bon se mettre en colère ?

Quel résultat obtiendra-t-elle par la colère ?

– Papa, c'est gentil d'avoir appelé, dit-elle, mais j'ai deux représentations demain et j'ai vraiment besoin de dormir. Alors, si ça ne te dérange pas...

– Je te laisse.

D'étranges paroles, quand on y pense.

– Merci, conclut-elle, bonne nuit papa.

– Bonne nuit, Katie.

Elle entend un déclic. Puis elle raccroche, hésite un instant, retourne vers la table où se trouve l'enveloppe portant son nom. Elle la déchire d'un geste décidé. Cette fois le téléphone ne sonne pas. Calmement, elle déplie la lettre.

Très bien, mademoiselle Chatte ouverte,
Qu'est-ce que tu veux de moi ? Tu veux que je me mettes à genoux devant toi ? Tu voudrais vraiment que ton maître fasse ça ? Qu'il s'humilie devant toi et devant toute la salle ? Très bien, d'accord, tu n'as qu'à dire oui et je le ferai. Adresse-moi un clin d'œil quand tu passeras devant moi, et je saurai que c'est un signal. Mais ne m'ignore plus, nom de

Dieu ! Agenouille-toi près de moi et laisse-moi toucher ta fourrure. Assieds-toi aux pieds de ton maître !
Je parle sérieusement.

« Mais bien sûr, maître », dit-elle à haute voix.

Toutefois, sa main tremble tandis qu'elle range la lettre dans son enveloppe. Elle rassemble les quatre enveloppes et les emmène dans la chambre à coucher. Les lettres qu'elle a reçues mercredi sont dans la commode, dans le tiroir du haut, sur une pile de collants de laine. Elle y ajoute celles qu'elle tient à la main. Elle referme le tiroir et se dirige immédiatement vers la fenêtre pour tirer les volets.

Demain, ça fera presque une semaine qu'elle n'a plus eu de nouvelles de David.

Il pourrait être n'importe qui dans ce public du samedi après-midi.

Alors qu'auparavant elle se concentrait entièrement sur son jeu – s'efforçant de se mouvoir comme un chat, de ressembler à un chat, de penser comme un chat, de *devenir* un chat –, elle observe désormais les spectateurs, l'un après l'autre, assis dans leurs fauteuils, et se demande lequel de ces hommes lui a envoyé des roses et lui envoie maintenant des lettres.

Son rôle exige qu'elle se promène dans la salle au milieu du public.

Elle se demande où il est assis.

Qui attend là-bas, qu'elle lui sourie, qu'elle lui fasse un clin d'œil, qu'elle lui lance un regard ?

Lequel d'entre eux est celui qui pourrait mal interpréter le moindre de ses gestes, même le plus innocent ?

N'importe quel regard innocent.

Elle est contente de porter ce maquillage blanc.

Elle peut ainsi se dissimuler à lui.

Elle se sent nue dans son costume blanc, moulant.

Qui est celui, là-bas, qui va essayer de la toucher ?

Lequel d'entre eux croit la posséder ?

Tu sais que tu m'appartiens...

175

Lequel attend qu'elle vienne s'allonger à ses pieds ?

Agenouille-toi près de moi et laisse-moi toucher ta fourrure.

À un moment, au cours du spectacle, elle quitte la scène pour aller dans le public – c'est pendant le numéro de « Macavity » – en descendant par la droite, elle rampe dans l'espace qui s'étend devant la rangée K, puis elle s'accroupit près du fauteuil juste à côté de l'allée. Elle doit se dresser, comme si elle percevait une présence humaine, elle tourne la tête de droite et de gauche et regarde droit dans les yeux la personne qui est assise dans ce fauteuil. C'est là son jeu. Un jeu d'acteur, mais aussi un moment réel, bref. Elle repart immédiatement, saute sur la scène en agitant sa queue gris et blanc.

Mais aujourd'hui, elle regarde seulement du coin de l'œil l'homme qui est assis dans ce fauteuil au bout de la rangée. Son visage est pâle et étroit, ses yeux noirs, enfoncés dans leurs orbites, brillent du fond de l'obscurité.

Après le spectacle elle demande au chorégraphe si elle pourrait rester éloignée du public pendant quelque temps.

— Qu'est-ce que tu veux dire ? demande-t-il.

— Ne pas aller dans le public.

— Pourquoi ?

— Parce qu'il y a quelqu'un qui m'embête dans la salle.

— Comment ça ?

— Un emmerdeur

— Qui t'embête ? Mais comment ?

— J'ai reçu des lettres, l'informe-t-elle. Est-ce qu'on ne pourrait pas retravailler ce moment ? Personne ne regrettera de ne pas me voir là en bas, crois-moi.

— Changer la chorégraphie ? Comment pourrais-je...

— S'il te plaît, je t'en supplie, l'implore-t-elle. S'il te plaît.

Le chorégraphe la regarde au fond des yeux.

— D'accord, dit-il.

Ce soir-là, depuis l'endroit où elle se trouve sur la gauche de la scène, attendant de se mettre en mouvement quand la musique lui indiquera son tour, elle repère le fauteuil à côté de l'allée. Il est occupé par une grosse femme dans une robe violette.

La lettre arrive le mardi matin.

Tiens, tiens, tiens, je vois que la petite Kathryn essaye de m'éviter. Et pourquoi cela, mademoiselle Duggan ? Est-ce que tu ne te considères pas digne de mon attention ? Est-ce que tu pensais que je n'allais pas remarquer cette étincelle dans tes yeux quand tu es passée devant ton maître cet après-midi ? Ne fais pas la timide, je t'en supplie, ma petite chatte. Je n'aime pas les jeux. Tu es à moi et tu le sais, alors arrête de m'allumer, d'accord ? Tu sais que tu en as autant envie que moi. Et maintenant je sais où venir, pour satisfaire nos envies,

Ton seul seigneur et maître.

La lettre est arrivée chez elle.

Elle voudrait désespérément parler à David.

Mais son dernier appel remonte à neuf jours et il ne sera pas de retour à New York avant la semaine prochaine – s'il revient à New York – et voilà qu'un fou connaît son adresse personnelle.

Elle voudrait alors parler à Jacqueline Hicks, mais évidemment on est en août et tous les putains de psychiatres de la ville sont à la plage ou à la montagne.

Elle se retrouve comme dans *Lost Weekend*, la rediffusion qu'elle a vue à la télévision et où le personnage principal essaye à tout prix de trouver un prêteur sur gages le jour de Yom Kippour.

Elle se rend dans un magasin de bicyclettes encore ouvert.

Quand elle arrive, Rickie Diaz est en train de changer un pneu, il porte la même tenue que lorsqu'elle a apporté sa bicyclette la première fois. Des shorts en Nylon rouge avec un débardeur en nylon blanc qui porte le même numéro, 69, sur le devant. Cette fois, les chiffres sont bleus. Mêmes muscles gonflés, pectoraux, biceps et triceps, avec le même Indien dans sa parure de plumes sur le biceps gauche. *Plus ça change*, pense Kate, peut-être parce qu'elle aussi porte les mêmes vêtements qu'elle avait le jour où David est venu ici avec elle pour l'aider à choisir une bicyclette, short vert, chemise orange, chaussettes blanches et Nike, *plus c'est*

177

la même chose. Les cheveux noirs et luisants de Rickie sont ramenés en arrière et forment une queue de cheval, retenus par le même bandeau que la dernière fois qu'elle l'a vu, quand elle a pris son numéro de téléphone et lui a dit qu'elle l'appellerait un de ces jours. Parce qu'une fille qui sort avec un homme marié ne sait jamais *combien de temps* ça va durer, pas vrai, David ?

— Tiens, tiens, tiens, dit Rickie, qui voilà !

Puis il se relève pour venir lui serrer la main.

Tiens, tiens, tiens.

Je vois que la petite Kathryn essaye de m'éviter.

— Je peux vous inviter à déjeuner ? demande-t-elle.

— Juste un instant, que je ferme la boutique, répond-il immédiatement.

Il lit la lettre en silence, l'air pensif.

— Ton seigneur et maître, hein ?

— Ouais, répond-elle.

— Où est-ce qu'il est allé chercher ça ?

— Un cinglé, dit-elle avec un haussement d'épaules.

— Sûrement, fait Rickie, en continuant à lire. Qui est cette Victoria ?

— C'est le nom que je porte dans le spectacle. Le personnage que je joue.

— Chère petite chatte Victoria, prononce Rickie en hochant la tête.

— Non, juste Victoria.

— Je veux dire que c'est comme ça qu'il t'appelle ici.

— Ouais.

— Et aussi, ma douche chatte Victoria.

— Ouais.

— Dont la fourrure est si douce.

— Oui.

— Mademoiselle chatte ouverte.

Kate hoche la tête.

— Il faut croire qu'il aime ce mot, hein ?

— C'est que... c'est à cause de *Cats*, le spectacle.

— Ah oui, je comprends.

178

Il continue à lire les lettres.

— On devrait obliger ce type à se laver la bouche avec du savon.

— À qui le dis-tu !

— Allumeuse, ouah !

— Tu sais, c'est qu'il est complètement fêlé.

— On dirait...

— De toute évidence.

— Ça t'est déjà arrivé ce genre de trucs ?

— Jamais.

— Merde !

— Ce qui me fait peur...

— C'est qu'il sait où tu vis, c'est sûr.

— Exactement.

— Il a dû te suivre jusque chez toi, ou quelque chose dans le genre.

— C'est ce que je me suis dit.

— Tu es allée voir la police ?

— Non.

— Pourquoi pas ?

— Pour commencer, je ne sais pas qui c'est.

— Mais ça c'est *leur* travail, non ? C'est eux qui doivent trouver qui il est.

— Oui, sans doute.

— Tu n'es pas convaincue ?

— Je ne sais même pas si un truc pareil les intéresserait. Ce n'est pas comme s'il m'avait menacée.

— Ce n'est pas non plus comme si on avait affaire à quelqu'un d'équilibré.

— Il a l'air un peu frappé, hein ?

— Un peu ?

— Je pense que je devrais les appeler. S'il continue.

— Qu'est-ce qui te fait croire qu'il va s'arrêter ?

— C'est que j'ai eu cette idée...

— Ah ouais ?

On a donné le nom de Rickie Diaz au portier de nuit et quand il demande Kate Duggan après la représentation du mercredi soir on l'autorise immédiatement à entrer dans le théâtre et on lui indique où se trouve la loge. Il est un peu gêné quand elle le présente aux autres filles, toutes à moitié déshabillées, dans des bouts de déguisements félins. Il leur dit fièrement son nom, tout entier : Ricardo Alvaredo Diaz. Elle l'a elle-même entendu pour la première fois la veille quand elle lui a exposé sa brillante stratégie. Rickie a désormais vu le spectacle depuis une place offerte par Kate, et depuis ce point d'observation privilégié, au centre de la sixième rangée, il a regardé le spectacle tout en cherchant à repérer dans le public les hommes qui s'intéresseraient un peu trop au chat dans le costume blanc. Tandis qu'ils quittent le théâtre par l'entrée des artistes sur la Septième Avenue, à onze heures moins dix ce mercredi, en essayant d'avoir l'air de véritables tourtereaux, Kate jette un regard vers les hommes qui attendent sur le trottoir la sortie des danseuses. La plupart d'entre eux tiennent des carnets dans lesquels ils recueillent des autographes. L'un d'eux est armé d'un appareil photo muni d'un flash.

Rickie porte des jeans et une chemise à manches longues ornée d'un perroquet brodé, rouge, jaune, orange et vert, un cadeau de son oncle de Mayagüez, comme il le lui dira plus tard. Kate lui a demandé de s'habiller de façon décontractée ce soir-là, parce qu'elle porte elle-même ce qu'elle a toujours sur elle dans ses allées et venues, en été, du théâtre à son appartement : des jeans et un T-shirt, parfois un sweat-shirt s'il fait frais. Mais cet été, rien n'indique que le temps va se rafraîchir. Elle est donc plutôt satisfaite que Rickie n'ait pas l'air d'un passionné de théâtre mais plutôt de quelqu'un qui pourrait bien être son petit copain, tatoué et musclé. L'effet est saisissant. Et pour l'accentuer encore, elle lui touche la joue dès qu'ils apparaissent à l'extérieur, lui donne un baiser et lui dit : « Je meurs de faim, mon chéri. » Puis elle lui prend le bras tandis qu'ils se dirigent vers le centre de la ville.

Elle espère qu'on les suit.

Elle espère qu'il regarde.

Le plan consiste à lui faire croire qu'elle a une sérieuse relation avec ce puissant étalon. Lui faire croire qu'elle n'est pas une petite fille sans défense qui danse à perdre haleine sur scène au

Winter Garden, mais qu'elle est une femme adulte, assez maline pour s'être trouvé un Arnold Schwarzenegger. Alors fais gaffe à tes fesses, mon cher seigneur et maître. Garde ton papier à lettres de luxe, sinon, Arnie va te casser en mille morceaux.

Elle choisit un snack bondé comme le Carnegie, au coin de la 55e et de la 7e Rue ou le Stage, entre la 53e et la 54e Rue. Là, il pourra les voir se tenir la main devant leurs sandwiches au pastrami brûlants et roucouler devant tout le monde. Ils se décident pour la Carnegie parce qu'ils espèrent qu'il sera à leurs trousses. Ils ne paraissent ni l'un ni l'autre particulièrement nerveux ou anxieux, ni même sur leurs gardes, tandis qu'ils remontent la Septième Avenue main dans la main. Il faut que toute cette mise en scène ait l'air parfaitement naturelle, qu'elle ne donne pas l'impression d'avoir été préparée, il faut faire croire que ça arrive tout le temps, *quelles que soient* les personnes qui les observent. Il ne s'agit pas là d'un spectacle, mais de deux personnes qui s'aiment follement et il se trouve que l'une des deux fait un mètre quatre-vingt-dix, et cent vingt kilos, compris ?

Rickie se révèle être un bon acteur, il se penche vers elle au-dessus de la table et lui prend les deux mains, tandis qu'ils attendent d'être servis, il parle avec sérieux – ce qui est assez touchant – de sa petite enfance dans le Bronx, où il a passé la plupart de son temps à éviter d'être enrôlé par un gang du nom de Hermanos Locos ce qui veut dire « les frères fous », mais je pense que tu avais compris, commente-t-il. Rejetant sans cesse les suppliques et les menaces du gang, sans céder aux tabassages quotidiens censés l'encourager et le convaincre, il s'est mis à la musculation pour se défendre, espérant qu'il pourrait ainsi se débrouiller avec ces connards jusqu'au jour où ils décideraient de le descendre. Ils avaient changé d'avis après qu'il eut pris vingt-cinq kilos de muscles, qu'il eut cassé la gueule à quelques-uns d'entre eux et qu'il se fut désintéressé de toute l'affaire. Il lui raconte tout cela avec un regard fier qui éclaire son visage de conquistador : pommettes saillantes, nez aristocratique. Ce type pourrait vraiment casser quelqu'un en deux s'il le voulait, pense Kate. Son tatouage représentant un Indien n'a rien à voir avec son héritage latino, lui explique-t-il.

– Ma famille ne remonte pas jusqu'aux tribus indiennes, rien à voir, même s'il y avait des tribus à Puerto Rico, précise-t-il en faisant rouler sur sa langue le nom de son île, Puerrrto Riiicoe, ce tatouage est juste un truc qu'il a décidé de faire un soir qu'il était un peu saoul.

– Les plumes qu'il a sur la tête bougent quand je tends mes muscles, l'informe-t-il. Je te ferai voir ça tout à l'heure.

Et elle comprend ce que ça veut dire. C'est comme si elle venait de recevoir un choc : il a l'intention d'enlever sa chemise à manches longues tout à l'heure et de lui faire une petite démonstration avec ses muscles, pour lui montrer comment les plumes bougent, petit spectacle qui va largement au-delà de ce qu'on lui demande. Mais sur le moment, elle n'essaye pas de lui faire comprendre son erreur, elle est contente à l'idée que tous ceux qui pourraient les observer dans ce café bruyant et bondé seraient sans aucun doute persuadés qu'ils forment un couple. Elle se permet de jeter quelques coups d'œil furtifs dans la salle, ses yeux verts passent d'un client à l'autre, cherchant cet homme pâle et maigre aux yeux sombres et au regard intense, mais elle ne trouve personne qui corresponde même de loin à cette description.

Au lieu du pastrami, ils ont commandé des sandwiches au roast-beef chaud, servis avec des montagnes de purée onctueuse, de la sauce brune, des condiments aigres et des sodas comme elle n'en a plus bu depuis l'époque où un garçon – elle ne sait plus lequel – l'a emmenée à Coney Island peu de temps après son entrée dans la distribution de *Cats*. Ce spectacle est devenu partie intégrante de sa vie, à tel point que ce qui lui arrive avec ce fou paraît presque ironique. L'idée qu'il l'a *vue* dans le spectacle, qu'il sait comment la contacter *à cause* du spectacle, qu'il a su *où* lui envoyer des fleurs et *quand* elle sortait du théâtre après les représentations, qu'il n'avait qu'à la *suivre* pour savoir où elle habitait, tout cela est très inquiétant, hé, non mais franchement !

Et puis c'est quelqu'un d'un peu *bizarre*, non ? Comme si tout avait été *réglé par une sorte de destin*. Tout ce qui lui est arrivé *avant* qu'elle joue dans *Cats* l'a menée jusqu'à ce moment où elle est entrée pour la première fois sur la scène du Winter Garden, dans le fameux « Chœur des chats », composé de deux filles et deux hommes. Mais pis encore, elle a maintenant le sentiment que tout ce qui est arrivé depuis ce moment l'a menée jusqu'aux événements présents, à cet instant précis, où elle se trouve assise dans un restaurant en compagnie d'un beau Portoricain de vingt ans qui essaye de la protéger parce que son amant – qui ne l'a pas appelée depuis plus d'une semaine – est là-haut, dans le Massachusetts, à faire l'amour avec sa foutue *femme*.

C'est une idée qui la torture.

Elle se met à manger avec un appétit vorace, comme après chaque représentation, maintenant que son prétendu amant lui a gentiment relâché les mains et lui explique que son ambition est de posséder un jour sa propre salle de musculation. Son boulot dans le magasin de bicyclettes n'est qu'un de ses trois emplois, pas mal, non ? Il est aussi chauffeur de limousine pour une société dans le Queens et il travaille le week-end chez Gristede's. Et pendant tout ce temps, il va encore à NYU le soir, pour étudier l'administration d'entreprise pour savoir ce qu'il faudra faire quand il ouvrira son gymnase après avoir économisé assez d'argent.

– Je commencerai avec une petite salle, uptown, puis j'en aurai toute une *chaîne*, j'ai de grands projets, Kate. Plein de gars de Los Hermanos sont morts ou en prison, tu t'imagines ce que j'aurais pu devenir si j'avais cédé, s'ils m'avaient convaincu de braquer les gens ou de vendre de la drogue, ou je sais pas quoi ?

Tout en l'écoutant, Kate espère secrètement que le fou va se montrer pour que Rickie l'enfonce dans le trottoir à coups de poing sur la tête. Elle commence même à se demander s'ils ne devraient pas rentrer *à pied* à la maison en sortant de leur restaurant mais, comme dit la chanson, Tipperary c'est loin et la 91ᵉ Rue aussi. Quand ils ont enfin fini leur café et que Rickie a payé l'addition...

Elle lui murmure :

– Je te revaudrai ça.

Mais il prend son air macho pour lui répondre :

– Hé, je t'en prie !

Ils sortent sur la 7ᵉ Avenue, la chaleur de la nuit est torride, on pourrait facilement se croire à Mayagüez ; ils remontent la 57ᵉ, espérant toujours qu'il les suit. En tout cas, il sait où elle habite.

S'il veut prendre un taxi pour les attendre là-bas, ça ne dérange pas Kate. Tout ce qu'elle lui demande, c'est de comprendre le message. Le message en grandes lettres au néon qui brille en plein ciel·

LAISSE-MOI TRANQUILLE
J'AI UN GROS COPAIN TRÈS
JALOUX !

Le premier bus s'arrête à la 1re Avenue et là ils en changent. Ils descendent à la 91e et commencent à marcher vers son appartement, passant à travers des rues plutôt sombres et désertes à cette heure de la nuit. Ils y arrivent peu avant minuit, et elle a la surprise de voir que le portier est bien *là*, à son poste, au lieu d'être en train de s'acheter un hamburger ou de faire un petit somme dans le débarras. Il la salue avec un joyeux : « Bonsoir, mademoiselle Duggan » et elle lui répond « Salut Domingo ». Rickie se met alors à parler en espagnol à toute allure, et Domingo lui répond comme une mitraillette, on croirait qu'ils récitent en duo l'histoire de la reine Isabelle et de l'Invincible Armada tandis que Kate se demande si elle devrait seulement serrer la main à Rickie ou l'embrasser sur la joue au cas où *il* serait quelque part en train de les observer.

— Bonne nuit, Rickie, dit-elle finalement puis elle lève la tête pour l'embrasser, mais lui se détourne légèrement au tout dernier moment, accidentellement ou intentionnellement, et leurs lèvres se touchent.

En un instant, elle sent sa langue dans sa bouche, une chaude langue de Latin qui lui envoie des frissons là où elle ne voudrait pas en avoir. Elle se retire, lui lance un regard surpris, puis dit : « Bonne nuit », à nouveau et rentre dans le bâtiment. Il reste sur le trottoir à l'observer pendant quelques instants, puis s'éloigne avec un haussement d'épaules. Domingo paraît un peu perplexe lui aussi.

Elle a vécu à New York assez longtemps pour savoir qu'une simple serrure sur la porte d'un appartement ne sert à rien. Le verrou du haut est un Medeco et celui du bas est une serrure à pêne.

Elle ferme la porte à double tour, puis tire tous les volets, ceux des fenêtres donnant sur la rue et ceux de l'unique fenêtre qui donne sur la cour intérieure. « Oui, Hannah, dit-elle, bonjour ma chérie, comment vas-tu ? » Elle se dirige vers la salle de bains, enlève son T-shirt puis ses jeans. Elle garde sa culotte comme une vieille fille qui aurait trop peur de regarder sous le lit et sort du placard un pyjama en soie que Ron lui a acheté à Fort Lauderdale quand il était en tournée dans *Miss Saigon*. C'est un kimono très long, tenu par une large ceinture autour de la taille. La couleur prédominante est une sorte de beige safran, orné d'énormes feuilles vert olive. Il est doux, lisse, il glisse sur la peau.

Pieds nus, elle retourne dans la salle de bains et, comme toujours, s'arrête un instant pour jeter un coup d'œil vers le couloir et les photos encadrées accrochées au mur. La photo du Picture Palace, à New York, où elle a joué dans *Les Misérables*, et en dessous, la photo de l'entrée des artistes au coin, avec son linteau en pierre et ces mots gravés qui annoncent sans retenue·

PALACE THÉÂTRE * ENTRÉE DES ARTISTES
LES PLUS GRANDS ARTISTES DU MONDE
SONT PASSÉS ET PASSERONT PAR CETTE PORTE

« Les artistes », pense-t-elle avec un sourire.

Il y a encore une photo encadrée de l'Operettenhaus, à Hambourg, où elle a joué, devinez quoi, *Cats*, et tout autour, des photos de divers théâtres, à Denver, Minneapolis, Fort Lauderdale, Washington et Détroit, qui datent du temps où elle était en tournée, elle aussi, avec Ron, dans *Miss Saigon*. La plus grande photo sur le mur est un portrait en couleurs de Bess. Sa sœur a neuf ans sur cette photo, elle est belle, elle a l'air heureuse dans sa robe d'été jaune, mais c'était avant qu'elle ne tombe gravement malade, bien sûr.

Elle regarde fixement la photo pendant un long moment, puis elle pousse un gros soupir, et repart vers le salon et la stéréo. Elle prend une bouteille de Beefeater's sur une des étagères en métal, c'est un cadeau d'un producteur qu'elle a rencontré à Noël dernier, et elle s'en sert une dose généreuse dans un verre épais et solide qu'elle a acheté à Pottery Barn.

Elle emporte le verre dans la cuisine, fait quelques glaçons et en met deux dans le verre. « À la tienne », dit-elle alors qu'elle n'a personne devant elle, puis elle avale une longue gorgée. « Humm c'est bon », ajoute-t-elle toujours à haute voix, et elle va fouiller dans ses CD jusqu'à ce qu'elle trouve *Water Music* de Haendel, sur laquelle elle a dansé un jour, dans la classe de Mlle Davenport à Westport, Connecticut. Mais ça, c'était quand on était jeunes, toi et moi, Bessie. C'était avant l'*incident*, comme on disait, Jacqueline et moi, après avoir passé des heures à tourner autour du pot pour finalement en parler, et oublier momentanément.

Ou presque.

Ou on disait encore, parfois, l'*incident de la salle de bains*, pour éviter subtilement le terme *traumatisme*, trop chargé émotionnellement.

La musique de Haendel, douce, apaisante, convient parfaitement au moment. Elle sait qu'il est tard. Elle baisse le son. Vide son verre. Et pendant qu'elle y est, elle s'en sert un deuxième. Là, debout, le verre à la main, elle se revoit à douze ans, dans ses collants, toute maigre, traversant d'un pas léger la large pièce du studio de Mlle Davenport au deuxième étage, avec des miroirs qui tapissent le mur, et les fenêtres qui s'ouvrent sur celui d'en face, elle flotte, elle s'élève au son des violons d'Haendel qui, lorsqu'elle avait douze ans, lui paraissaient romantiques, mais qui prennent aujourd'hui une sonorité, une tonalité solennelles et imposantes. Elle boit une gorgée. Douze ans. Un récital de printemps. Un vent léger qui s'engouffre par les fenêtres ouvertes. Tout est si beau dans le ballet. « Merci, *Chorus Line* », prononce-t-elle en levant son verre comme si elle portait un toast. Tout est si beau. Mais c'était avant l'Été de notre Mécontentement, il faut bien l'avouer.

Le téléphone sonne.

Pourvu que ce ne soit pas mon salaud de père, pense-t-elle.

Elle entre dans la chambre et décroche le téléphone posé sur la table de nuit.

— Allô ?

– Salut, c'est moi.

– Rickie, dit-elle, soulagée, salut !

– Je viens juste de rentrer chez moi, tout va bien ?

– Oui, tout va très bien.

– Pas de problème avec le cinglé ?

– Pas encore.

– Peut-être qu'on lui a fait peur, hein ?

– J'espère, répond-elle en s'asseyant au bord du lit et en prenant une autre gorgée de gin. C'était très gentil, ce que tu as fait ce soir.

– J'espère seulement que ça va marcher.

– On verra bien.

– Bien sûr. Oh, à propos, continue-t-il, on était tellement occupés à lui foutre la trouille que j'ai oublié de te dire à quel point j'ai aimé le spectacle.

– Merci.

– Tu es vraiment le plus joli chat. Je ne sais plus exactement comment il dit ça dans ses lettres.

– La plus jolie *chatte*, précise-t-elle. Merci.

– Tu es aussi une très bonne danseuse, ajoute-t-il.

– Merci.

– Je parie qu'il va voir toutes les représentations, tu ne crois pas ? Si j'en juge par les lettres qu'il envoie ?

– Probablement.

– Il est peut-être en bas en ce moment même, à lever les yeux vers ta fenêtre.

– J'espère que non.

– Il est sûrement en train de se branler derrière une porte, dit-il. On se demande d'où ils sortent, ces cinglés.

L'Incident lui revient tout d'un coup dans une parfaite clarté.

– Il y avait un gosse qui vivait dans mon immeuble, reprend Rickie. Il jetait des briques depuis le toit, sur n'importe qui, tous ceux qui passaient en dessous. Un jour, mon oncle vient nous rendre visite, et cette espèce de con lui lance une brique. Alors mon oncle monte jusque sur le toit en courant...

Une chaude nuit d'été au début du mois d'août.

Un dimanche soir.

Kate a douze ans, elle est devant le miroir embué de la salle de bains, elle se sèche dans une grande serviette éponge blanche.

— ... qui m'a donné la chemise à propos. Mon oncle de Mayagüez. Celui qui a demandé au gamin d'arrêter de jeter des briques par-dessus le toit sinon ce serait *lui* qu'il balancerait en bas. C'est lui qui m'a envoyé la chemise que je portais ce soir. Avec le perroquet. Elle t'a plu ?

— Oui elle était très bien.

— Ouais elle est super.

Bess qui a onze ans, plongée dans le bain, dans une mer de bulles de savon blanches.

— Il était portier sur la 70e, il a pris sa retraite en octobre dernier, il est retourné à Porto Rico. Il a une maison là-bas, avec une piscine, tout ce qu'on peut...

En bas, dans le salon, son père écoute des disques.

Gently...

Sweetly...

Ever so...

Discreetly...

Soudain, sa main se met à trembler.

— Rickie, dit-elle, excuse-moi, mais il faut que j'y aille maintenant.

— Il y a quelque chose qui ne va pas ?

— Non, non, rien, tout va bien.

Elle tremble tellement qu'elle renverse du gin sur son kimono.

Ouvert...

Secret...

Portes.

— Kate ? dit-il.

Elle voit sa sœur dans la baignoire, précoce, mince, souple, bronzée, sa chère Besse, si innocente.

— Kate ?

Tu as toujours été sa *préférée.*

— Ça va, ça va, prononce-t-elle.

Elle ne peut plus maîtriser ses tremblements.

— Il n'y a personne, *là*, hein ?

Si, *tout le monde* est là, pense-t-elle.

188

– Non, c'est seulement que je suis très fatiguée.

– J'imagine. Bon, je te laisse, alors...

Les mêmes mots qu'avait employés son père.

Mais il ne la laisse jamais.

Jamais.

– Je peux te rappeler un de ces jours ?

– Oui, bien sûr, dit-elle.

Non, ne rappelle pas, pense-t-elle.

– Alors, bonne nuit.

– Bonne nuit, dit-elle.

Elle raccroche, vide le verre d'un coup puis retourne dans le salon pour le remplir. L'orchestre en est arrivé à la partie des cuivres. Elle éteint la stéréo. L'appartement est soudain plongé dans un silence complet.

Si David était là, il saurait ce qu'il faut faire, non ? Un putain de psy ? Mais David n'est pas là. Si Jacqueline était là elle aussi, elle saurait ce qu'il faut faire. Elle s'est occupée de la question *ad nauseam et ad infinitum* pendant des années, elle saurait certainement ce qu'il faut dire pour apprivoiser cette bête sauvage. Ce que la vénérable musique de Haendel n'a pas su faire, apparemment.

Écoute, pense-t-elle, soit on fait un mantra, soit on cache l'argenterie, d'accord ?

Elle avale une bonne dose de gin, qui lui brûle la poitrine, et renforce sa volonté.

Compréhension. Rester paisible, pense-t-elle. Pour pouvoir comprendre.

Je ne suis pas responsable de ce qui est arrivé.

Je le sais.

On ne peut pas me le reprocher.

Je sais.

Je n'avais pas besoin d'aller me taper ce pauvre Charlie.

Le meilleur ami de papa.

Je n'avais pas besoin de le poursuivre comme une lionne qui court après un phacochère, jusque dans sa tanière souterraine, à le tirer par la queue, à l'obliger à revivre avec moi...

Oublie l'Incident, pense-t-elle.

Je n'éprouve aucune culpabilité vis-à-vis de ce qui est arrivé.

La faute revient à mon père.

Je n'éprouve que de la honte.

Parce que je n'ai pas su l'empêcher.

Est-ce pour cela que tu fais en sorte que ça arrive encore et encore ?

Mais ce n'est pas vrai.

Chaque fois sans Bess ?

Bess, ma pauvre chérie...

C'est ce que tu fais, Kate.

C'est donc *ça* ?

Bien sûr que c'est ça.

Encore et encore, et encore.

Merci, docteur Hicks.

Elle repose son verre. Elle se dirige vers la salle de bains d'un pas décidé et remplit la baignoire d'eau chaude. Elle y verse une dose généreuse de bain moussant. Elle laisse tomber son kimono à ses pieds et entre dans le bain, au milieu des bulles de savon.

Débarrasse-toi de cette malédiction, pense-t-elle.

Tout ça c'est la faute de ce mec dans le parc.

S'il n'avait pas volé ma bicyclette, on ne se serait jamais rencontrés.

Gloria s'est mis sur le paupières de l'eye-shadow bleu qui répond à la couleur de son chemisier et de sa mini-jupe, un peu plus sombre. Son visage étroit, ses yeux noirs comme du charbon et légèrement bridés, son nez fin et sculpté comme celui de Néfertiti la font ressembler aujourd'hui à une louve qui dirait : « *Je veux un rôle, et je serais prête à tuer pour en avoir un.* » Mais c'est peut-être seulement parce qu'elle sort d'une audition. Cependant, sa bouche voluptueuse ne va pas du tout avec la métaphore de la louve, sa lèvre supérieure se relève de façon presque imperceptible pour révéler des dents légèrement en avant, extrêmement blanches par contraste avec son teint chocolat.

– Le spectacle se passe en l'an 3706, explique-t-elle à Kate, dans une sorte de société « stratufiée » – c'est comme ça qu'on dit ? – où les robots sont les chefs et ils donnent la chasse aux humains. Ah, ça y est, j'ai compris, c'est *Blade Runner*, c'est ça ? Sauf que la Femme à Plaisir de Daryl Hannah est une nonne belge, pas vrai ? De toute manière, les humains portent toujours des vêtements mais les robots, eux, n'ont que du maquillage sur le corps. Ce qui est compréhensible, puisqu'ils sont en métal. Pourquoi est-ce qu'ils auraient besoin de vêtements ? Le producteur m'a demandé si j'accepterais d'être un robot dansant qui ne porte que du maquillage sur le corps et des chaussures métalliques à talons aiguilles. Je lui ai dit que je risquais d'avoir drôlement froid en hiver. Et tu sais ce qu'il m'a répondu ?

– Qu'est-ce qu'il t'a répondu ? demande Kate.

– Il m'a dit : « Ouais, mais pour le moment on est encore en août ma petite. »

– Il voulait que tu te déshabilles devant lui, en fait.

– Tu crois que j'avais pas compris ?

– Et tu l'as fait ?

– Non, je lui ai dit que ce n'était pas ce genre de rôle que je cherchais. Il a dit : « Tant pis, c'est un rôle qu'on retrouve souvent. » Alors je lui ai dit : « Ben ouais, tant pis. » J'ai pas besoin de ces conneries.

– Exactement dit Kate.

Les deux femmes sont dans un café du Village. Kate lui a déjà parlé du type qui lui envoie des lettres, et elle lui a raconté comme elle a essayé de l'effrayer la veille, et c'est sans doute pour cette raison que Gloria s'est lancée dans sa longue histoire sur le producteur qui voulait qu'elle se déshabille. Elle raconte maintenant à Kate qu'il y a quelque temps de ça, un type lui téléphonait jour et nuit, mais là, c'était quelqu'un qu'elle connaissait. Kate lui explique :

– Non, ça c'est très différent. Là, c'est une sorte de cinglé.

Elle lance constamment des regards circulaires dans le café. Elle essaye de repérer quelqu'un qui l'observerait avec insistance. Désormais elle se sent mal à l'aise en ville, dès qu'elle sort de son appartement. Et c'est lui qui l'a mise dans cet état. Maintenant, elle en est à se dire que n'importe qui dans cet endroit pourrait être en train de la détailler pendant qu'elle boit son capuccino.

191

— Tu en as parlé à David ? demande Gloria.

— Non, pas encore.

— Il vient toujours mardi prochain ?

— Je ne sais pas.

— Parce qu'il m'a dit qu'il reviendrait le 15.

— Je n'ai pas eu de ses nouvelles.

Gloria garde le silence quelques instants.

Elle boit son expresso puis regarde Kate avec ses yeux de charbon et dit :

— Dommage, j'espérais le revoir.

Moi aussi, pense Kate.

Oui, parce qu'avec ce fou qui est entré dans sa vie, il lui est de plus en plus difficile d'oublier ce qui est arrivé au cours de cet été-là, il y a si longtemps. Elle suppose que c'est pour cette raison qu'elle n'a pas trouvé le sommeil la nuit dernière, même *après* avoir pris un bain brûlant, et même *après* s'être masturbée sous la mousse.

Tu as raison, pense-t-elle, je suis une pute.

Quel était le terme qu'il avait employé ?

Pute ?

Ou était-ce « salope » ?

Lequel des deux ?

Mais oui, grâce à on ne sait trop quel miracle, David revient la semaine prochaine, elle voudrait vraiment que Gloria soit avec eux, parce que s'il y a une chose qu'elle a apprise avec les années, c'est à remettre en scène cette saloperie d'Incident, de toutes sortes de façons, plus inventives les unes que les autres. En s'exerçant un peu, elle pense même qu'elle pourra oublier totalement ce qui s'est passé là-bas, à Westport, cette nuit d'août, quatorze ans auparavant. *Aluvai* comme on dit dans le métier. Mais elle risquerait de se remettre à bégayer. Ou pis encore. Une nouvelle fois.

Mais tout ça c'est derrière toi, maintenant.

Bien sûr, Jacqueline, merci beaucoup.

Et je l'espère sincèrement Ollie.

Malgré tout, elle voudrait bien qu'ils soient là, tous les deux, en ce moment même.

Tu *fais* toujours *ça.*

Elle a raison, pense-t-elle. Je suis un *con*, OK ?
Oui.
Le mot juste.
C'est *exactement* ce qui a été dit.
— Alors, appelle-moi, dit Gloria, s'il te donne des nouvelles.
— Promis.
— Parce que j'aimerais vraiment faire ça encore une fois, tu sais ?

Huit minutes avant le lever de rideau vendredi soir, le portier annonce par haut-parleur qu'on la demande au téléphone. C'est David qui appelle de Menemsha pour lui dire à quel point il l'aime et pour l'assurer qu'il sera là mardi, comme promis, et est-ce qu'elle viendra le chercher à l'aéroport ?
— Oui, dit-elle, j'y serai.
— Mon avion arrive à sept heures trente-huit.
— La Guardia ou Newark ?
— Newark.
— J'y serai. Je t'aime.
— Moi aussi, je t'aime.
— Pourquoi est-ce que tu n'as pas appelé ?
— Nous n'avons qu'une voiture. Et nous allons ensemble partout. Je n'ai pas été seul un instant. Il y a toujours quelqu'un avec moi.
— Où es-tu maintenant ?
— Chez moi. À la maison. Ils sont tous partis...
— Ce n'est pas dangereux ?
— Si.
— Je ne veux pas qu'il nous arrive quelque chose.
— Moi non plus.
— Je ne veux pas te perdre.
— Ne t'inquiète pas pour ça.
— Cinq minutes ! dit le régisseur.
— Je t'aime, David, dépêche-toi avant...
Elle s'interrompt immédiatement.

– Moi aussi, je t'aime, dit-il.
– À mardi.
– À mardi.
Tout d'un coup, il n'est plus là.

La lettre l'attend dans sa boîte lorsqu'elle arrive dans le hall samedi matin.

> *Comment as-tu osé, ma petite chatte ?*
> *Qui est ce grand singe avec son perroquet ? Est-ce qu'il se rend bien compte de ce qu'il risque ? S'il se permet de respirer à côté de toi encore une fois, il risque de lui arriver plus d'ennuis encore que tout ce qu'il a connu dans sa vie. Débarrasse-toi de lui. Ne m'agace pas, Kate ! Je t'observe tout le temps. Rappelle-toi ça,*
> *tu m'appartiens.*

L'inspecteur est le même qui avait organisé l'identification pour elle et David, en juillet. Il s'appelle Clancy...
– Aucun lien de parenté, observe-t-il immédiatement, bien que Kate ne comprenne pas la référence.
... et il a l'air plutôt content de la revoir, content de pouvoir aider quelqu'un de « sa tribu », pour reprendre son expression. Kate ne s'est jamais vraiment considérée comme particulièrement irlandaise, si ce n'est en raison de son apparence, mais elle est heureuse de voir que ses origines vont créer un lien avec l'inspecteur. Clancy n'a pas du tout le type irlandais. Il a les cheveux et les yeux bruns, sa bouche garde en permanence cette espèce de grimace vaguement sceptique. Et il ferait bien de se raser. Elle devine qu'il a passé une dure soirée vendredi, dans cette grosse méchante ville.
Les lettres qu'elle a rassemblées comme preuves du crime que ce déséquilibré est en train de commettre, quelle que soit la dénomination exacte du délit, sont posées sur le bureau de Clancy, inondé de soleil, en cette fin de matinée de samedi, chaude, moite comme toutes celles qui ont précédé. Clancy est en bras de che-

mise, pour mieux donner l'image du flic qui travaille dur. Il a un pistolet à la ceinture, au côté droit. Et bien sûr il fume. On dirait le flic d'un feuilleton télé. Si ce n'est que, de nos jours, ils ne fument plus à la télé. À l'immense surprise de Kate, il ouvre le tiroir du haut de son bureau et en sort une paire de gants en coton blanc. Il les met. Ça lui donne un air un peu comique, comme un vagabond dans un salon de thé des plus chics.

— Est-ce que vous êtes la seule à avoir manipulé ces lettres ? demande-t-il.

— Euh non... Je les ai montrées à un ami.

— Comment s'appelle-t-il ?

— Rickie Diaz.

— Comment vous écrivez le prénom ? demande Clancy en ouvrant un énorme carnet noir.

— Avec *i e* à la fin.

Clancy inscrit le nom dans son carnet.

— Personne d'autre ?

— Non.

— D'accord, dit-il et il ouvre la première des enveloppes.

Il lit les lettres dans l'ordre.

De temps à autre il relève la tête, la regarde et hoche la tête.

Finalement, il pousse un soupir, allume une cigarette et se contente de dire : « Ouais ! »

Ouais *quoi* ? se demande-t-elle.

Elle attend.

— Le cinglé typique, annonce-t-il.

Mais *ça*, elle le sait déjà.

— Neuf fois sur dix, ils sont inoffensifs.

C'est plutôt rassurant.

— Mais c'est bien un délit, ajoute-t-il.

Bien, pense-t-elle.

— Quel est ce délit ?

— Harcèlement avec circonstances aggravantes.

Elle hoche la tête.

Il ouvre à nouveau son tiroir, en sort un livre à couverture souple, bleu et noir. Elle parvient à lire le titre à l'envers :

GUIDE DU CODE PÉNAL
ÉTAT DE NEW YORK
GOULD

Clancy ouvre le livre et commence à feuilleter.

— Je crois que c'est 14.30, prononce-t-il d'un air songeur alors que l'horloge derrière lui indique onze heures vingt-sept.

Il continue à feuilleter.

— Non, 240.30, corrige-t-il en tournant le livre vers elle. C'est le Code pénal.

Elle se met à lire :

« . 240.30 Harcèlement avec aggravation du deuxième type.

« Une personne se rend coupable de harcèlement avec aggravation du deuxième type lorsqu'elle harcèle, menace, inquiète, intentionnellement.

« 1. Elle instaure un contact ou une communication par moyens mécaniques, électroniques, ou autres, par téléphone ou par télégramme, par le courrier ou toute forme de communication écrite, de manière à créer des troubles ou quelque inquiétude que ce soit.

« 2. Lorsqu'elle fait un appel téléphonique, qu'il y ait eu ou non une conversation... »

— Il ne m'a pas appelée, précise-t-elle en relevant la tête.

— Pas *encore*, répond Clancy.

Ce qui est un peu moins rassurant.

« ... Qu'il y ait eu conversation ou pas, sans raison légitime pour avoir initié cette communication, ou

« 3. Si elle frappe, pousse, bat ou encore... »

— Le reste de l'article ne s'applique pas à votre cas, dit Clancy.

Dieu merci, pense-t-elle.

— Qu'est-ce que le harcèlement avec aggravation du *premier* type ? demande-t-elle.

– Lorsqu'il s'agit d'une question de race, de religion, etc. Là, c'est un crime. Dans le cas d'un second type, il ne s'agit que d'un DA.

– C'est-à-dire ?

– Un délit de la classe A.

– Comme voler ma *bicyclette*, par exemple ?

– Euh, oui... voilà, c'est ça.

– Alors ça, ce n'est pas un délit très grave, non ?

– Si, il est très grave de harceler quelqu'un.

– Assez pour qu'on s'en occupe ?

– Bien sûr.

– Alors comment est-ce qu'on l'arrête ?

– Il faut que vous déposiez une plainte. Avec ce que vous nous apportez on ne peut pas faire grand-chose, mais avec un peu de chance, on pourra le retrouver.

– Comment ?

– Il peut y avoir des indices sur ces lettres. Il a peut-être un casier judiciaire, ou il a peut-être servi dans l'armée, ou à un poste de fonctionnaire. Nous avons des dossiers avec des empreintes digitales que nous pouvons consulter. Si nous parvenons à le repérer, nous comparerons son écriture avec ce que nous avons là. Après ça, il y a deux moyens d'agir.

Kate attend les explications.

– On peut demander à quelqu'un de lui parler, on a...

– De lui *parler*... ?

– Ouais, on a des gens ici qui sont très forts pour ça. Ils prennent le type seul à seul et ils lui disent : « Écoute, tu veux aller en prison, ou tu veux être raisonnable ? Laisse la fille tranquille, arrête de l'embêter et tout est fini. Tu n'entends plus parler de nous. Mais si tu essayes de la contacter, si tu lui écris ou que tu lui téléphones... »

– Il ne m'a pas...

– Je sais, je disais ça comme ça. « ... Si tu lui téléphones, si tu vas près de chez elle, même si tu marches sur le trottoir de l'immeuble où elle habite, on va venir te chercher et te mettre derrière les barreaux. » La plupart du temps ils écoutent ce qu'on leur dit.

Elle pense : ce type n'écoutera personne. Ce type est complètement *cinglé*.

— Et s'il n'écoute pas ? demande-t-elle.

— S'il vous embête toujours, vous nous le faites savoir, on vient l'arrêter, et on l'inculpe.

Elle pense : Et s'il me tue entre le moment où vous lui parlez et le moment où je voudrais venir vous dire qu'il m'embête toujours ?

— Chaque lettre qu'il envoie constitue un délit, vous voyez ? Et on en a combien ? Huit, neuf ?

— Dix.

— Donc ça fait dix inculpations pour harcèlement avec aggravation. Mais au maximum, il peut prendre deux ans ferme, même si techniquement il a commis le délit dix fois. C'est compliqué. S'il s'en sort avec moins...

Elle pense : et qu'est-ce qui se passera quand il sortira de prison ?

— ... le juge peut vous faire surveiller, et s'il s'approche de vous encore une fois, ça équivaudra à une désobéissance à la cour, ce qui représente encore un délit.

— J'ai très peur que cette personne essaye de me faire du mal, dit-elle calmement, en tâchant de dissimuler le tremblement dans sa voix.

— Oui, je comprends, mais ce que j'essaye de vous dire, mademoiselle Duggan, c'est que vous n'êtes pas totalement sans défense dans cette affaire. Nous allons faire une enquête, si vous voulez déposer une plainte, vous pouvez parler à l'avocat dans la section des Crimes sexuels en bas.

Elle pense : Mon Dieu ! dans quoi me suis-je embarquée ?

— Est-ce qu'il arrive qu'ils *s'arrêtent*, comme ça, d'eux-mêmes ?

— Quelquefois, quelquefois, si vous ne faites pas attention à eux...

— Mais je ne fais pas attention à lui.

— Je le sais. Je veux simplement dire que quelquefois ils se lassent et ils s'en vont.

— Il ne me donne pas l'impression qu'il va se lasser.

— Non, mais quelquefois, ils laissent tomber tout d'un coup, comme ça. Il y a beaucoup de femmes qui se promènent là dehors, vous savez ?

— Oui, approuve-t-elle en hochant la tête d'un air pensif.

— Alors ? Comment souhaitez-vous procéder ?

— Ce que je crains, vous voyez, c'est que si vous allez lui parler, il s'en prenne ensuite à *moi*.

— Euh... je crois qu'il y a vraiment peu de risques que ça se déroule de cette façon.

— Mais il y a *un* risque, non ?

— Tout est possible, mademoiselle Duggan. Le toit de cet immeuble pourrait aussi nous tomber sur la tête dans une seconde. C'est une possibilité, mais très lointaine. Je ne pense pas que cette personne essaye de vous agresser après avoir parlé avec quelqu'un de la police.

— Mais ça reste possible.

— Il est impossible de prévoir ce que vont faire les dingues, mais d'après mon expérience...

— J'aimerais y réfléchir encore un peu, demande-t-elle.

— C'est comme vous voulez, dit Clancy avec un haussement d'épaules qu'elle perçoit comme vaguement dédaigneux.

Il ouvre à nouveau le tiroir de son bureau, sort une grande enveloppe en kraft sur laquelle on peut lire POLICE DEPARTMENT CITY OF NEW YORK et juste en dessous en caractères plus gros encore : PREUVES.

Les preuves, pense-t-elle.

Il referme le rabat de l'enveloppe. Il y a deux petits boutons rouges en carton, une ficelle rouge qui se balance. Il passe la ficelle dans un des boutons.

— Vous feriez bien de garder ça précieusement, l'informe-t-il, au cas où vous vous décideriez.

Lundi soir, David appelle en PCV.

Il lui répète que son avion arrivera à Newark à sept heures trente-huit le lendemain matin.

CONVERSATIONS PRIVILÉGIÉES

– J'y serai, dit-elle.

Elle pense : viens vite.

Je t'en supplie, dépêche-toi.

Et elle ferme les volets pour se protéger du crépuscule qui approche.

4. *Mardi 15 août – samedi 19 août*

David sent immédiatement que quelque chose ne va pas.

Elle est juste derrière la barrière de sécurité, à l'attendre, un parapluie noir à la main, ses cheveux roux cachés sous un chapeau d'homme gris, elle porte un imperméable noir boutonné jusqu'en haut, des jeans et des bottes en caoutchouc jaunes qui apparaissent en dessous de l'ourlet. On dirait qu'elle a pleuré.

– Qu'est-ce qui t'est arrivé ? demande-t-il.

– Des tas de choses, répond-elle avant de l'embrasser sur la joue.

À l'extérieur de l'aéroport, il pleut des trombes. Kate a emprunté la voiture d'une des « filles » du spectacle, elle est minuscule et inconfortable, une vague odeur de vieille sueur s'échappe du siège arrière, encombré de collants, de combinaisons, de bas, de chaussettes, de culottes, de soutiens-gorge et d'un assortiment de vêtements sales et non identifiables, qui attendent d'être emmenés à la laverie. Ou à la décharge publique.

Elle se met à pleurer dès qu'ils sortent du parking de l'aéroport.

– Mais dis-moi ce qui se passe, implore-t-il.

Entre deux sanglots, par bribes, comme un patient qui se décharge d'une expérience traumatisante, elle raconte les événements des deux dernières semaines et au-delà, en commençant par la livraison du premier bouquet de roses. « Je pensais qu'elles venaient de toi, forcément la carte disait "Je *t'aime*, Kathryn". » Puis elle lui parle de toutes les autres fleurs qui ont suivi, quatre bouquets en tout dans des boîtes en carton, des roses à longue tige, toutes avec la carte d'un fleuriste différent qui disait « Je t'aime Kathryn ». Puis les lettres sont arrivées, dix lettres en tout, jusqu'à présent. Elle lui montrera ces lettres quand ils arriveront à la maison. « Clancy a dit qu'elles constituaient un délit, le commissaire, tu te rappelles ? Celui qu'on a rencontré pour l'histoire de la bicyclette ? Je suis allée le voir samedi. Chaque lettre représente séparément un cas de harcèlement avec aggravation, mais pour l'ensemble il ne peut prendre que deux ans de prison, j'ai eu si peur. »

Elle recommence à pleurer, essaye de retenir ses larmes tandis que David écoute stupéfait sa description du contenu des lettres qu'elle a mémorisées. La voix d'un homme en proie à une obsession, à tel point qu'il en est impressionné et Dieu sait s'il a entendu des voix semblables de par le passé. Encore une fois, il écoute ces symptômes qui lui sont devenus familiers, modifiés de façon à s'adapter au scénario de Kate, le transfert de la réalité à l'imaginaire, avec Kathryn qui devient Victoria, Victoria qui devient un chaton, puis une chatte, fixation obsessionnelle sur l'expression d'argot qui désigne le vagin ; les supplications serviles, puis le renversement des rôles, maintenant qu'il est devenu seigneur et maître, la fureur jalouse et possessive, les insultes, les obscénités toujours plus grandes, les menaces voilées suivies d'une invitation accompagnée de menaces ouvertes, et la menace finale contre Rickie...

— Rickie ? demande-t-il, qui est Rickie ?

— Le type du magasin de bicyclettes, répond-elle.

Qu'est-ce qu'il *vient faire* là-dedans ? se demande David.

— Qu'est-ce qu'il *vient faire* là-dedans ? demande-t-il à haute voix en se tournant vers elle d'un air perplexe.

Il se cogne les genoux au tableau de bord de cette putain de voiture de gosse. Il devrait écouter ça dans la limousine qu'elle lui a promise, il devrait la tenir dans ses bras pendant que quelqu'un d'autre conduit, pour qu'il puisse lui dire qu'il est là, et que tout ira bien.

— Et figure-toi..., continue-t-elle à expliquer en pleurant avec plus de violence encore, ce qui contribue à accroître la frayeur de David parce qu'il pleut à torrent, qu'il y a pas mal de circulation en direction de la ville à cette heure de la matinée et qu'il ne veut pas qu'elle rentre dans un des camions qui se dirigent vers le Washington Bridge à toute allure, mais *comment* peut-elle voir quoi que ce soit à travers ces trombes d'eau et le voile de larmes qui l'aveugle, sa vallée de larmes. Et figure-toi, dit-elle, que j'ai eu très peur quand il a envoyé sa lettre chez moi parce que ça voulait dire qu'il m'avait suivie depuis le théâtre et qu'il savait où j'habitais, et cette histoire selon laquelle il voulait ça autant que moi et il savait où venir satisfaire nos envies, tout ça paraissait très dangereux, c'était comme s'il se préparait à venir me *violer* bon Dieu ! Toi tu n'étais *pas là* ! N'oublie pas ça, David, tu n'étais pas là, tu n'avais même pas *appelé*, qu'est-ce que tu foutais ?

Elle commence à céder à l'hystérie, et ce n'est pas la première fois qu'il assiste à une crise d'hystérie.

— Ma chérie, calme-toi, dit-il, je suis ici, maintenant, avec toi.

Mais elle continue à délirer et à lui expliquer qu'elle était bien obligée d'appeler *quelqu'un* à l'aide, et que la seule personne à laquelle elle ait pu songer était Rickie, du magasin de bicyclettes, qui a été assez gentil et assez courageux pour l'emmener manger quelque chose après le spectacle, et la raccompagner après, pour que ce putain de *cinglé* pense qu'elle avait un copain et qu'il se mette à avoir peur.

— Kate, Kate ! Fais attention à la route ! lui crie-t-il.

— Ce n'est pas comme si j'avais un *père* ou un frère, à qui je pourrais demander de l'aide, et ma sœur n'est d'aucune utilité, évidemment, quant à ma mère, même si elle ne vivait pas à San Diego, elle n'en aurait rien à foutre si un assassin *en série* me suivait. Tu ne peux pas savoir ce que c'est, David...

Il prête désormais l'oreille à un discours frénétique qui pourrait être celui de n'importe lequel de ses patients, une conversation privilégiée, qui transforme cette minuscule voiture en un cabinet d'analyste ou, pour être plus précis, en un confessionnal. Il écoute, patiemment. C'est la femme qu'il aime qui lui parle, et elle traverse de sérieux ennuis. Il écoute tandis que les essuie-glaces repoussent la pluie qui tombe sans relâche.

La fureur qu'elle libère à l'encontre de sa mère a un effet secondaire dans la mesure où cette fureur assèche le flot de larmes, et où

Kate se penche sur le volant en se concentrant sur la route, comme si elle conduisait cette petite voiture non seulement à travers les seaux d'eau qui s'abattent sur eux, mais aussi à travers le cœur de sa mère, comme s'il s'agissait d'un épieu pointu et aiguisé. Sa mère s'appelle Fiona, mais ça pourrait aussi bien être Shirley, ou Rhoda ou Marie, ou Lila qui sont les mères haïes de Arthur K, Alex J, Susan M et Michael D. Ou, d'ailleurs, la mère de David lui-même, Ruth, avant qu'il ne passe par une longue analyse qui a finalement apaisé sa haine (un père du nom de Neil est toujours là, tapi à l'arrière-plan du discours frénétique de Kate, comme une ombre qui attend en coulisses, présence qui lui donne immédiatement une importance énorme pour David, dont l'oreille est particulièrement exercée.) Mais sa colère semble être dirigée exclusivement contre Fiona, tandis que la voiture approche du pont au milieu de ce déluge de vent et d'eau, tout aussi furieux. Autour d'eux, les camions se déplacent comme de gros dinosaures patauds.

Selon Kate, sa mère était – et *est toujours* – une salope exigeante, égoïste, qui ne pardonne pas, et qui préférerait donner un coup de pied à un infirme plutôt que d'allumer un cierge à l'église. « On l'avait surnommée Fée, la belle et bonne », dit-elle à travers ses dents serrées...

... non seulement parce qu'elle était une femme d'une beauté extraordinaire, mais parce qu'elle avait été tout le contraire de « bonne » avec ses filles et même avec leur père (Neil est toujours là à l'arrière-plan, refusant de venir prendre sa place sur la scène qu'est la conscience de Kate), elle les accusait de comploter contre elle, ou d'aller systématiquement contre sa volonté, ou de faire échouer ses projets soigneusement élaborés. Bess était la *véritable* beauté de la famille – elle avait la chevelure rousse de sa mère et ses yeux verts, bien sûr, dont elles avaient toutes deux hérité – mais elle possédait également une rare beauté intérieure qui émanait de toute sa personne et éclairait son visage. C'était peut-être pour ça que Fiona s'en prenait tout le temps à elle, plus souvent qu'à Kate, qui, pour dire la vérité, était une gamine maigrichonne, ressemblant plus à un garçon qu'à la fille qu'elle était censée être... Ça, il le sait, elle lui a déjà parlé de l'allure qu'elle avait à treize ans. De toute manière, Kate était *vraiment* la préférée de son père, comme sa mère le rappelait sans cesse à la pauvre Bess (Neil commence à se rapprocher des feux de la rampe, mais il bat en retraite immédiatement et retourne dans l'ombre).

— Là, j'ai ce qu'il faut, dit David en lui tendant la monnaie pour le péage.

Kate baisse la vitre pour tendre les pièces à l'employé, et la remonte à toute vitesse avant qu'ils ne se noient tous les deux. Cette brève interruption marque la fin du premier acte. Mais lorsque le rideau s'ouvre à nouveau, après l'entracte, on découvre un décor totalement différent, peut-être même appartient-il à une autre pièce.

David voudrait être ailleurs, n'importe où, mais ailleurs, sortir de cette voiture qui le rend claustrophobe et qui fonce sous la pluie. Il veut la serrer contre lui, embrasser ses larmes, la réconforter et la consoler, lui dire à quel point il l'aime, lui promettre qu'il sera là pour s'occuper d'elle, qu'il n'y a rien à craindre, qu'il est *là* maintenant. Ils parviennent finalement au pont et suivent le Harlem River Drive jusque vers le centre. Sur le fleuve, les remorqueurs glissent d'un air las à travers les brumes. Tandis que Kate parcourt en sanglotant son passé, les essuie-glaces s'efforcent en vain de repousser l'eau qui s'abat sur le pare-brise. Il craint sérieusement qu'elle ne heurte un des véhicules qui les entourent de toutes parts, et que dans le *Daily News* du lendemain on puisse lire en gros titre sur la première page : DEUX AMANTS PÉRISSENT DANS LES FLAMMES.

Les flammes.

Les flammes sont soudain devenues le thème central de cette fantaisie en couleurs, sur grand écran. Les flammes sont désormais ce qui entoure la sœur de Kate, au milieu d'une nuit d'août, il y a très longtemps. N'était-ce pas d'ailleurs une journée chaude et humide d'août, alors qu'elle n'avait que treize ans ? Oui, le directeur commercial du théâtre, ou le comptable ou ce qu'il pouvait bien être, son petit bureau, oui, son numéro de séduction, devant le meilleur ami de son père. Mais ce feu c'est... *c'est quoi ?* Trois ans plus tard ? Et l'incendie qui dévore sa sœur de quatorze ans, tandis qu'elle sort en courant de la maison, en proie aux flammes qu'elle a elle-même allumées. Les flammes sont partout, la maison, la robe de Bess, ses cheveux, ses cheveux de toute manière rouges comme le feu, plus rouges encore maintenant que les flammes lèchent, mordent les mèches bouclées qui crépitent. Les flammes forment le thème, le récit, les flammes sont toute l'horreur. Lancées à sa poursuite comme les flics ridicules d'un film muet, courant après une torche humaine, Fiona et Kate traversent la pelouse en hurlant pour la rattraper. Bess crie : « Laissez-moi mourir, laissez-moi brûler en enfer. » Kate parvient à peine à respirer. Son père sort de la maison en courant avec un drap humide. Il court après sa fille, lui fait un plaquage et la maintient au sol, tandis que sa chemise de nuit est toujours la proie des flammes, ses cheveux *brûlent*, mon Dieu ! oh mon Dieu !, il l'immobilise au sol, tandis que Kate hurle : « Laisse-la *tranquille*, espèce de salaud ! » Et Fiona, les yeux écarquillés, sous le choc, reste là, immobile, tandis que Bess répète sans cesse : « Pardonnez-moi mon Père, parce que j'ai péché... pardonnez-moi mon Père, parce que j'ai péché... j'ai péché. » Il l'enveloppe dans les draps froids et mouillés, la vapeur s'élève tout autour d'elle, l'odeur de ses cheveux brûlés empeste dans la nuit d'août, les draps et la vapeur qui s'échappe dans la nuit humide d'août, tout arrive toujours en août, août est le mois le plus cruel.

— J'ai failli le raconter à Rickie, mercredi dernier, dit-elle.

— Lui raconter quoi ?

— Tout ça.

Et voilà que le jeune Ricardo Alvaredo Diaz entre en scène avec brio, il apparaît sous un tonnerre d'applaudissements, il sourit au public, leur montre ses muscles et les plumes de l'Indien tatoué se froissent tandis que Kate prend la 96e Rue.

— Où étais-tu David ? demande-t-elle en détournant brusquement la tête. Où étais-tu mercredi dernier. Tu faisais ça avec *Julia* là-bas ? Alors que tu aurais dû être ici à faire ça avec *moi*.

Comment en est-on venu à dire « ça » pour parler de sexe ? se demande-t-il.

Mon seul désir était de t'embrasser.

Et puis qui est cette Julia ?

— Si tu avais été là, dit-elle, je ne l'aurais pas laissé faire.

206

Elle gare brusquement la voiture près du trottoir, braque brusquement, appuie ses bras sur le volant, baisse la tête et commence à sangloter sans pouvoir se contrôler.

Il est maintenant presque dix heures du matin. Kate est allongée sur le sofa, de l'autre côté de la pièce, derrière elle, la petite fille sur le poster des *Misérables* regarde tristement cet intérieur depuis le mur. Elle ne pleure plus. Elle a enlevé son imperméable noir et ses bottes en caoutchouc jaune, elle est assise, jambes croisées, et porte un jeans, un T-shirt blanc et des chaussettes blanches, elle a toujours son chapeau d'homme sur la tête. Il songe qu'elle a peut-être caché ses cheveux pour que l'homme qui la poursuit ne la remarque pas trop facilement. Mais ils sont maintenant dans son appartement, elle est en sécurité, alors pourquoi porte-t-elle toujours ce chapeau parfaitement idiot ?

Il lui en veut, ce qui est absurde et contraire à son professionnalisme. Il est censé être un psychiatre, compétent, concerné, attentionné, mais il réagit comme un collégien jaloux. Après tout ce qu'elle lui a dit dans la voiture et maintenant qu'il sait quels véritables problèmes ce salaud a causés en envoyant ses lettres, il ne peut plus penser qu'à une seule chose, à ce dernier mercredi où elle a *laissé faire* ce jeune type du magasin de bicyclettes... ces mots suffisent à le mettre dans une fureur terrible. Elle l'a *laissé faire*. Comme des gamins sur un putain de toit ; tu veux bien me *laisser faire* Katie ? Oui, bien sûr, Rickie, permets-moi de baisser ma culotte, chéri. L'hélicoptère de *Miss Saigon* attend de l'emmener loin de tout ça, peut-être même à Vineyard. Les chats dans l'appartement – le vrai qui se frotte contre ses jambes, l'autre avec son œil jaune, sur le poster au-dessus du sofa, et la chatte avec son œil vert, assise sur le sofa en face de lui, qui porte toujours ce putain de *chapeau* – attendent tous de voir ce qu'il va faire. Il pense que si elle ne lui donne pas la réponse qu'il attend, il pourrait tout bonnement...

Le problème c'est qu'il veut la prendre dans ses bras.

La toucher.

L'embrasser.

Le problème c'est qu'elle lui a cruellement manqué.

— D'accord, commence-t-il, dis-moi ce qui s'est passé mercredi dernier.

— Je ne veux pas en dire plus, répond-elle.

Alors va te faire foutre, pense-t-il.

— Alors pourquoi avoir commencé à en parler ?

— Parce que je voulais que ça sorte.

— Ce n'est pas encore complètement sorti. Pas tant que je n'aurai pas appris ce qui s'est passé.

— Et qu'est-ce qui s'est passé, à ton avis ?

— Dis-le-moi, tout simplement. Est-ce que Gloria était là, elle aussi ?

— Non. Qu'est-ce que Gloria serait venue faire là-dedans ?

— Et qu'est-ce que Rickie est venu faire là-dedans ? C'est ça que je voudrais savoir.

— Alors pourquoi me parles-tu de Gloria ? Parce que tu meurs d'impatience de te la faire encore une fois ?

— Écoute, Kate, n'essaye pas de transférer la culpabilité dans cette histoire...

— Je n'essaye pas de transférer la culpabilité. Je ne ressens aucune *culpabilité.*

— Alors pourquoi est-ce que tu chialais dans la voiture ?

— Pas parce que je me sentais coupable. Me parle pas de ça, d'accord ? J'en ai eu ma dose avec Jacqueline. La culpabilité, j'y ai eu droit sous toutes les coutures, d'accord, David ? Maintenant, ça va, alors ne va pas...

— Pourquoi est-ce que tu as couché avec lui ?

— Couché avec lui ? Mais tu rêves !

— Tu disais...

— J'ai dit...

— Tu as dit que si j'avais été là, tu ne l'aurais pas laissé faire. Laissé faire *quoi* ?

— *M'embrasser,* bon Dieu ! Et de toute manière tu es si chaste, toi, là-haut, à Vineyard ?

— Tu sais que je suis marié.

— Oui, et tu sais que je suis célibataire.

— Et qu'est-ce que ça veut dire ? Que ça te donne un permis pour tuer ?

— Personne n'a tué personne, David.

— Oh, ça j'en suis sûr.

— De toute manière, on a déjà parlé de tout ça.

— Je ne crois pas.

— Je t'avais *dit* qu'il m'avait invitée.

— Et tu m'avais aussi dit que tu ne lui avais pas donné ton numéro de téléphone.

— Et c'était vrai. Je ne le luis avais pas encore donné. Je suis allée le voir *après* que la lettre a été envoyée ici. C'est là que je lui ai donné mon numéro de téléphone. Il m'a *aidée*, David. Et de toute manière nous ne sommes pas mariés, toi et moi, tu sais David ?

— Oui, je commence à comprendre.

— Tu fais l'amour avec *elle* tu sais, alors tu ne peux pas...

— Ça c'est totalement...

— C'est pas vrai ?

— Si.

— Tu n'as donc aucun droit...

— Tu as raison. S'il n'y a plus rien à dire, je crois que je vais simplement...

— Nous avons déjà eu une conversation, tu sais, à propos de Rickie.

— Il y a une différence cette fois.

— Quelle différence ?

— La dernière fois, tu ne l'avais pas encore embrassé.

— Ça ne voulait rien dire.

— J'arrive pas à croire que tu puisses dire un truc pareil !

— Et pourquoi ?

— Parce que c'est le pire cliché qui soit. Si ça ne voulait rien dire...

— Et c'est vrai.

— ... alors pourquoi est-ce que tu l'as fait ?

— Pour le remercier.

— De quoi ?

— De m'avoir aidée. D'avoir été *là* ! Et toi, où étais-tu, David ?

— Écoute, qu'est-ce que ça veut dire tout ça ?

— Rien. Sauf si tu veux continuer à faire une scène.

Mais elle a l'air d'être ravie qu'il fasse une scène. Il sent que cette scène de ménage ajoute une dimension domestique à leur aventure hésitante et lui apporte peut-être aussi une promesse de durée. Après tout, s'ils en sont à leur deuxième scène, et que leur relation y survit, il faut croire qu'il y en aura une troisième puis une quatrième et une cinquième et ainsi de suite jusqu'à l'infini. Comme papa et maman et les enfants. Ils ont leurs gentilles petites scènes, pour pouvoir s'embrasser et se réconcilier après. Sauf qu'il n'a aucune intention de l'embrasser maintenant, pas après le baiser qu'elle a donné à son jeune toréador, mercredi dernier. Et Dieu sait combien il y en a eu depuis.

— Tu l'as vu depuis ? demande-t-il.

— Non.

— Il t'a appelée ?

— Oui.

— Évidemment ! Maintenant qu'il a eu un avant-goût...

— Arrête David, je ne suis pas une pute !

— Qui a dit ça ?

— Je ne suis *pas* une pute.

Il n'a même pas mentionné ce mot, et il se demande maintenant d'où il peut bien surgir. Une pute ? Simplement parce qu'elle a embrassé...

— C'était quel genre de baiser ?

— Qu'est-ce que tu veux dire ?

— Un baiser amical, un baiser fraternel, paternel...

— Un putain de baiser sur la *bouche* ! répond-elle d'un ton furieux.

Ils retombent dans le silence.

— Je croyais que tu m'aimais, dit-il.

— Et c'est vrai.

— À ta façon.

— Non, je t'aime complètement, totalement.

Il la regarde.

Il voudrait pouvoir croire à ses paroles, mais alors pourquoi cette histoire de mercredi soir avec son Latino. En plus, elle a raison de dire qu'elle n'est tenue par aucun lien, cher monsieur, elle est libre comme l'air, et elle a parfaitement le droit d'embrasser qui elle veut. Ce qu'il y a, songe-t-il... il a pensé... il s'est imaginé à tort, et il se trouve maintenant que... mais ça n'empêche pas que...

— Tu as l'intention de le revoir ? demande-t-il.

— Pas si tu ne veux pas.

— Peu importe, ce que je veux, *moi* ! crie-t-il. C'est toi qui es concernée, merde ! Qu'est-ce que tu veux, toi ?

— C'est toi que je veux.

— Alors pourquoi... ?

— Je ne veux que toi.

— Alors...

— Je veux que tu m'aimes.

— Kate pourquoi est-ce qu'on ne...

— Ne dis rien !

— Je pense qu'on devrait simplement...

— Ne dis *rien* !

Elle le regarde fixement, elle paraît petite, vulnérable, fatiguée, pâle, dans ses jeans et son T-shirt blanc et son adorable chapeau gris, les mains croisées sur ses genoux, avec ses yeux grands ouverts et implorants. Il ne veut pas qu'elle se remette à pleurer, il ne pourrait pas le supporter. Elle est assise là et risque de s'effondrer à tout moment, elle a les yeux pleins de larmes, et, d'une voix à peine perceptible, elle lui dit :

— Ne me quitte pas, David.

Il reste là, à la regarder.

— Je t'en supplie, dit-elle.

Il fait un pas vers elle.

— Aime-moi, aime-moi toujours, dit-elle.

Il appelle Stanley Beckerman peu avant onze heures.

— Ah enfin ! Dieu merci, j'ai cru que tu ne viendrais pas.

— Il y avait beaucoup de circulation, dit David, et avec la pluie...

— Il y avait du soleil à Hatteras, répond Stanley.

— À Vineyard aussi.

— Tu as eu des problèmes pour te libérer ? demande Stanley en baissant la voix même si, d'après David, il est sûrement seul dans son bureau.

Ou peut-être qu'une minette de dix-neuf ans l'a déjà rejoint. Peut-être qu'elle est déjà allongée sur le divan, comme Sharon Stone, jambes écartées sans culotte.

— Pas le moindre problème, répond David.

Stanley pense qu'il sera le seul à avoir besoin de protection et d'un alibi pour les jours à venir ; David n'a aucune intention de dissiper ses illusions. Aussi, la responsabilité d'organiser une série de conférences imaginaires échoit à Stanley, en tant que supposé menteur lubrique et solitaire de cette escapade de quatre jours. David a donné à Helen les maigres informations transmises par Stanley au téléphone pour l'invitation à Menemsha, il y a de ça deux semaines. Maintenant, il écoute attentivement, pour couvrir ses fesses, mais il joue à fond le jeu de fournisseur d'alibis de Stanley.

— Je voudrais te faxer ça, hmm ? Tu as un fax dans ton bureau ?

— Non, dit David.

— Je peux laisser les instructions au portier, alors ?

— Où ça ?

— Au bureau, à l'appartement, où tu veux.

— Il vaut mieux que ce soit au bureau.

— Je les déposerai plus tard. En attendant, est-ce qu'on pourrait voir ça au téléphone ?

— Oui, allons-y.

— Je ne voudrais vraiment pas qu'on se contredise dans cette affaire, Dave, tu comprends que c'est trop important pour toi et moi. Qu'est-ce que tu as dit à Helen ?

— Que Syd Markland...

— Avec un « y », hein ?

— Oui.

— Syd avec un « y ».

— Oui, qu'il avait établi le programme et invité tout le monde.

— Oui.

— C'est le nom que tu m'as donné à...

— Oui, en fait, il n'existe pas.

– Bien.

– Tu as dit que le programme était sponsorisé par APA ?

– Oui.

– Très bien. C'est ce que j'ai dit à Gerry. Est-ce que Helen t'a posé des questions là-dessus ?

– Non.

– Tant mieux. Ce que j'ai essayé de faire, Dave, c'est d'organiser une série de conférences, de rencontres, de débats qui durent du matin au soir... Je suis vraiment désolé de t'infliger ça, je sais que pendant ce temps-là, tu risques de t'ennuyer en ville...

– Ne t'inquiète pas, j'ai du travail à finir.

– J'apprécie vraiment ce que tu fais pour moi, Dave.

– Je t'en prie, c'est rien du tout.

– Je veux seulement avoir l'air très pris et occupé toute la journée, hmmm ? C'est pour ça que je voudrais que tu étudies l'emploi du temps consciencieusement au cas où Helen te demanderait où tu seras tel ou tel soir...

– C'est sans doute ce qu'elle va faire.

– Pourquoi ? demande Stanley immédiatement. Elle ne *soupçonne* rien, j'espère ?

– Non, non.

– Tu ne lui as pas parlé de Cindy et moi, hein ?

– Bien sûr que non.

– Alors pourquoi est-ce qu'elle te demanderait ça ? Gerry ne me demande jamais où je vais.

– C'est le genre d'information qu'on s'échange habituellement, dit David.

– Pourquoi ? Elle ne te fait pas confiance ?

– Si.

– Une chose est sûre, c'est que Gerry me fait confiance, à moi. C'est pour ça qu'elle ne pose jamais de questions.

– Alors pourquoi est-ce que tu te sens obligé d'inventer un emploi du temps aussi compliqué ?

– *Au cas où* elle demanderait. En plus, c'est pas si compliqué que ça !

– Tu m'as parlé de rencontres, de débats, de conférences...

213

– Oui, mais dispersés dans la journée, hmmm ? Ce n'est pas compliqué. En plus je ne lui ai pas donné un exemplaire du programme. Mais *au cas où* elle demanderait ce qui se passe ce soir, par exemple, je pourrais lui dire que... merde où je l'ai mis ? Ah, ici. Que le Dr Gianfranco Donato, de Milan, donnera une conférence sur le thème « Enseignement et troubles moteurs ».

– D'accord.

– Au Lotos Club.

– D'accord.

– Au numéro 5 de la 66ᵉ Rue.

– Compris.

– Tu n'as pas besoin de le noter, je te déposerai le programme. Tu es dans ton bureau maintenant ?

– Non.

– Où es-tu ?

– Dans un café. Je téléphone depuis un café.

– Tu veux que je te l'amène là ?

– Non, dépose-le au bureau. Je le prendrai plus tard.

– Tu es sûr ? Et si Helen t'appelle dans dix minutes ?

– Stanley...

– Bon, bon d'accord. Mais tu ne peux pas m'en vouloir d'être prudent, Dave. Toi, tu n'as rien à perdre dans cette affaire. Je suis conscient du service que tu me rends mais tout de même, essaye de comprendre pourquoi je prends tant de précaution, hmmm ?

– Je comprends parfaitement.

– Quand est-ce que tu seras à ton bureau ?

– Je ne sais pas encore.

– J'ai seulement peur que tu parles à Helen avant d'avoir le programme, et que tu ne saches pas où on devrait être toute la journée.

– Je ne parlerai pas à Hélène avant demain soir.

– Comment tu le sais ?

– Parce que c'est ce qu'on a prévu.

– Elle ne te fait pas confiance.

– Stanley, on a déjà parlé de ça.

— Je veux dire si elle t'appelle à un moment précis, c'est comme si elle ne te faisait pas confiance. Cindy est avec moi, en ce moment même, ajoute-t-il en baissant la voix. Tu devrais la voir.

— Stanley, il faut que je te quitte maintenant.

— Non, attends, *attends !* Je veux te lire ça. Pour que tu saches au moins quels sont les engagements pour cet après-midi et demain. Au cas où tu lui parlerais.

— Je ne lui parlerai pas...

— *Au cas où,* d'accord ? D'ailleurs tu ferais mieux de le noter. Tu as un stylo ?

David pousse un soupir.

— Toutes les conférences ont lieu au Lotos Club, dit Stanley. Mais j'ai placé les débats et les rencontres ailleurs, au cas où on essaierait de nous joindre. À propos, je te serais reconnaissant de ne pas donner tout le détail à Helen. Je veux dire que si elle te pose effectivement une question, tu pourras toujours lui dire où tu te trouveras à tel ou tel moment bien déterminé, mais il vaudrait mieux ne pas lui donner tout l'emploi du temps.

— Je ne ferai jamais ça.

— C'est au cas où elle parlerait avec Gerry. Quoique je ne voie pas pourquoi elles se parleraient dans les jours à venir, qu'est-ce que tu en penses ?

— Non, je ne pense pas que ça puisse arriver.

— Moi non plus. Mais c'est au cas où. Bon, cet après-midi à deux heures, il y aura un débat sur les changements d'humeur, présidé par le docteur Phylis Cagney, qui animera aussi celui sur les troubles alimentaires, demain après-midi. Elle n'existe pas non plus. J'ai prévu que ça se déroulerait dans une salle de rencontre au Brewster, c'est un petit hôtel sur la 86e Rue, parce que tu sais, ce n'est pas censé être une énorme convention, ou quoi que ce soit dans le genre.

— Oui, je sais.

— Je t'ai déjà donné le truc avec le docteur Donato au Lotos Club, ce soir...

— Oui, à quelle heure ?

— Huit heures. J'ai dit à Gerry qu'on dînerait d'abord ensemble, toi et moi, hmmm ?

215

— Où ça ?

— Chez Bertinelli. À l'angle de Madison et de la 65e Rue. En fait, je vais y emmener Cindy, dit-il, en baissant à nouveau la voix pour prononcer ce nom. Je vais payer avec ma carte de crédit et je dirai que c'était pour toi.

— D'accord, je ferai la même chose.

— Je ne lui ai pas dit où on allait. C'est juste au cas où elle demanderait plus tard. J'ai pensé qu'il n'était pas utile de leur donner des noms de restaurants à l'avance. À moins qu'elles ne demandent.

— D'accord.

— Tu crois qu'Helen va te le demander ?

— J'en suis sûr.

— Alors qu'est-ce que tu veux lui dire ?

— Eh bien, pas Bertinelli, si tu y vas avec elle.

— Qui, Cindy ?

— Oui.

— Tu devrais la voir. Bon, alors qu'est-ce que tu vas dire ?

— Je ne sais pas encore.

— Choisis quelque chose, au cas où Gerry...

— Tu peux dire à Gerry que j'étais chez Bertinelli, je suis sûr qu'Helen ne l'appellera pas. Je dirai n'importe quoi à Helen. Je lui donnerai le nom du restaurant où je me trouverai ce soir. Je te dirai demain matin.

— Mais pas trop tôt, hmmm ?

C'est la première fois qu'il utilise le transfert d'appel depuis leur appartement, mais lorsqu'il s'y rend un peu plus tard dans la matinée ce même jour, il appelle d'abord Vineyard pour dire à Helen qu'il est bien arrivé, puis il consulte le manuel :

TRANSFERT D'APPEL
COMPOSEZ LE 7 4 #
ATTENDEZ LA TONALITÉ PUIS COMPOSEZ LE NUMÉRO VERS LEQUEL VOUS VOULEZ QUE VOS APPELS SOIENT TRANSFÉRÉS.

ATTENDEZ LA SONNERIE. LE TRANSFERT D'APPEL SERA ÉTABLI
LORSQUE VOUS OBTIENDREZ UNE RÉPONSE. DITES À LA PERSONNE
QUE VOUS AVEZ CONTACTÉE QU'ELLE RECEVRA VOS APPELS.

Il relit les instructions, puis garde le manuel sous les yeux, tandis qu'il appuie sur le 7, le 4 et #. Il attend la tonalité, puis fait le numéro de Kate. Il entend un bip, et le téléphone se met à sonner.
— Allô ? dit-elle.
— C'est moi.
Il a l'impression d'agir comme un espion.

Un peu plus tard dans l'après-midi, il enregistre un message sur le répondeur téléphonique de Kate, puis, depuis une cabine au coin de la rue, il fait son propre numéro. Une seule sonnerie, un déclic à peine perceptible, encore une sonnerie, puis une autre, une quatrième et, finalement, la machine de Kate se met en marche, mais au lieu d'entendre l'habituel : « Bonjour, parlez après le bip », il entend sa propre voix enregistrée : « Bonjour, nous ne pouvons pas vous répondre pour le moment, mais si vous laissez un message après le signal sonore, nous vous rappellerons dès que possible. »
À part ce minuscule déclic qui, après tout, pourrait venir du répondeur, il est impossible de savoir que ce n'est pas l'appartement des Chapman qu'on a appelé. Si Helen téléphone depuis Vineyard, il lui sera impossible de deviner que sa voix lui parvient depuis le répondeur de Kate. Impossible de savoir que son mari est un menteur et un traître.
— Ça marche ? demande Kate.
— Oui, répond-il.
Elle lui prend le bras et sourit.
Après le dîner, ce soir-là, ils retournent dans l'appartement de Kate.
Il se sent en sécurité.
Plus ou moins.

« Ton copain au téléphone », dit Méphistophélès.

Déjà en costume pour la représentation en matinée du mercredi, il remonte le couloir en sautillant pour s'échauffer, comme un diable noir sorti de sa boîte. Il indique d'un geste de la main le téléphone accroché au mur puis disparaît d'un bond.

Le récepteur pend au bout du fil.

Elle le porte à son oreille.

— Bonjour, mon amour, dit-elle.

— Voilà qui est mieux, fait-il d'un ton approbateur.

Elle sent un frisson lui parcourir la colonne vertébrale.

— Qui est à l'appareil ? demande-t-elle immédiatement.

— À ton avis, ma petite chatte ?

— Allez-vous-en, dit-elle.

— Ne raccroche pas, fait-il d'une voix menaçante.

Elle est pétrifiée, des milliers de pensées lui traversent l'esprit. Le numéro auquel il l'a appelée ne figure pas dans le bottin, comme se l'est-il procuré ? Est-ce qu'il connaît quelqu'un dans le spectacle ? Un enquêteur ? Un acteur qui a autrefois travaillé au Winter Garden ? Est-il sorti un jour avec une des...

— Comment vas-tu ? demande-t-il d'un ton aimable.

— Je vais raccrocher.

— Je ne crois pas.

— Que voulez-vous de moi ?

— L'obéissance, répond-il.

— Laissez-moi tranquille. Ou je retournerai voir la police.

— *Qu'est-ce* que tu dis ?

— Rien.

— Tu es allée voir la police ?

— Non, mais je vais y aller si vous ne...

— *Est-ce que tu y es allée ?*

— Je *vais* y aller, j'ai dit que je *vais* y aller.

— Non, tu as dit que tu y *retournerais*.

— Non, je n'y suis pas allée, mais je vais le faire.

— Je te le déconseille.

— Je vais le faire.

Elle sent comme une faiblesse dans sa propre voix.

— Je te surveille, petite chatte.

218

— Je vous en supplie, arrêtez...

— J'y serai ce soir.

— Non, je vous en supplie.

— Je regarderai. Alors applique-toi quand tu danseras.

— Ne venez pas, non ne venez pas, je ne veux pas que vous veniez.

— Tu ne veux pas que je te lorgne ? dit-il en éclatant de rire.

Elle raccroche immédiatement. Elle tremble de tous ses membres. Elle est debout à côté du téléphone et pose la main sur son cœur qui bat à tout rompre.

— Ça va ? lui demande quelqu'un.

Elle relève la tête.

C'est Rum Tum Tugger.

— Oui, oui, ça va.

Mais immédiatement après la représentation de l'après-midi, elle va voir le metteur en scène en boitant et lui dit qu'elle pense s'être tordue la cheville pendant le numéro de Growltiger.

— Je voudrais voir ça avec mon médecin, l'informe-t-elle en mentant. Mais en attendant, je crois qu'il ne faut pas compter sur moi pour ce soir.

David a choisi un restaurant du Village sur lequel il a lu un article dans *New York*, un endroit sombre, avec des boiseries sur les murs, dans une atmosphère à mi-chemin entre le club de gentlemen et la salle de danse. « Les steaks sont formidables, avait écrit le critique gastronomqique du restaurant, et les huit musiciens de l'orchestre jouent du big-band comme s'ils étaient cent » ; mais les airs qu'ils jouent ne rappellent que très vaguement ceux que David a entendus dans son enfance ; d'abord quand il avait douze ou treize ans et qu'il commençait juste à s'intéresser aux filles, à cette époque les chansons de doo wop semblaient exprimer toutes ses émotions d'adolescent, depuis « All Alone Am I » de Brenda Lee, jusqu'à « So Much In Love » des Tymes, en passant par tous les autres airs qui s'échappaient des juke-boxes dans les snack-bars et dominaient les programmes des radios.

Lorsqu'il avait quatorze ou quinze ans, « I Want To Hold Your Hand », « Can't Buy Me Love » et « I Feel Fine » faisaient exploser les charts, avec encore d'autres titres des Beatles, innombrables, tous avaient fait partie de sa tumultueuse adolescence – quand on était amoureux alors, *le monde entier* se retrouvait dans John, Paul, George et Ringo. Puis à l'âge de seize ans, la chanson qui reflétait le mieux son trouble intérieur, la chanson qui lui parlait directement était « Satisfaction » des Rolling Stones, parce que lui non plus n'arrivait à en trouver nulle part. Ce qui est plus étrange, c'est qu'à dix-sept ans, comme ses goûts avaient évolué légèrement, il écoutait jour et nuit « Strangers In The Night » de Sinatra, aspirant un jour à rencontrer cette inconnue dans la nuit qui le prendrait dans ses bras. Ou peut-être serait-ce pendant la journée. Ou n'importe quand d'ailleurs.

Lorsqu'il quitta le lycée et décida dans ses premières années de collège qu'il voulait être médecin, ses goûts musicaux devinrent plus sérieux. La première année, sa chanson préférée fut sans doute « Ode To Billy Joe », un air envoûtant et solennel, entrecoupé de passages inquiétants au violoncelle, et une vague évocation d'avortement ou d'infanticide ou des deux à la fois. Lorsqu'il atteignit l'âge de dix-neuf ans, il sembla que la pop music allait définitivement sortir de sa vie. L'avenir l'attendait, menaçant. « Mrs Robinson » représenta pour lui l'exemple même du passage d'un passé infantile et idiot à une période de responsabilité et de maturité. Il avait même vingt-six ans, et il était déjà médecin au moment où il fit la connaissance de la jeune Helen, avocate.

Ce soir, beaucoup plus vieux, sans pour autant se sentir plus sage, il tient dans ses bras une superbe jeune femme de vingt-sept ans qui l'accompagne sur la mélodie de « Moonlight Serenade » et « You Made Me Love You » dans une interprétation semblable à celle que Glenn Miller et Harry James durent donner, à l'époque, au cours de ces sombres années quarante, avant même que lui ou Kate n'aient vu le jour. Il sait toute l'inconscience qu'il a fallu à un ours maladroit comme lui pour inviter une danseuse, une *danseuse* professionnelle. Mais maintenant c'est fait, et, grâce à elle, il a l'impression d'être Fred Astaire dans *Top Hat* ; comme Gene Kelly dans *Chantons sous la pluie*, il a le pied léger, le cœur léger, la tête dans les nuages tandis qu'il la mène sur la piste au son de ces vieux classiques dont ils ne se souviennent ni l'un ni l'autre. Ce que David appelle un « vieux classique », c'est « Surrender » d'Elvis Presley. Pour Kate, ce serait plutôt « Too Much Time On My Hands » de Styx.

La plupart des clients sont venus pour danser. Les femmes portent des robes du soir, même si on est un mercredi. Une femme brune dans une robe rouge porte même une tiare. Les couples parcourent la piste comme autant de Velez et de Yolanda, on voit à leurs voltes et leurs demi-tours qu'ils ont pris des leçons de danse, mais leur talent paraît bien pâle en comparaison de l'éclat de Kate. *Tes lèvres sont envoûtantes, Kate,* pense-t-il tout d'un coup, sans raison, et il se demande au même moment s'il est bien sage de l'emmener danser dans un lieu public où on pourrait les voir.

Ce soir, elle est toute vêtue de noir.

Il commence à penser que toutes les couleurs lui vont, mais elle porte le noir à merveille, ses ongles sont peints de façon à former un contraste avec son chemisier décolleté sans manches. Dieu merci. Mais leur couleur rappelle celle de son rouge à lèvres rouge vif de dévoreuse d'hommes et des boucles d'oreilles qui se balancent de chaque côté de son visage. Elle a laissé sa longue veste noire sur le dossier de sa chaise, et elle évolue maintenant dans sa courte robe flottante, à bordure blanche sur l'ourlet et sur le col, qui s'évase de façon spectaculaire autour de ses longues jambes en bas noirs. Elle a les cheveux ramenés en arrière et attachés par un ruban dans le même tissu noir qui retient le faux œillet blanc sur son front élégant. Elle est chaussée de sandales noires à brides et à hauts talons qui conviendraient mieux à un défilé de mode qu'à une piste de danse, et qui ajoutent au moins cinq centimètres à sa taille déjà impressionnante.

Il se rend compte que c'est elle qui mène.

Mais peut-être a-t-elle toujours mené ?

Il se souvient comme elle a séduit ce pauvre idiot de Charlie. Et il se demande ce qui l'a poussée à faire ça. Il se demande à nouveau pourquoi elle a embrassé sur la bouche ce gamin du magasin de bicyclettes. Mais cette ride qui se dessine sur son front anxieux disparaît aussitôt. Il est enveloppé par son parfum, il se perd dans les sensations que lui offre le toucher de sa robe.

Peut-être aussi s'est-il perdu depuis le début ?

Il a pris des habitudes d'homme infidèle qui consistent à inspecter tous les endroits dans lesquels il entre, et à continuer ses patrouilles de reconnaissance tandis que la soirée avance, il se prépare pour toute circonstance imprévue, afin de pouvoir fournir une explication plausible, espère-t-il, sur ce qu'il fait là avec cette jeune et belle danseuse. Tandis qu'ils quittent la piste...

Le chef d'orchestre a annoncé un morceau intitulé « Elk's Parade », un air rythmé que David n'a encore jamais entendu et sur lequel ni lui ni Kate ne souhaitent danser, bien qu'il ait la certitude qu'elle serait capable de danser sur *n'importe quelle* musique. Et qu'elle produirait un spectacle éblouissant...

... Tandis qu'ils quittent la piste, il jette à nouveau un regard circulaire sur la salle, observe les clients, les hommes et les femmes qui quittent ou rejoignent la piste, il va même jusqu'à dévisager les garçons et les portiers pour se garder de toute mauvaise surprise. Il a songé à la façon dont il présenterait Kate s'il rencontrait une de ses connaissances, mais il n'a rien trouvé de crédible. Voici Kate, elle est psychiatre à Seattle et nous participons au même séminaire. Pas mal ton histoire, David ! C'est une de mes étudiantes du Mount Sinai Hospital, et je lui enseigne la thérapie par la danse pour traiter les troubles relatifs à la période d'attente des règles. Oui, tout à fait crédible, David ! Salut, voici le professeur de ma fille, je lui parle d'Annie et des bêtises qu'elle a faites à l'école. Oui, oui, David, c'est ça ! Puis un coup de coude dans les côtes, accompagné d'un clin d'œil complice. La Grande Fratrie des hommes infidèles. Ou pour reprendre l'expression courante dans la profession, l'Ordre des victimes du désordre priapique. Non, non, c'est juste pour rigoler, les copains. Mais finalement, tout cela n'est pas très drôle.

C'est vrai que les steaks sont bons.

Il ne mange pas souvent de viande rouge, parce qu'il est médecin, et n'a pas oublié que son père a été victime d'une grave attaque cardiaque à l'âge de cinquante-sept ans, c'est-à-dire, pour lui, dans onze ans, selon le calendrier personnel de David. De plus, il y a six ans, il fumait encore deux paquets de cigarettes par jour – des Marlboro par-dessus le marché – et il sait que son passé de fumeur accroît encore les risques de maladies du cœur qui chez lui sont génétiques. Alors pas la peine d'en rajouter avec le cholestérol, hmmm ? Il n'avait pas non plus besoin de prendre un tel risque ce soir, se dit-il, bien plus dangereux pour sa santé que les minuscules « cholestères » (c'est comme ça qu'il les appelle) qui parcourent ses artères et finiront par les boucher.

Ils en sont au café et au dessert quand Kate demande s'il serait possible de quitter la ville pour les deux prochaines nuits, ils pourraient peut-être trouver une petite auberge à la campagne...

– C'est que euh...

– ... un endroit sympathique, réfléchis...

– Il faudrait d'abord que je parle avec Stanley, dit-il. M'assurer qu'il pourrait justifier...

– Tu pourrais dire qu'un des conférenciers vit à la campagne.

– C'est une possibilité.

– Et qu'il ne peut pas se déplacer parce qu'il s'est cassé la jambe ou un truc dans le genre.

– Comme toi.

– Mon Dieu, non ! Je lui ai seulement dit que je m'étais foulé la cheville. Comme ça je suis libre, tu vois. C'est pour ça que j'ai pensé...

– En fait, rien ne nous retient en ville, non ?

– Non, tant que ma cheville n'est pas guérie...

– Où est-ce que tu voudrais aller ?

– Pas dans le Massachusetts. Ce serait trop près d'elle.

– Le Connecticut, alors ?

– Trop *près d'elle*.

Il la regarde, un peu perplexe.

– Je pensais à New Hope, peut-être, dit-elle. Tu es déjà allé à New Hope ?

– Oui, une fois. Il y a très longtemps.

– Avec elle ?

– Oui, avec Helen.

Mais pourquoi pense-t-elle que le *Connecticut* est trop proche de Martha's Vineyard ? Ou est-ce qu'elle aurait mal compris ?

223

— J'en parlerai à Stanley, dit-il, je verrai ce qu'il en pense.

— Tu ne vas pas demander chaque fois son avis à Stanley. J'ai l'impression que Stanley est un con.

— C'est un con.

— Alors dis-lui ce que tu as envie de faire, *toi*...

— Mais c'est que je ne peux pas...

— Je ne te dis pas de lui parler de moi, bien sûr. Tu n'as qu'à lui dire que tu t'ennuies, à traîner tout seul en ville, et que tu aimerais partir à la campagne et que tu as trouvé un moyen pour que ça paraisse crédible.

— Oui, et quel est ce moyen ?

— Je ne sais pas. C'est toi qui es marié. Moi je n'ai pas besoin de trouver des excuses.

— Tu en as déjà trouvé une pour ton metteur en scène.

— Oui, mais pas parce que je voulais aller à la campagne.

Il reconnaît le morceau que joue l'orchestre, c'est un morceau que *tout le monde* reconnaît. L'arrangement d'Artie Shaw pour « Stardust ». La piste se remplit à nouveau d'hommes et de femmes, minces comme des poignards, qui glissent et flottent, entraînés par le son de la clarinette. Il lui raconte qu'un jour il était à Liberty Music, sur Madison Avenue, et que Artie Shaw se trouvait là en même temps que lui et qu'il achetait des disques. C'était à la période de Noël, il y a environ dix ou douze ans...

— J'avais quinze ans, dit-elle.

— Euh, oui, ça doit être ça. Shaw achetait des dizaines d'albums pour en faire cadeau. Il a dit à l'employé qu'il avait un compte dans le magasin, et l'employé lui a répondu : « Oui, monsieur, est-ce que je pourrais avoir votre nom s'il vous plaît ? » Shaw a dit « Artie Shaw » et l'employé a demandé : « Ça s'écrit *c, h, a, u, d,* ? »

— Tu plaisantes ?

— Non, je suis sérieux ; dans un magasin de *musique*.

— Et ils connaissaient pas Artie Shaw ?

— Incroyable !

— Normalement, *tout le monde* connaît Artie Shaw.

— *Sic transit gloria mundi*, conclut David.

— *Notre* Gloria ? demande Kate, et ils éclatent de rire.

– Pourquoi est-ce que tu lui as dit que tu t'étais foulé la cheville ? Je pensais que c'était parce que...

– Il m'a téléphoné.

– Qui ? Ton metteur en scène ?

– Non, Artie Shaw.

– Non, sérieusement, qui... ?

– Le dingue qui m'envoie des fleurs et...

– Il a téléphoné... ?

– ... des lettres. Oui.

– Où ça ?

– Dans les coulisses.

– Au *théâtre* ?

– Oui.

– Mais ces numéros ne sont pas sur liste rouge ?

– Si.

– Alors comment... ?

– Je ne sais pas, David. J'ai très peur. C'est pour ça que je veux quitter New York. Voilà la vraie raison.

– Kate, dit-il, il faut que tu retournes voir la police.

– Non, je ne peux pas. Il m'a prévenue.

– Alors, appelle Clancy, *par téléphone*. Demande-lui de venir te voir. Je suis sûr qu'il serait prêt à...

– Ben voyons, à New York ? De toute manière, comment pourrais-je l'appeler ?

– Pourquoi est-ce impossible ?

– Parce qu'il l'apprendrait.

– Comment pourrait-il... ?

– Il sait *tout ce que je fais*.

– Comment pourrait-il écouter un coup de fil que tu passes depuis ton propre... ?

– Comment le saurais-je ? Il a bien trouvé le numéro du théâtre.

– Tu es sûre que c'était lui ?

– Évidemment. Qui est-ce que ça pourrait bien être à ton avis ?

– Peut-être quelqu'un que tu connais. Peut-être quelqu'un qui joue...

– Aucun de mes amis ne ferait une blague pareille. En plus, il m'a appelée « ma chatte ». C'est évident que c'est lui.

225

— Tu n'as donné aucun numéro à *Rickie* ?

— Non.

— Qui les connaît ?

— Tous ceux qui travaillent dans le spectacle.

— Je veux dire à qui les as-tu donnés ?

— Mon agent, bien sûr. Et ma mère. Quelques amis...

— Est-ce que tu les as donnés à ta sœur ?

— Ma sœur ne passe pas de coups de fil.

— Qu'est-ce que tu veux dire ?

— Ma sœur est à Whiting.

— Whiting ?

— L'institution. À Middletown, dans le Connecticut.

L'orchestre joue « Gently, Sweetly ». Un chanteur fait entendre sa voix sirupeuse. Un globe couvert de miroirs tourne au-dessus de la piste. Les spots envoient des myriades d'éclats et de reflets de lumière dans tous les coins de la salle. On dirait que le visage de Kate, en face de lui, va éclater en points de lumière.

— C'est un hôpital de haute sécurité, précise-t-elle.

« *Gently...* »

— Pour les fous dangereux.

« *Sweetly...* »

— Elle a mis le feu à la maison et ce n'était que le début.

« *More and more...* »

« *Completely...* »

— Elle a essayé de tuer mon père.

« *Take me...* »

« *Make me...* »

« *Yours.* »

La section des saxophones – deux altos et deux ténors – improvise dans la clef du chanteur puis passe à la tonalité supérieure.

David la regarde fixement.

— Oui, ajoute-t-elle, puis elle hoche la tête, comme pour passer à un autre sujet.

La chanson s'achève.

Ils commandent du café.

Ils se tiennent la main, assis à table.

Ils dansent encore un peu.

Elle ne veut plus parler de sa sœur pour le moment, merci bien. Il respecte son désir.

Et très franchement, elle ne veut surtout pas rouvrir cette blessure particulière.

Quand elle lui demande de l'excuser pour aller aux toilettes, il lui répond qu'il l'attendra près du vestiaire à l'entrée, puis il va dans les toilettes pour hommes.

Le Dr Chris Fielding est là en train de pisser à côté de lui.

— David ! s'exclame-t-il la bite à la main. Comment vas-tu ?

— Ça va, ça va, Chris, et toi ? répond David en ouvrant sa braguette et en pensant : « Bon Dieu, est-ce qu'il nous a vus sur la piste ? Est-ce qu'il sait que je suis là avec... merde ! Helen le connaît, Helen connaît *sa femme* ! Merde ! »

Ils pissent, l'un à côté de l'autre.

— Qu'est-ce que tu penses de cet endroit ? demande Chris.

— Génial, génial.

— Et qu'est-ce qu'en pense Helen ?

Helen ?

Helen pense que je suis en train d'écouter la conférence du Pr Gianfranco Donato au Lotos Club sur « Enseignement et troubles moteurs », voilà ce qu'*Helen* pense.

— Je suis seul. Helen est à Vineyard, répond-il immédiatement.

— Ah ?

— J'adore écouter ces vieilles chansons, continue David. C'est un orchestre génial. Ils ont un son énorme pour le nombre de musiciens, précise-t-il en s'inspirant de l'article qu'il a lu dans le *New York Magazine*. Et les steaks sont excellents.

— C'est vrai, c'est vrai, approuve Chris, légèrement mal à l'aise, secouant sa queue à chaque approbation.

Mais Kate attend devant le vestiaire.

Personne n'a besoin de manteau en ce mois d'août écrasant de chaleur, mais Kate attend là quand même, au vestiaire, superbe dans sa petite robe à la baise-moi et dans ses hauts talons à la baise-moi et dans sa veste noire à la baise-moi.

Et le destin a voulu, car le destin a toujours pour but de nous emmerder, que cette concierge de Melanie Fielding attende elle aussi Chris Fielding devant le vestiaire. *Question* : Comment appelle-t-on le gars qui est le dernier de la classe à l'école de médecine ? *Réponse* : Docteur. Le docteur Chris Fielding se dirige vers sa femme en titubant, suivi par David qui essaye d'attirer le regard de Kate, mais elle lui tourne le dos, totalement absorbée par la lecture des articles encadrés et accrochés sur le mur, qui font les louanges de l'endroit.

— David ! Salut ! Qu'est-ce que tu fais là ?

C'est Melanie Fielding qui vient de le repérer et qui regarde immédiatement par-dessus son épaule pour voir où se trouve Helen.

On est bien dans un endroit pour couples, où on vient *danser*, non ? Alors... ?

Kate s'est retournée.

Je t'en supplie, pense-t-il. Sois maligne.

Tu es maligne.

Sois maligne.

— Salut Melanie, dit-il en lui prenant la main.

Il se penche vers elle et embrasse l'air à hauteur de sa joue. Puis il ajoute :

— J'adore cette musique, Helen est à Vineyard...

— Elle est à Vineyard, reprend Chris.

— ... et les steaks sont formidables.

— Oh quel dommage, dit Melanie.

— Je vais lui parler dans...

David regarde sa montre.

— ... une demi-heure.

— Embrasse-la pour moi.

— Promis.

— Et pour moi aussi, ajoute Chris.

Il n'y a qu'un seul message sur son répondeur lorsqu'ils rentrent dans son appartement à onze heures ce mercredi. C'est Rickie Diaz.

— Salut Kate. Qui répond sur ton appareil ?

— C'est pas tes affaires, dit-elle.

228

– J'espérais que je pourrais te voir vendredi soir. J'ai des billets pour le match des Mets et j'ai pensé que tu aimerais peut-être m'accompagner.

– Non ! fait Kate.

– Je ne sais pas si tu aimes le base-ball...

– J'ai horreur du base-ball.

– Mais rappelle-moi pour me donner ta décision, d'accord ? Tu as mon numéro, alors passe-moi un coup de fil. Merci.

– Vendredi soir, je serai à New Hope, l'informe Kate en jetant sa veste sur le dossier d'une chaise.

– Il faut que j'appelle Helen, dit David.

– Vas-y, répond-elle, je vais me cacher dans la salle de bains.

Elle lui envoie un baiser avant de s'enfermer. Il entend l'eau couler pendant qu'il compose le numéro à Menemsha. Il parle avec Helen pendant environ cinq minutes et lui raconte qu'il est allé dans cet endroit dans le Village, chaudement recommandé par le *New York Magazine*, où il a mangé un steak, et, devine quoi, il est tombé sur Chris et Melanie Fielding qui l'embrassent tous les deux. Annie prend le téléphone, elle veut savoir quand il va rentrer à la maison – les deux filles considèrent déjà le cottage de Menemsha comme « la maison » – et il leur répond qu'il arrivera samedi matin. Elle lui rapporte qu'elle a attrapé une grenouille, qu'elle a mise dans un bocal et qu'elle a appelé Kermit. David entend le commentaire de Jenny dans le fond : « Comme c'est original. » Il lui parle quelques minutes, puis reprend sa conversation avec Helen encore quelques instants avant de lui dire au revoir.

Il voit un fin rai de lumière qui s'échappe de dessous de la porte de la salle de bains.

L'eau coule toujours.

– Kate ? fait-il d'une voix douce.

Il entend le bruit de la douche.

– Kate ?

Il se dirige vers la salle de bains et frappe à la porte.

– Oui ?

– Tout va bien ?

– Bien sûr, entre.

La salle de bains est dans un épais nuage de vapeur. Kate est allongée dans la baignoire sous une montagne de mousse. Elle s'est enveloppée les cheveux dans une serviette blanche, seule une boucle rousse s'en échappe et tombe sur son front comme un petit serpent mouillé. Son bras sort de l'eau, elle ferme le robinet, puis donne une petite tape sur le rebord de la baignoire.

— Assieds-toi, demande-t-elle.

Quelques bulles de savon restent accrochées à ses doigts. Son visage s'éclaire d'un étrange petit sourire.

Il s'assoit à l'endroit qu'elle lui a désigné.

Elle s'enfonce plus profondément sous la mousse, ferme les yeux, et repose sa nuque sur le rebord de porcelaine blanche.

— Tu te rappelles le film *1984* ? lui demande-t-elle.

— Oui.

— Quand le truc qui fait le plus peur au héros, j'ai oublié son nom...

— Smith.

— Oui, c'est les rats qui lui font le plus peur, de tout ce qu'il connaît. Et ce qu'ils vont lui faire, ce que Richard *Burton* va lui faire : il lui met sur le visage une cage qui contient un rat à l'autre extrémité, mais le rat ne peut pas l'atteindre parce qu'il y a une sorte de cloison qui l'en empêche. Et ce que veut Burton, c'est que John Hurt... oui, ça y est, c'est lui qui joue le rôle du héros... trahisse sa petite amie, qui s'appelle Julia. Alors il commence à ouvrir les cloisons qui séparent le rat du visage de Hurt, c'est une petite porte qu'il tire vers le haut ou vers le côté, je ne sais plus exactement, et tandis qu'il commence à ouvrir, Hurt se met à crier : « Faites-le à Julia ! » Je pensais à ça avant que tu n'ouvres la porte, dit-elle.

— Pourquoi ?

— Je ne sais pas. Richard Burton qui ouvrait la porte. Je pensais à ça.

— Qui est Julia ? demande-t-il.

— La fille dans le film.

— Oui, mais tu m'as déjà parlé d'elle.

— Je ne connais personne qui s'appelle Julia.

— Mais tu ne te rappelles pas avoir dit... ?

230

– Même quand j'ai lu le *livre* j'ai trouvé cette scène effrayante.

– C'était quand ?

– L'été où j'ai travaillé dans ce théâtre.

– Cet été où tu avais treize ans ?

– Oui. Mais écoute, David, si tu veux te mettre à jouer les psy, sache que j'ai remâché cette histoire déjà cent fois. Et je n'aime pas...

– Quelle histoire ?

– Ce qui s'est passé. J'ai fait une analyse pendant *six* ans, tu sais. Avec Jacqueline.

– Qu'est-ce que tu veux dire par « ce qui s'est passé » ?

– *Ce qui s'est passé* !

– Au théâtre ? Avec Charlie ?

– Non. Je ne veux pas parler de ça.

– Que s'est-il passé, Kate ?

– J'en ai assez parlé. J'en ai marre de le répéter. J'en ai marre de ma foutue sœur et de son foutu prob...

– Il y avait un rapport avec ta sœur ?

– Non.

– Tu m'as dit qu'elle avait mis le feu à la maison...

– Ça, c'était trois ans plus tard. Et je t'ai *aussi* dit que je ne voulais *pas* en parler !

– Qui est Julia ?

– Personne.

– Tu ne te rappelles pas avoir dit que je faisais « ça » avec *Julia*...

– Non !

– ... à Vineyard...

– Non.

– ... Alors que j'aurais dû le faire avec *toi* ?

– Je n'ai jamais rien dit de tel.

– Hier matin. Dans la voiture.

– Je sais que ta femme s'appelle Helen. De toute manière, ne parlons pas d'elle non plus. Et je ne te conseille pas de faire ça avec elle.

– Pourquoi est-ce qu'elle a essayé de tuer ton père ?

– Qui, Helen ?

— Kate, tu sais de qui...

— Qui ? Julia ?

— Ta *sœur*, qui est dans un hôpital à haute sécurité, pour les malades...

— Va le lui demander *à elle*, puisque ça t'intéresse tellement.

La pièce retombe dans le silence. Elle hoche la tête, comme pour mettre un point final à la conversation. Les gouttes d'eau ruissellent sur le miroir au-dessus du lavabo. Tout paraît glissant et humide.

— Mets ta main dans l'eau, demande-t-elle.

Le même petit sourire apparaît sur ses lèvres.

— Il n'y a pas de requin là-dedans, dit-elle en plaisantant.

Elle penche la tête sur le côté, toujours enveloppée dans sa serviette comme dans un turban.

— Donne-moi la main, d'accord ?

Elle sourit.

— Tu ne veux pas ?

Elle hausse un sourcil.

— Dis-le moi !

Puis sa voix devient soudain autoritaire.

— Fais-le !

Il plonge la main sous la mousse, et mouille la manche de sa chemise jusqu'au coude.

— Oui, dit-elle.

Et il la trouve.

— Oui.

— Je voudrais partir quelques jours, s'entend-il dire à Stanley. Ce soir et demain soir. J'aimerais peut-être aller à New Hope. Ou quelque part en Pennsylvanie. Je reprendrai l'avion samedi pour Vineyard.

— Pourquoi ?

Prudence, se dit-il.

— J'ai une envie de campagne, explique-t-il.

— Oui mais pas moi, Davey !

Davey ? Depuis quand est-ce qu'on m'appelle Davey ? Alors que je commençais à peine à m'habituer à Dave !

Stanley a pris le métro jusqu'à Lexington et il retrouve David devant Bloomingdale's, comme prévu. Leur promenade du jeudi matin les emmène le long de la 57e, ils se dirigent vers l'ouest en direction de Victoria's Secret, où Stanley espère acheter des sous-vêtements pour son petit plaisir de dix-neuf ans.

– Mais je ne veux pas quitter New York, dit-il. Je n'aime déjà pas sortir de chez moi pour m'acheter *à manger*. Alors pourquoi est-ce que j'irais dans un trou comme *New Hope* ? Je suis parfaitement content comme ça ! La vie est belle, Davey ! Et elle passe vite.

On dirait qu'il a dormi dans les vêtements qu'il porte pour son expédition dans les rayons lingerie. C'est peut-être effectivement le cas. Mis à part la visite chez Bertinelli mardi soir, Cindy et Stanley ne sont pas sortis de son bureau. Sa barbe a poussé de plusieurs centimètres depuis que David l'a vu pour la dernière fois. On dirait un sans-abri qui ne s'est plus rasé depuis des mois. Un vagabond qui dort sur le trottoir dans une boîte en carton ou peut-être sur le divan en cuir du bureau d'un psychiatre infidèle. Il meurt d'impatience de retrouver sa petite Cindy. Il veut lui acheter des culottes sans fond et des porte-jarretelles...

– Je ne pense pas qu'ils vendent des culottes sans fond, dit David.

– Bien sûr que si.

– Je veux dire à Victoria's Secret.

– Alors je les trouverai ailleurs. Tu devrais acheter des culottes pour Helen aujourd'hui, suggère-t-il. Moi, je vais en offrir à Gerry.

– Stanley, revenons-en à la question, d'accord ?

– Davey, je *ne veux pas* quitter New York.

– Moi si.

– Pourquoi est-ce que tu tiens tant à partir ?

Leurs regards se croisent.

Il a deviné, pense David.

– Je m'ennuie, répond-il.

– Va manger tes chocolats.

233

David ne comprend pas l'allusion, et Stanley ne prend pas la peine de s'expliquer. Ils sont maintenant presque arrivés à Victoria's Secret. Stanley regarde la vitrine. Il n'y voit pas de culottes sans fond, et il avoue qu'il est un peu gêné d'entrer pour en demander. Est-ce que *David* serait prêt à demander à la vendeuse des culottes sans fond, taille 5 ?

— Ils ne vendent pas de culottes sans fond, dit David.

— Et ça te ferait mal de le leur demander ?

— Si tu veux, mais on va perdre notre temps.

— Oui, comme quand on inventera un mensonge à nos femmes pour expliquer qu'on était à la campagne.

David se tourne vers lui.

— J'ai de l'expérience dans ce domaine, hmmm, fait Stanley avec son sourire de requin à moitié dissimulé par sa barbe. Mais pas avec une patiente, ça c'est une première. Et jamais non plus avec une fille de dix-neuf ans. Encore une première. Mais ça fait longtemps que je pratique ce genre de trucs, Davey, longtemps. Et je peux t'apprendre ce qu'une femme croira et ce qu'elle ne croira pas. Il n'y en a pas une qui va avaler que trente psychiatres venus à New York pour une conférence vont décider de se déplacer en troupeau à New Hope...

— On n'est pas obligés de dire que c'est à New Hope.

— Peu importe l'endroit ! Ça ne passera pas, Davey. Elles ne vont pas marcher. Et si on essaye, on risque de foutre en l'air tout ce qu'on a mis sur pied. Alors, c'est non.

— Stanley...

— Non, répète-t-il.

Et bien sûr, il a raison.

Et bien sûr, il a deviné.

Luis le portier a l'air content de le voir et demande comment va madame Chapman et si les « petites filles » se plaisent au bord de la mer. David lui répond qu'elles vont bien, merci, tout va très bien, puis il se dirige vers la boîte aux lettres dans le hall d'entrée pour voir si le courrier ne s'y est pas accumulé. Il n'est passé dans son immeuble que pour prévenir l'éventualité peu probable où Helen et Luis engageraient une conversation sur ses allées et venues. Il monte dans son appartement : ça fait partie du plan. Dix minutes plus tard, il redescend et repart en direction de son bureau.

Gualterio, le portier de cet immeuble, paraît tout aussi content de le voir et lui demande s'il est déjà de retour au travail. David lui répond qu'il est à New York pour quelques conférences et qu'il ne reprendra pas ses consultations avant le 5 septembre, jour de la fête du Travail. Gualterio lui souhaite de passer une bonne fin d'été, puis se précipite vers le trottoir quand un taxi apparaît.

Encore une fois, David n'est ici que pour se créer un alibi : tout n'est que ruse, tromperie. Il vérifie son courrier, va s'asseoir derrière son bureau. Des particules de poussière s'élèvent dans les rayons de lumière qui passent à travers les persiennes. Soudain, il prend son carnet d'adresses pour y trouver le numéro de téléphone de Jacqueline Hicks. Il hésite à appeler.

Pourquoi le faire ?

Et que lui dira-t-il s'il parvient à la joindre ?

Salut, j'ai une aventure avec une de vos anciennes patientes, je me demandais si vous pouviez m'éclairer sur son comportement ?

Absurde.

Il compose tout de même son numéro.

Un répondeur l'informe que le docteur Hicks sera absent jusqu'à la fin de l'été.

Ce soir, Kate porte un ensemble assorti au décor qu'elle a elle-même choisi : roses et clair de lune, vin et chandelles, violons et serveurs attentionnés, silences discrets et bruits de pas étouffés. Pour faire écho à ce lieu vaguement mozartien, ou peut-être pour lui apporter une surprenante touche de modernité, elle a choisi une robe de soie sur deux épaisseurs, la première est couleur abricot, et celle du dessous couleur mandarine – « Ils avaient le même modèle en bleu et en vert, dit-elle. Mais il paraît qu'il ne faut jamais mélanger le bleu avec le vert ».

Elle ressemble à une sucrerie. Ses longues jambes sont nues et elle porte des sandales en cuir orange. Le maquillage bleu transparent de ses paupières donne à son regard quelque chose de furtif et de farouche.

Il se rappelle la plaisanterie que Stanley lui a si mal racontée le matin même et la répète à Kate pendant qu'ils attendent leurs plats. Ils boivent du champagne. Il repense à la bouteille de champagne qu'ils ont bue dans la limousine. Il se souvient de tout ce qu'il a fait avec Kate. C'est comme si elle avait toujours fait partie de sa vie.

C'est l'histoire d'un petit garçon assis derrière son pupitre à l'école, la main entre les jambes, et son professeur le remarque. « Qu'est-ce que tu fais ? » lui demande-t-elle. Il lui répond qu'il se masturbe. « Pourquoi fais-tu ça ? » demande-t-elle. Et il lui répond qu'il se sent seul. « Ah ? Tu te sens seul ? » dit-elle en l'entraînant dans le couloir jusqu'au bureau du directeur. Elle murmure quelque chose à son oreille et le laisse seul avec le directeur. Presque immédiatement après, le gamin plonge à nouveau sa main dans son pantalon.

— J'adore cette histoire, dit Kate.

— ... Et le directeur demande ce qu'il fait là, et il raconte qu'il se masturbe et le directeur demande pourquoi et le gamin répond qu'il se sent seul, alors le directeur convoque les parents et ils décident de confier le gamin à un psychiatre.

— Et le psy fait son entrée, commente Kate.

— Alors ils emmènent le gamin chez le psychiatre, continue David, et ils restent assis l'un en face de l'autre pendant un moment, jusqu'à ce que finalement le gamin remette sa main dans sa culotte et que le psychiatre demande : « Qu'est-ce que tu fais là ? » Le gamin lui dit qu'il se masturbe. Et le psychiatre demande pourquoi il fait ça. Le gamin lui dit qu'il se se sent seul. « Allez, franchement ! lui dit le psychiatre. Tu as quel âge, cinq, six ans ? Comment pourrais-tu te sentir... » À ce moment-là, le téléphone sonne sur son bureau. Il décroche, écoute, répond : « Oui, oui, un instant s'il vous plaît », il s'excuse puis va prendre l'appel dans la pièce à côté. Il revient s'asseoir derrière son bureau et recommence : « Alors, dis-moi, comment un garçon de cinq ou six ans... » puis il s'arrête tout d'un coup et regarde son bureau. Il dit : « Quand j'ai quitté la pièce il y avait une boîte d'un kilo de chocolats sur ce bureau. Et maintenant les chocolats ont disparu. Tu as mangé tous les chocolats ? » Le gamin lui répond qu'il a effectivement mangé les chocolats. « Pourquoi as-tu fait ça ? demande le psychiatre, je suis parti à peine cinq minutes et tu as mangé toute une boîte de chocolats ? Pourquoi ? » Le gosse lui répond : « Parce que je me sentais seul. » Et le psychiatre lui dit : « Et pourquoi tu t'es pas plutôt masturbé, alors ! »

Kate éclate de rire.

— Mais Stanley s'est complètement trompé, conclut David. Il m'a dit d'aller manger des chocolats. En tout cas, il a refusé.

Son rire s'éteint.

Elle hoche la tête.

— Alors espérons qu'il ne se passera rien, dit-elle.

Deux messages l'attendent sur son répondeur.

Le premier est de Rickie Diaz.

« Salut, c'est encore Rickie. Je me demandais si tu avais reçu mon message à propos du match des Mets. Je ne veux pas insister ou quoi que ce soit, mais je voudrais savoir si tu peux venir. Est-ce que tu pourrais m'appeler quand tu auras deux minutes ? Le match a lieu vendredi soir... euh, demain en fait. Alors essaye de me rappeler, d'accord ? Merci beaucoup, Kate. À bientôt. J'espère. »

Kate hausse les épaules.

Le second message est de Helen.

« David, où es-tu ? Je te cherche partout, dit-elle. Pourrais-tu me rappeler quand tu rentres ? J'ai oublié de te dire quelque chose quand on s'est parlé un peu plus tôt. Je t'embrasse, salut. »

David regarde sa montre.

— Il vaudrait mieux que je la rappelle.

— Bien sûr, approuve Kate, et elle traverse la pièce pour aller s'asseoir sur le sofa.

Elle l'observe pendant qu'il fait le numéro.

— Salut chérie, dit-il.

— Salut. Comment se sont passées les conférences ?

— C'était très bien, en fait.

— Où est-ce que tu as mangé ?

— J'ai pris un sandwich avant.

— Avec Stanley ?

— Non, seul.

— Alors, il n'est pas si antipathique ?

— Il est épouvantable.

Helen éclate de rire.

De l'autre côté de la pièce, assise sur le sofa, Kate écoute et observe.

— Tu penses que tu auras le temps de me rendre un service demain ? demande Helen. Avant de venir ?

— Mais tu sais que je ne viens pas avant samedi ?

— Oui, je sais.

— Samedi matin. Je serai...

— Je sais. Je ne voulais pas dire que tu viendrais *demain*. Je voulais seulement te demander si tu pouvais me rendre un service, demain.

— Bien sûr, qu'est-ce que c'est, mon amour ?

« Ma chérie », « mon amour », et Kate qui entend tout ça, pense-t-il. Elle le regarde avec ses yeux de chat et son visage impassible.

— Tu connais ce petit magasin sur Madison, je crois que c'est à l'angle de la 62e ou de la 63e Rue. Ils vendent des tas de trucs, des bijoux, de l'artisanat et tout ça ?

— Oui, je crois que je vois.

— Tu t'en souviens ? C'est là qu'on a acheté le cadeau de Noël de la tante Lily, l'année dernière. Le chat en tissu.

— C'est comme ça que ça s'appelle ?

— Non, ça c'est ce qu'on acheté.

— Ah oui, ça y est maintenant.

— Je ne me souviens plus du nom du magasin.

— Moi non plus, mais je le trouverai. Qu'est-ce que tu voulais ?

— Est-ce que tu pourrais voir s'ils ont quelque chose de vraiment beau, mais pas trop cher, qui ferait un cadeau d'anniversaire pour Danielle ? Harry organise une surprise-party pour elle samedi soir, et je n'ai rien pu trouver de vraiment beau ici. Tu sais comment elle s'habille...

— Oui.

— Très chic, très français. J'ai pensé à quelque chose en métal oxydé, je ne sais plus comment ça s'appelle, eulithium, eulirium, délirium...

David se met à rire.

— ... je ne sais plus, en tout cas, des boucles d'oreilles, un truc dans ce genre et surtout pas trop cher.

— Qu'est-ce que tu appelles pas trop cher ?

— Il ne faut pas que ça dépasse cent dollars.

— Ça me paraît déjà beaucoup.

— On ne peut rien trouver en dessous de ça, mais ne dépense pas plus.

— J'y vais demain matin, ce sera la première chose que je ferai.

— Je crois qu'ils n'ouvrent pas avant dix heures.

— Ne t'inquiète pas.

— Quand est-ce que tu me rappelles ?

— Demain dans la journée ? Après la réunion du matin ?

— Tu me manques.

— Toi aussi tu me manques.

— Je t'aime, David.

— Moi aussi, je t'aime.

— Bonne nuit, mon chéri.

— Bonne nuit.

Il raccroche, lentement.

— Si elle te manque tellement, pourquoi est-ce que tu ne pars pas la rejoindre immédiatement ? demande Kate dès qu'il a reposé le téléphone.

— Chérie, je...

— Ne me donne pas du « chérie », répond-elle. La chérie, c'est *elle*. Alors fous-moi la paix avec ces conneries. Si tu as tellement envie d'elle, alors fous le camp. Va faire ça avec elle, si t'en as tellement envie.

Puis soudain, elle éclate en sanglots.

Il se dirige vers le sofa et essaye de la prendre dans ses bras, mais elle le repousse et lui dit que c'est *elle* qui est en danger, que c'est elle qui reçoit les coups de fil d'un dingue au théâtre, mais que d'un autre côté il consacre toute son attention à Helen, que Helen, elle, se sent libre d'appeler ici à n'importe quelle heure du jour ou de la nuit...

— Chérie, c'était un transf...

— Je t'ai déjà dit de ne pas m'appeler comme ça. Ne m'appelle plus jamais « chérie ». Tu peux l'appeler ta chérie tant que tu veux, mais pas moi ! Plus jamais. Tu m'as comprise ?

Elle est assise au centre du sofa, dans sa robe aux couleurs pastel. Elle a le visage inondé de larmes, les points posés sur les genoux. Il se demande comment on en est arrivé là encore une fois : Kate, en larmes devant lui. Où est passée sa jeune et excitante *maîtresse* ? Qui est cette femme perturbée qui la remplace désormais ?

— Kate, dit-il, je t'aime.

— Ouais, bien sûr.

— Tu le sais, Kate.

Mais il commence à avoir des doutes.

— Alors pourquoi est-ce que tu ne fais pas *quelque chose* ?

— Qu'est-ce que tu veux que je... ?

— Tu peux aller faire une course pour *elle*...

— Kate, je ferai tout...

— Mais tu n'es même pas foutu de faire une seule chose pour *moi*.

— Qu'est-ce que tu veux que je fasse ?

— Apporter les lettres à Clancy. Je veux être sûre qu'il les a en main et qu'elles sont en sécurité. Dis-lui de venir ici. Dis-lui que je veux porter plainte contre cette personne qui détruit ma vie. Je veux que ça *s'arrête*, tu comprends ?

— Oui, mais très franchement, Kate, je pense qu'il serait plus efficace...

— Mais qu'est-ce qui t'arrive ? Je suis *observée*, tu ne comprends pas ? Tu as peur d'y aller, c'est ça ?

— C'est à toi que je pense, Kate, j'essaye de trouver le meilleur moyen...

— Tu as peur qu'il se rende compte que tu me baises ?

— Bien sûr que non.

Mais il sait qu'en fait elle a raison.

— Tu as peur qu'il le dise à ta très chère ?

— Tu sais que ce n'est pas...

Elle a encore dit vrai.

— Qu'il le dise à Helen, là-bas à Vineyard ? Qu'il lui téléphone pour lui dire : « Hé, vous ne devinerez jamais, madame Chapman, votre mari se tape une des danseuses de *Cats*, vous saviez ça ? »

— Je n'ai pas peur de...

Il ment.

— Alors pourquoi est-ce que tu ne lui apportes pas les lettres ?

— Je vais le faire. Si c'est ce que tu veux. C'est...

— Je veux dire... Je *comprends* que c'est difficile pour toi. Mais au moins personne ne va te *tuer*, toi, non ?

— Toi non plus, personne ne va te tuer.

— Ah non ? Alors pourquoi est-ce qu'il me pourchasse ?

David pousse un long espoir. Il sait que la peur qu'elle ressent est excessive ; il y a effectivement une personne bien réelle qui la menace, mais son comportement en ce moment même paraît quelque peu irrationnel, non ? Un peu bizarre, non ? Quelque peu particulier ? Un chouia complètement cinglé, qu'en pensez-vous, Herr Doktor ? Il *est* analyste, après tout, et pas éleveur de cochons, il sait quand même reconnaître une crise d'hystérie quand il en a une devant les yeux. Mais il n'est pas *son* analyste, non ? Et en plus, il se trompe peut-être. Après six ans avec Jackie – il est vrai qu'elle n'est pas la meilleure dans la profession, mais elle est tout de même compétente – Kate a pu se libérer de ce qui la hantait. De toute manière, ce n'est pas son problème à lui, non ?

Il se demande à nouveau si sa douce et jeune maîtresse a disparu à jamais. Est-ce que cette femme qui continue à bla-blater sur le divan – comme ça tombe bien qu'elle soit sur un divan, songe-t-il – va maintenant avouer qu'elle a un furoncle infecté sur le cul ? Franchement, il ne veut pas le savoir. Il y a encore dix minutes, elle était sa maîtresse. Depuis quand est-elle devenue sa patiente ? Va raconter tes histoires à Julia, pense-t-il.

Peut-être qu'il *est bien* un éleveur de cochons après tout.

Peut-être qu'il n'a jamais voulu d'elle que ce qu'elle lui a offert depuis le début. Peut-être qu'il n'a jamais rien voulu d'autre

qu'une petite partie de plaisir avec une fille de vingt-sept ans.
Peut-être que la seule différence entre Stanley Beckerman et lui
tient aux huit ans qui séparent leurs petites chéries respectives.
Peut-être que s'il se laissait pousser une horrible barbe et s'habil-
lait avec des fringues trouvées au fond d'une poubelle, il serait
l'exacte réplique de Stanley Beckerman.

Non, il n'est pas Stanley Beckerman.

Ce n'est pas sa place.

— Kate, dit-il d'un ton patient, apaisant, cet homme est typique
du...

— Je t'en supplie ne commence pas avec tes conneries de psy,
d'accord ? Tout ce que je sais, c'est que tu ne veux pas amener ses
lettres chez Clancy...

— Je viens de te dire que j'allais le faire.

— Quand ?

— Demain matin.

— Vas-y tout de suite.

— Tout de suite ? Mais il est presque minuit !

— Et alors ? Les flics ne travaillent pas après minuit ?

— Je suis sûr que ça peut attendre demain matin.

— Ben voyons ! Attendons qu'il vienne ici cette nuit et qu'il
nous tue *tous les deux*...

— Personne ne viendra ici cette nuit...

— Dans notre putain de *lit* !

— Kate, essaye de te calmer, d'accord ?

— Il sait où je vis, il va trouver un moyen d'entrer ici. Même si
on ferme la porte à double tour...

— Kate, il est impossible qu'il...

— Il sait faire des tas de trucs !

— Tu dis n'importe quoi...

— Et lui, est-ce qu'il dit n'importe quoi ?

— Mais puisque c'est un dingue !

— Exactement ! Imagine qu'il vienne ce soir ! Imagine...

— Je suis ici, ce soir, répond-il simplement.

Elle le regarde.

Elle hoche la tête.

– Alors promets-moi que tu iras demain matin, à la première heure.

– C'est promis.

– Parce que je veux que ça finisse.

– J'irai demain.

– Il faut en finir, David.

– Je sais, dit-il.

C'est déjà fini, pense-t-il.

Il s'assoit là, dans son bureau où, dans le passé, il a déjà aidé tant de personnes perturbées, et il se demande comment venir au secours de cette personne qui fait partie de sa vie depuis maintenant un mois et même plus. Il lui a promis qu'il irait voir la police, mais il comprend le danger que comporte un tel acte. Comment peut-il expliquer qu'une rencontre censée avoir pris fin après l'identification au commissariat en juillet dernier soit devenue en août une relation suffisamment intime pour qu'il fasse cette démarche à sa place ?

Kate. Dans le parc. La victime. Vous vous souvenez ?

Il s'imagine sans peine les yeux de Clancy le dévisageant.

Et quels sont vos rapports avec cette jeune femme, docteur Chapman ?

Euh... Ah... distants. C'est... euh... ah... une relation distante.

Ces yeux bleus et froids qui l'agressent.

Et pourtant, il faut le faire. David pense que le type qui poursuit Kate est inoffensif comme la plupart des cinglés qui peuplent cette ville, mais la simple possibilité qu'il puisse devenir réellement dangereux rend la visite de la police chez elle indispensable. Le truc c'est de les alerter sans...

Tu as peur qu'il se rende compte que tu me baises ?

Oui, se dit-il.

le truc, donc, c'est de mener cette histoire à son terme, décemment et honorablement sans s'attirer d'ennuis.

Et bien sûr, sans causer une peine inutile et un trouble supplémentaire à une personne qui de toute évidence a déjà subi un traumatisme il y a très longtemps. Et qui se débat encore – malgré les efforts de Jacqueline Hicks – pour comprendre ce qui lui est arrivé à l'époque.

Il cherche le numéro du commissariat dans le bottin.

Il hésite un instant, la main posée sur le téléphone. Puis il décroche et compose le numéro, il explique au sergent qui répond qu'il voudrait parler au commissaire Clancy.

– Clancy est en vacances, lui répond le sergent.

– Pouvez-vous me dire quand il sera de retour ?

– Lundi matin, à huit heures. Est-ce qu'un des autres commissaires peut vous renseigner ?

Il hésite une fraction de seconde.

– Non merci, je le rappellerai plus tard, dit-il avant de raccrocher.

Un répit, songe-t-il.

Son cœur bat à tout rompre, mais il ne comprend pas pourquoi.

Il reste assis, parfaitement immobile derrière son bureau.

Il décroche à nouveau et compose un autre numéro.

– Allô ? dit Stanley.

Sa voix paraît endormie et néanmoins méfiante.

– Stanley, est-ce que tu saurais par hasard où Jacqueline Hicks passe ses vacances ?

– Qui est à l'appareil ?

– David Chapman.

– Quoi ?

– J'ai besoin du...

– Tu as vu l'heure, Davey ?

– Oui, il est dix heures.

– Oui, exactement. On dort encore, Davey.

– C'est urgent, répond David.

– Urgent ?

Stanley pousse un soupir d'exaspération. David entend une voix très jeune à l'arrière-fond qui demande :

– Qui est-ce, Stan ?

– Un collègue, répond Stanley en grognant. Juste une seconde, ajoute-t-il en parlant dans le téléphone.

David entend des voix étouffées dans le fond, puis le bruit de tiroirs qu'on ouvre et qu'on referme. Il imagine la jeune Cindy sur le divan en cuir noir, en train de regarder son analyste qui arpente le bureau tout nu. Il se demande comment Stanley explique à sa femme qu'il a pris cette étrange habitude de dormir dans son cabinet. Stanley n'a sans doute jamais entendu parler du transfert d'appel. Ou peut-être que la jeune Cindy Harris n'a pas d'appartement. Peut-être vit-elle toujours avec ses parents.

— Ce numéro date d'il y a deux ans, dit Stanley.

Deux ans... L'âge de ta petite amie, pense David.

— Jackie allait généralement à East Hampton. Je ne sais pas si c'est toujours le cas.

— Est-ce que je pourrais avoir le numéro s'il te plaît ?

David le note sur un bloc de papier et griffonne un soleil juste au-dessus.

— Merci Stanley, dit-il, je te suis vraiment rec...

— Je te verrai à la *conférence* ce soir, dit Standley en insistant tellement sur ce mot que n'importe qui entendant cette conversation comprendrait qu'il n'y a pas de conférence. Et Davey, à l'avenir, évite de m'appeler à l'aube, hmmm ? ajoute-t-il avant de raccrocher.

David regarde le numéro de East Hampton au-dessus duquel brille le soleil qu'il a dessiné.

Qu'est-ce que je fais là ? se demande-t-il.

Il compose le numéro.

Une voix d'homme sur le répondeur lui dit : « Nous sommes absents pour le moment. Veuillez laisser votre nom et votre numéro de téléphone après le signal sonore. Merci. »

David se demande s'il est la seule personne au monde à avoir entendu parler du transfert d'appel.

Il ne laisse pas de message.

Le bureau semble plongé dans un étrange silence. L'espace d'un instant, il regrette de ne pas entendre les voix d'Arthur K, de Susan M, d'Alex J qui résonneraient contre les parois de la pièce. Il regrette les grands films du passé qui se sont déroulés ici.

Il sort les lettres de l'enveloppe de papier kraft où Clancy garde ses preuves.

Elles sont maintenant étalées sur son bureau sous les rayons obliques du soleil, d'épaisses enveloppes beiges, ornées de lettres à l'encre violette, éclatante. Il doit remettre ces lettres. Il l'a promis. Mais Clancy n'est pas là et ne reviendra pas avant lundi.

Il prend une feuille dans le tiroir de son bureau. Son nom et son adresse professionnelle sont imprimées sur le haut de la feuille. Il glisse le papier dans sa machine à écrire et commence à taper :

Monsieur le commissaire Clancy,
Vous vous souviendrez peut-être de notre rencontre lors de l'identification de l'agresseur de Mlle Kathryn Duggan au mois de juillet dernier. Il s'agit de la jeune femme dont la bicyclette avait été volée à Central Park. Les lettres qui lui ont été adressées l'ont perturbée au point qu'elle me demande, à ma grande surprise, de vous les apporter moi-même. Elle craint de se présenter à la police car elle se sait observée. Elle a également peur que l'on puisse écouter ses conversations téléphoniques.
Vous serait-il possible de lui rendre visite en personne chez elle, à l'adresse qui figure sur les deux dernières lettres ? Elle m'a informé qu'elle était chez elle presque tous les matins et qu'elle vous serait extrêmement reconnaissante si vous pouviez lui consacrer un peu de votre temps. Je suis sûr que vous saurez apprécier la gravité de la situation et que vous la contacterez dès que cela vous sera possible.
Veuillez croire, monsieur le commissaire, en l'expression de mes sentiments les meilleurs.
Docteur David Chapman.

Il relit la lettre et la signe au-dessus de son nom tapé à la machine. Il la relit une seconde puis une troisième fois. Il pense avoir tout dit. Mais surtout il pense *s'être mis* à l'abri.

Dans le calme de son bureau, il hoche la tête, convaincu d'avoir fait ce qu'il fallait faire, satisfait d'avoir agi de façon à aider Kate, sans se créer aucun problème. Il ouvre le tiroir du bas et sort les pages jaunes pour Manhattan. Il trouve le numéro qu'il cherche – 7776500 – appelle, et demande l'adresse du commissariat le plus proche de la 96ᵉ et de Madison. On lui répond qu'il se trouve au 208 de la 86ᵉ Rue. Il regarde sa montre. Il est presque onze heures. Il photocopie sa lettre puis appelle Kate dans son appartement et lui demande si elle peut le retrouver pour le déjeuner dans une heure.

— Tu as amené les lettres à Clancy ? demande-t-elle.

— Non.

— Non ? Et pourquoi ? Tu m'avais prom...

— Il est en vacances.

— Quand est-ce qu'il revient ?

— Lundi. Il les aura ce jour-là, ne t'inquiète pas.

— Tu ne seras plus là lundi.

— Je sais, mais il les aura.

— Mais tu ne seras pas là.

— Je sais, ma chérie.

Encore « ma chérie » pense-t-il.

— Alors comment... ?

— Je te l'expliquerai quand on se verra, dit-il. Tu seras satisfaite.

— D'accord, approuve-t-elle, soudain soulagée. Où est-ce qu'on se retrouve ?

Avant de quitter le bureau il essaye à nouveau le numéro de Jacqueline Hicks et il tombe encore sur ce putain de répondeur.

Pendant le déjeuner il montre à Kate la photocopie de sa lettre et lui dit qu'il a envoyé le paquet par Federal Express depuis le bureau de la 86ᵉ Rue. Même s'il avait pu exiger que le paquet soit remis demain matin, il savait que Clancy ne serait pas là, alors il a préféré qu'on le livre lundi matin.

Elle n'a pas l'air satisfaite de cet arrangement.

Elle lui demande pourquoi il n'est pas allé lui-même au commissariat pour remettre les lettres à un autre officier de police.

— J'ai pensé que Clancy y serait plus attentif.

Mensonge.

Maintenant, il lui ment même à *elle*.

— Parce qu'il te connaît, je veux dire.

Et il brode autour du mensonge.

247

— Tu veux dire surtout que tu voulais pas te retrouver impliqué, non ?

— Euh... non...

— Euh oui ! dit-elle. Mais ça ne fait rien. Je sais que tu es marié. J'espère seulement que les lettres ne vont pas se perdre.

— Avec Federal Expres, il y a peu de chances.

— J'espère.

— J'ai pensé que je pourrais téléphoner depuis Vineyard pour m'assurer que tout a été fait.

— *C'est vrai ?* Tu ferais ça ?

— Oui, bien sûr. Je m'assurerai que Clancy a bien reçu le paquet et qu'il va bien venir te voir.

— Oh David ! *Merci !* s'écrie-t-elle et elle lui prend la main.

Ses ongles sont assortis à sa jupe bleu pâle, courte et plissée, et à son haut en coton. Elle porte des sandales à talons plats. Elle a mis du bleu sur ses paupières. Elle paraît maintenant plus heureuse. Elle ne sait pas encore qu'il a l'intention de mettre fin à leur histoire cet après-midi même.

Après le déjeuner, ils se promènent dans le parc.

— C'est ici que nous nous sommes rencontrés, dit-elle.

— Oui.

— Le dernier jour de juin.

Il fait une chaleur insupportable et l'air est saturé d'humidité. Une brume de chaleur s'élève au-dessus de la végétation, de chaque côté de l'allée, ils ressemblent à des acteurs dans un film dont l'action se déroulerait au Paradis, on dirait qu'ils marchent au-dessus des nuages.

— J'ai parlé à Gloria ce matin, l'informe-t-elle en lui jetant un regard de côté. Elle veut se joindre à nous ce soir.

— Je préférerais qu'elle ne vienne pas.

— Oh allez ! Je sais que ça te plairait.

— Pas vraiment.

— Gloria ? Allez !

— Non... c'est sincère.

— Eh bien... c'est très gentil de ta part, dit-elle, agréablement surprise.

Il se demande comment lui annoncer que c'est fini.

— Évidemment, Jacqueline *adorerait* ça, précise-t-elle.

Il se tourne vers elle, perplexe.

— Plus de Gloria, dit-il.

La brume se déplace lentement autour d'eux. Ils ont presque l'impression d'être les seules personnes dans le parc. Seuls au monde. Seuls dans l'univers.

— Plus de David, en fait, ajoute-t-elle.

Il se demande un bref instant si ce n'est pas *elle* qui va lui dire que tout est fini entre eux. Mais ce serait trop ironique. Il ne va pas s'en sortir à si bon compte.

— Mais évidemment, je t'aime, continue-t-elle.

Il n'a rien à dire.

— Alors comment ce pourrait-il qu'il n'y ait plus de David ?

Il ne comprend pas très bien ses paroles. Il garde le silence.

— Jackie dit que je suis passée maître dans l'art de remettre en scène l'*incident*, tu vois...

— Le quoi ?

— Le terrible *traumatisme* de ma jeunesse...

Elle en plaisante. Mais il est trop intelligent pour se laisser prendre par ce jeu, il est analyste.

— ... et donc, chaque fois qu'il est mis en scène, pour ainsi dire, c'est *moi* qui contrôle la situation. Comme un metteur en scène qui filme avec un objectif barbouillé de vaseline, tu sais ?

— Je suis désolé, mais non, je ne sais pas.

— Pour adoucir les angles. Comme la brume ici, dans le parc, adoucit tout ce qu'elle recouvre. Pour rendre les contours de la réalité plus troubles. Pour que tout soit à nouveau beau comme un ballet, rien n'est plus menaçant, tout est serein.

Sa voix aussi est parfaitement sereine, et constraste avec les cris hystériques de la veille. Il sait instinctivement, et immédiatement, qu'elle va lui faire une révélation d'une importance vitale, mais il ne veut pas l'entendre, plus maintenant qu'il est sur le point de lui faire une révélation d'importance vitale pour *lui-même*. Ou plutôt d'une importance vitale pour David Chapman, Amant, ou Ex-Amant, Ancien Amant qui va donner le coup de grâce, alors que le *docteur* David Chapman devrait écouter ce que cette jeune femme perturbée va essayer de lui dire. Il se souvient tout d'un coup et avec une pointe de culpabilité du serment qu'il a prêté autrefois, lorsque le monde était encore jeune et recouvert de brume.

— Tu veux t'asseoir ? demanda-t-il.

Le banc est vert et la peinture s'écaille, il se présente au-dessus de la brume comme une couche flottante. Ils s'assoient côte à côte, en silence. Elle reste sans rien dire pendant un moment qui paraît très long, mais il est habitué aux silences interminables, et il attend. Elle regarde fixement devant elle, à travers le brouillard, comme si elle observait un passé trop lointain pour qu'elle puisse encore le distinguer parfaitement. Il connaît déjà cette scène. Il attend. Patiemment, en silence, il attend.

— Ce que je fais, tu vois...

Elle respire profondément.

Il attend.

— ... je trouve un homme assez vieux pour être mon père, un homme autour de la quarantaine, tu vois, et je lui permets, non, je *l'invite* à faire tout ce qu'il veut me faire. Mais j'imagine que tu l'as déjà compris. Tu sais que c'est ce que je fais. Je cherche les David de ce monde, sans cesse.

Il ne dit rien.

— ... puis je fais venir une Gloria et je lui donne le rôle principal, celui d'une femme plutôt que d'une enfant, et je fais d'elle une complice consentante plutôt qu'une victime. Jacqueline dit que c'est ce que je fais. Sans cesse. Parce que moi, je ne suis qu'un con, tu vois.

— Je n'arrive pas à croire que Jacqueline ait pu dire ça.

— Non, elle n'a pas dit que moi je n'étais que le con. Ça, ça me vient d'une autorité plus grande encore.

— Raconte, dit-il.

De sa voix apaisante d'analyste. C'est le docteur David Chapman qui vous parle. Toujours prêt à mettre fin à son aventure avec cette belle jeune femme assise sur un banc vert, habillée en bleu pâle et qui se fond à la brume grise et plus pâle encore, il écoute quand même. Il voit que ses yeux s'emplissent de larmes.

— Oh mon Dieu ! dit-elle avant de retomber dans le silence.

Il a peur de la perdre dans la brume qui se déplace lentement. Mais non, elle recommence à parler d'une voix aussi douce que cette brume, un voile qui l'enveloppe alors qu'elle s'enfonce encore une fois dans le nuage de ses souvenirs. La brume est maintenant d'une autre nature, une brume humide et chaude, la vapeur d'une salle de bains, il y a très longtemps...

— Je suis enveloppée dans une grande serviette blanche dans une pièce pleine de vapeur, dit-elle.

« ... Elle se sèche devant un miroir embué, elle essuie une partie du miroir avec un bout de serviette, et voit son reflet, elle a treize ans.

« Tout est doux et brumeux dans ce miroir et dans cette pièce, on entend une musique qui vient de loin, hors de vue, elle flotte. C'est au début du mois d'août. La pleine lune. La nuit est douce et chaude... »

Bess, qui a onze ans, est allongée dans la baignoire, Kate peut voir son reflet dans le grand cercle irrégulier qu'elle a dessiné au centre du miroir. Sa sœur sourit. Elle se prélasse dans cette mer de bulles de savon, on ne voit que son visage et ses orteils, ses cheveux roux tombent en boucles sur son front, elle secoue la tête nonchalamment au rythme de la mélodie qui s'élève depuis le salon, au rez-de-chaussée.

« *Gently*

« *Sweetly...* »

Dimanche soir. Le théâtre n'est pas éclairé. C'est pour cette raison que Kate est à la maison à dix heures, et qu'elle s'apprête à se mettre au lit. Fée la Belle est allée au cinéma avec une femme que les filles ont surnommée le Cuirassé Hawaii, parce qu'elle pèse cent kilos et qu'elle porte toujours des paréos. Le père de Kate est en bas, occupé à écouter ses vieux disques.

« *Ever so...*

« *Discreetly...* »

Le robinet de l'évier aurait besoin d'un nouveau joint. Il fuit par intermittence et les gouttes tombent sur la porcelaine blanche, rappelant les paroles de cette chanson qui résonne dans toute la maison.

« *Open...*

« *Secret...*

« *Doors.* »

Kate, mince, osseuse, se tient devant le miroir embué de la salle de bains, elle se sèche dans cette grande serviette éponge. Bess, précoce pour ses onze ans, commence à se savonner dans la baignoire.

« *Gently...*

« *Sweetly...*

« *Ever so...* »

La porte de la salle de bains s'ouvre.

« *Completely...* »

Le père de Kate apparaît, avec un étrange sourire sur les lèvres. Il porte une robe de chambre verte sur un pyjama blanc. La robe de chambre est retenue à la taille par une ceinture. Il n'a pas de pantoufles.

— Bonsoir, mesdames.

— Oups, dit Bess, qui s'enfonce immédiatement sous les bulles de savon, laissant seule sa tête dépasser.

Kate s'enveloppe dans la serviette et dit :

— Papa ! Franchement ! Tu vois bien qu'on est là.

— Je vois, je vois, répond son père.

Kate sent alors à son haleine qu'il a bu.

« *Tell me...*

« *I'll be*

« *Yours...* »

— Allez, papa ! fait-elle en plaisantant, et en se demandant ce qui lui arrive. Il ne voit donc pas qu'elles occupent la salle de bains ? Bien sûr que si, il savait qu'elles étaient là quand il a ouvert la porte et quand il est entré. Et toujours cet étrange petit sourire sur son visage.

— Je voulais juste voir. M'assurer que vous n'étiez pas en train de vous noyer ou quelque chose dans le genre. Salut Bessie, dit-il, en agitant les doigts dans sa direction. Comment va ma petite chérie ?

— Ça va bien, papa.

Elle aussi a l'air perplexe. Elle s'est enfoncée un peu plus profondément sous les bulles de savon. L'eau recouvre son menton.

Ses yeux verts sont grands ouverts au-dessus de la mousse blanche.

— Papa, on doit s'habiller maintenant, explique Kate, sur un ton conciliant.

— Je changeais vos couches, dit-il, et je talquais vos petits derrières.

— Pourquoi est-ce que tu ne redescends pas écouter ta musique ? demande Kate, toujours aussi conciliante.

— Non, je vais aller dormir maintenant.

— Bonne nuit, papa, répond Bess depuis la baignoire.

— Bonne nuit, papa, répète Kate immédiatement.

— On ne me donne pas un baiser ? demande-t-il. Pas de baiser pour me souhaiter une bonne nuit ?

Il fait un pas vers Kate. Elle serre toujours la serviette contre elle. Les poings sous le menton, et la serviette qui tombe en dessous des genoux.

« *Here with a kiss...*

« *In the mist on the shore...* »

Il se penche et prend son menton entre ses mains, comme dans une coupe, puis l'embrasse sur la bouche.

« *Sip from my lips...*

« *And whisper...*

« *I adore you.* »

Et l'embrasse à nouveau.

Kate est terrifiée. Mais elle est aussi excitée. Elle sent que le sexe de son père est dur, sous la robe de chambre et le pyjama, elle le sent à travers la serviette qui tremble entre ses mains.

— Si tendre, continue-t-il, en l'attirant vers lui, elle sent une de ses énormes mains sur sa fesse nue ; de l'autre main, il arrache la serviette.

Elle est nue devant lui.

« *Gently...*

« *Sweetly...* »

— Papa, non ! Je t'en supplie !

— Chut ! Kate, ma chérie !

« *More and more...*

« *Completely...* »

– Je t'en supplie, papa, non ! dit-elle, car elle peut maintenant voir son membre énorme, gonflé, mauve dans l'échancrure de la robe de chambre.

– Chut, Katie, chut.

Elle essaye de le repousser, mais il l'a déjà coincée contre le lavabo, et donne des coups de rein pour la pénétrer, jusqu'à ce qu'enfin, elle se tourne sur le côté et échappe à son emprise.

« *Take me...*

« *Make me...*

« *Yours...* »

Elle se recroqueville contre le mur, sous l'étroite fenêtre, qui laisse entrer les rayons de lune jaunes transperçant l'obscurité de la nuit, elle se cache, pétrifiée, derrière les serviettes, et dans cette pièce étouffante envahie par la vapeur, elle parvient seulement à dire : « Fais-le à elle. »

En bas, dans le salon, la musique a pris un crescendo et s'est arrêtée brusquement.

La maison est plongée dans un silence total, on n'entend plus que les gouttes d'eau qui fuient du robinet de la salle de bains.

– Comme tu voudras, Katie, approuve-t-il.

Se libérant de toute culpabilité, cet honorable père se plie désormais aux ordres de sa fille préférée. Il s'incline devant elle, en une parodie de geste courtois effectuée sous l'emprise de l'alcool, puis il se détourne et se dirige d'un pas hésitant vers la baignoire. Bess l'observe les yeux écarquillés. Les bulles de savon se sont dissipées. On voit son corps bronzé apparaître entre ces espaces blancs, comme des taches.

– Il y a des requins là-dedans ? demande-t-il d'un ton enjoué. Je ne vais pas me faire mordre ?

Il plonge alors les deux mains dans l'eau, et essaye de l'attraper, les manches de sa robe de chambre sont trempées jusqu'aux coudes. Elle essaye de lui échapper, elle glisse entre ses mains comme un poisson, en l'implorant : « Papa, je t'en prie ! » et encore : « Papa, arrête ! » L'eau éclabousse toute la salle de bains, jusqu'à ce qu'il puisse enfin la saisir fermement d'une main, entre les jambes ; il la tire hors de l'eau d'un geste brusque tandis qu'elle se débat encore en criant, elle éclate en sanglots et hurle : « Aide-moi Kate, ne le laisse pas faire », mais Kate ne bouge pas.

C'est elle après tout qui a émis ce souhait et elle ne peut pas revenir en arrière ; il est maintenant en train de faire à Bessie ce qu'il aurait fait à Kate, si elle n'avait rien dit. Tandis qu'elle regarde avec un mélange de peur, de répulsion et d'excitation, un mince filet d'urine coule le long de sa cuisse.

Ils sont toujours assis côte à côte dans le brouillard, sans rien dire.

Il passe son bras autour de ses épaules.

— Ce n'était pas ta faute, dit-il d'une voix douce.

— C'est ce que tout le monde me répète.

— On ne peut pas te faire de reproches, ajoute-t-il.

— J'aurais dû fermer la porte à clé, dit-elle puis elle pose la tête sur son épaule et se met à pleurer.

Au lit, ce soir-là, elle lui dit :

— Ça ne t'ennuie pas si on ne fait pas l'amour ce soir, David ?

Plus de David, pense-t-il.

— Je suis épuisée.

Le réveil sonne à sept heures du matin.

— À quelle heure est ton avion ? demande-t-elle en murmurant.

— Huit heures et demie.

— Tu arriveras à l'heure ?

— Oui, sans aucun problème.

— Tu pars d'où ?

— La Guardia, cette fois.

— Mmm, fait-elle avant de se rendormir.

Il y voit un autre signe de bon augure.

À sept heures et demie il a déjà pris sa douche, il s'est rasé et habillé. Il retourne dans la chambre à coucher. Elle dort toujours. Il se demande s'il doit la réveiller, et décide qu'il ne vaut mieux pas.

Il quitte l'appartement sans lui dire : « Je t'aime » et referme doucement la porte derrière lui pour la toute dernière fois.

À huit heures et quart, il est à La Guardia.

Les passagers embarquent déjà.

Il cherche le bout de papier sur lequel il a griffonné le numéro de téléphone de Jacqueline Hicks à East Hampton. Le soleil brille toujours sur ce papier. Il hésite un instant, puis compose le numéro. Cette fois, elle répond. Il lui demande de l'excuser d'avoir appelé si tôt le matin, puis explique qu'une femme du nom de Kathryn Duggan est venue le consulter pendant qu'il était en ville cette semaine.

— Est-ce qu'elle va bien ? demande Jacqueline immédiatement.

— Oui, oui, ça va, ça va bien. Mais elle a mentionné le fait qu'elle avait suivi une thérapie avec toi...

— Oui c'est vrai, dit Jacqueline.

— Et comme elle songe à reprendre une analyse...

— Ah ?

— Oui, je me suis demandé si tu pouvais me donner quelques renseignements sur elle.

— David, la maison est pleine d'invités et je...

— Oui mais...

— ... et nous allons juste prendre le petit déjeuner. Est-ce que tu pourrais m'appeler...

— Jackie...

— ... après le week-end ? Lundi ? Je serais heureuse de...

— Est-ce que tu peux juste me dire... ?

— Oui mais là, il faut vraiment que j'y aille, *vraiment* ! Appelle-moi lundi, d'accord ? Je l'aime beaucoup et je serais heureuse de...

— Promis. Quelle était la nature de...

— Elle était suicidaire.

— Je t'appelle lundi, dit-il.

Il regarde sa montre. Huit heures vingt. Il se demande s'il a le temps de téléphoner à Kate. Il veut lui dire de ne pas faire de bêtises. Il veut lui donner l'assurance qu'il contactera Clancy lundi. Il veut lui dire que tout ira bien pour elle.

Mais il entend alors le dernier appel pour l'embarquement sur son vol.

Et il se dirige rapidement vers la porte.

Son téléphone sonne à huit heures vingt-cinq et la réveille.

C'est David qui appelle de l'aéroport, pense-t-elle. Elle cherche le combiné à tâtons et décroche.

— Allô ? dit-elle.

Une voix furieuse lui crie :

— Efface-le de ton répondeur, connasse !

Elle entend un déclic.

Elle raccroche immédiatement.

Mon numéro personnel ! Il a mon numéro personnel !

Elle traverse le salon entièrement nue, et vient se poster tremblante devant le répondeur automatique, elle obéit immédiatement à son ordre, elle appuie sur le bouton MESSAGE ENREGISTREMENT : « Bonjour, dit-elle d'une voix tremblante, parlez après le signal sonore », et elle efface ainsi de la bande le message de David. Il faut que je sorte d'ici, pense-t-elle. Il est trop près. Il a mon numéro.

Hannah la chatte vient se frotter contre sa jambe nue.

— Pas maintenant, Hannah, dit-elle, et elle retourne dans la chambre à coucher. Elle va jusqu'à la commode, fouille dans les tiroirs, trouve une culotte blanche en coton qu'elle enfile, j'irai chez Clancy, elle tire sa culotte au-dessus des cuisses et de la taille, il faut que ça s'arrête, elle va vers le placard, ouvre violemment la porte, il faut l'avoir, prend une paire de jeans sur un cintre, il faut l'arrêter, et s'apprête à les enfiler quand elle se demande tout à coup si la porte d'entrée est fermée à clé.

Est-ce que David a fermé en partant ?

Comment aurait-il pu ? Cette porte ne se verrouille que quand on la tire simplement derrière soi.

Puis...

Est-ce qu'elle s'est levée pour la fermer ?

Elle laisse retomber le jeans par terre. Pieds nus, vêtue uniquement de son slip blanc, elle sort de la chambre à coucher en courant et se dirige vers la porte – « Pas maintenant Hannah » –, elle sent soudain le besoin urgent d'aller jusqu'à cette porte et de la *fermer à clé*. Il sait où elle vit, il a le numéro : « Hannah ! fous-moi la paix ! Pas maintenant ! »

Elle tend la main vers le verrou du haut quand la porte s'ouvre, en la renversant presque en arrière. Elle bat en retraite, et tout d'un coup, il est là, dans la pièce. Il claque la porte derrière lui.

– Bonjour ma chatte, dit-il.

Elle n'a jamais vu cet homme de sa vie.

Il lui est totalement inconnu, un homme mince qui perd ses cheveux et qui porte des lunettes sans monture, des jeans et des chaussures de sport blanches et le T-shirt de *Cats*, avec les yeux de chat jaunes et les danseurs noirs au milieu de ces yeux jaunes, elle n'arrive plus à respirer. Il tient dans la main droite un bout de bois de soixante centimètres, c'est une partie d'un manche à balai vert, dont l'extrémité est pointue comme s'il avait perdu patience pendant qu'il le sciait et l'avait finalement cassé en deux. Le bois, nu et blanc, apparaît sous la peinture verte écaillée. Avant même qu'elle n'ait eu le temps de crier, le supplier de la laisser tranquille, avant qu'elle n'ait pu proférer le moindre son, le court bâton vert s'abat sur elle et l'atteint sur le haut du nez. Elle n'éprouve tout d'abord qu'une douleur aveuglante, puis tout devient rouge dans son champ de vision.

Il est habité d'une fureur monumentale.

Elle ne comprend pas ce qu'elle a pu faire pour provoquer une telle rage.

Elle recule en agitant les mains devant elle, tandis qu'il la frappe sans arrêt, de toutes ses forces. Elle a les yeux gonflés, les lèvres gonflées, son visage est couvert de sang, elle en est aveuglée, et dit, ou elle croit dire : « Je vous en supplie, ne me faites pas de mal, je vous en supplie. » Mais c'est déjà fait, il lui a fait très mal, et il continue et elle sait qu'il lui fera encore mal, qu'il ne s'arrêtera pas, tant qu'il ne l'aura pas tuée.

Fais-le à elle !

« Fais-le à *elle* », crie-t-elle, ou du moins, c'est ce qu'elle croit.

Dans cette pièce tachée de sang, il n'y a que Hannah la chatte.

Humide de sang, partout, elle glisse sur le sang, elle entre et sort de la blancheur, elle sait qu'il va la tuer, qu'il l'a déjà tuée, qu'elle est morte, elle *espère* qu'il va la tuer, qu'il l'a déjà tuée, mais non, elle est encore en vie. Et elle pense que peut-être Dieu, qui sait comment obtenir des numéros de téléphone sur liste rouge, entrer dans les immeubles et les appartements, Dieu dans son infinie miséricorde va l'épargner après tout. Et dans ce cas, pourquoi est-ce qu'il lui fait aussi mal ?

Et où est David ? se demande-t-elle, pourquoi est-ce que David n'est pas là et qu'il ne me sauve pas, où es-tu, David ? Et où est ma mère, ma mère si vaine et vaniteuse, dans cette nuit sanglante, dans cette salle de bains embuée, comment était ton putain de *film*, maman ? Où est Fée quand il y a de *vrais* ennuis ? Tu sais que je meurs maman ? Tu sais que je suis morte ? Je te demande sincèrement pardon, mais si je suis morte alors mets fin à cette douleur, arrête de me faire *mal* comme ça ! Je sais que je l'ai laissé faire, je suis désolée, j'aurais dû fermer la porte à clé, j'aurais dû, je sais que j'aurais dû, mais tu vois, je suis désolée, mais je n'ai pas pu, je n'étais qu'une *gamine*. Alors... alors je t'en supplie... je... je... je t'en supplie... pardonne... pardonne-moi sincèrement, je suis désolée, Bess, je t'en supplie Bessie, pardonne-moi, mais seulement arrête, je t'en prie, *arrête !*

Juste avant de mourir elle comprend avec une clarté aveuglante qu'on ne peut pas fermer une porte à clé contre les monstres.

5. *Lundi 21 août – lundi 20 novembre*

David téléphone à midi ce lundi.

Il sait déjà que Kate a été assassinée. Il l'a appris en lisant le *New York Times* et il a également regardé le bulletin d'information sur la chaîne locale et sur CNN.

— J'essayais justement de vous localiser, dit Clancy. D'où est-ce que vous appelez ?

— Martha's Vineyard.

— J'ai reçu votre envoi, merci.

— Est-ce que ça vous aidera ?

— J'y travaille en ce moment même.

Silence à l'autre bout du fil.

— Vous la connaissiez bien ? demande Clancy.

— Juste comme ça, répond David.

— Mais assez bien pour qu'elle vous demande de m'envoyer ces trucs, hein ?

— En fait, elle m'avait même demandé de vous les apporter mais vous n'étiez pas là.

— Assez pour vous demander ça, hein ?

— Ce n'était pas demander grand-chose.

— Alors vous l'avez envoyé en express parce que j'étais absent.

— Oui, je savais que je ne serais pas en ville aujourd'hui.

— Ouais, vous êtes là-haut.

— Oui.

— Vous avez un numéro où je pourrais vous joindre si j'en ai besoin ?

— Bien sûr, dit David, et il donne le numéro inscrit sur l'appareil téléphonique.

C'est le septième été qu'il passe ici et il ne connaît toujours pas le numéro par cœur.

— Et c'est où ? demande Clancy.

— Menemsha. Martha's Vineyard.

— Autant me donner aussi l'adresse, dit Clancy. Pendant qu'on y est.

Ils ne sont pas habillés comme il faudrait pour se promener au soleil et s'amuser dans le sable. Le commissaire Clancy porte un costume brun, une chemise blanche, une cravate brune plus foncée, des chaussures et des chaussettes brunes. L'homme qui marche à ses côtés porte un costume bleu, une chemise blanche, une cravate rouge, des chaussures et des chaussettes noires. Comme un mirage, ils apparaissent au milieu du soleil éclatant et de la brume océane, et ils approchent en traversant la plage. C'est le 24 août, une matinée chaude, écrasante, sans le moindre souffle de vent. Cinq jours se sont écoulés depuis l'assassinat de Kate, trois jours depuis qu'il a parlé à Clancy au téléphone. À voir la façon dont ils sont habillés, ces hommes sont ici pour affaires.

— Docteur Chapman, dit Clancy. Heureux de vous revoir. Voici mon collègue, commissaire D'Angelico. C'est votre petite fille ?

— Comment allez-vous ? demande David, et il donne une poignée de main d'abord à D'angelico, ensuite à Clancy. Oui, c'est ma fille Annie.

— Il y a quelques questions...

Soudain, Annie leur tend la main, à chacun son tour en plissant les yeux pour se protéger du soleil. David se demande s'ils ont l'intention de le questionner en sa présence. Annie est dans un petit bikini vert. Lui porte un maillot de bain vert. Il se sent

262

très vulnérable dans cet accoutrement, devant ces deux policiers en costume.

— Vous avez déjà des indices ? demande-t-il.

— On a essayé d'identifier l'écriture sur les enveloppes.

— Mais pour l'instant nous n'avons rien trouvé, ajoute D'Angelico.

À l'opposé de Clancy, mince et noueux, D'Angelico est petit et gros. Le Gros et le Maigre, pense David. Laurel et Hardy. Le bon flic et le mauvais flic. Mais qui tiendra quel rôle ? Comment les reconnaître ?

— En tout cas, nous vous sommes reconnaissants de nous avoir envoyé tout ça, dit Clancy.

— Vous êtes *vraiment* des détectives ? demande Annie.

— Oui, ma petite, dit D'Angelico.

— Je veux que vous sachiez que vous n'êtes pas suspecté dans cette affaire, dit Clancy.

— Qui ? Moi ? demande Annie.

— J'espère bien que non, fait David.

— Moi aussi, ajoute Annie en hochant la tête énergiquement.

D'Angelico lui adresse un sourire indulgent.

— Bien qu'au cours de notre première enquête, ajoute Clancy, votre nom ait été mentionné plusieurs fois.

— Comme vous devez vous en doutez, commente D'Angelico.

Voilà le Mauvais Flic, pense David.

— Et pourquoi est-ce que je devrais m'en douter ? demande-t-il.

— Parce que vous connaissiez la fille et tout ça, dit D'Angelico.

— Je ne la connaissais que de loin, répond-il immédiatement.

Il ne veut pas qu'Annie entende ce qui va suivre, mais ils sont encore à huit cents mètres de la maison et il ne veut pas non plus qu'elle fasse ce chemin toute seule. Il comprend en fait qu'il s'agit là d'une vulgaire tactique de feuilleton policier : le questionner juste devant sa fille. Il veut leur dire quelque chose, mais il se ravise, songeant que, contrairement à ce qu'ils prétendent, ils le soupçonnent peut-être, et il a peur de s'enfoncer encore plus s'il se met à raconter des histoires.

— De toute manière nous ne sommes pas ici pour parler de la relation que vous aviez avec elle.

Le Bon Flic.

— De quoi vous parlez de toute manière ? demande Annie, toujours en plissant les yeux, les mains sur les hanches, la tête penchée sur le côté.

— Pourquoi est-ce que tu ne vas pas t'amuser sur la plage ? lui dit D'angelico.

— Parce que je suis bien ici, répond Annie.

— Pourquoi est-ce que vous ne dites pas à votre fille d'aller s'amuser sur la plage ? demande D'Angelico.

— Vas-y, Annie, dit David. Mais ne va pas trop loin, je veux te voir. Et ne va pas dans l'eau.

— Qu'est-ce qu'ils veulent ces types ? demande-t-elle en regardant David droit dans les yeux.

— Tu te rappelles la jeune fille qui s'est fait voler son vélo ? demande David.

— Oui ?

— Quelqu'un lui a fait du mal. Ils veulent me poser quelques questions là-dessus.

— Pourquoi ?

— Oui, messieurs, pourquoi ? demande David en se tournant vers Clancy.

— Pour que ton papa puisse nous aider à trouver qui a fait ça, dit Clancy.

— Il lui a sauvé la vie une fois, dit Annie en hochant la tête. Il est psychiatre.

— Va t'amuser maintenant, ma petite, d'accord ? dit D'Angelico.

— D'accord, répond Annie et elle s'éloigne vers la plage en sautillant.

— Vous avez une gentille fille, commente D'Angelico l'air peu convaincu. Elle connaît l'histoire de la bicyclette volée, hein ?

— Oui, j'en ai parlé à ma famille.

— C'est courageux ce que vous avez fait là, commente D'Angelico, du même air peu convaincu.

— On dirait qu'il y a toute une armée de gens qui ont tripoté ces lettres, fait Clancy comme s'il s'agissait là d'une remarque anodine.

— Y compris le jeune mec du magasin de bicyclettes, ajoute D'Angelico. On lui a parlé dès que les autres filles dans le spectacle nous ont dit qu'il était avec elle un soir.

— Mais ça ne fait pas un alibi pour le matin où elle a été tuée, dit Clancy. Est-ce qu'elle vous a parlé de ce type ?

— Je ne la connaissais que de loin. Je ne sais rien sur cette personne du magasin de bicyclettes. Bien sûr, bien sûr. Je voulais parler du type qui lui envoyait les fleurs et...

— À moins que ce soit vous qui ayez envoyé les fleurs ? demande D'Angelico.

— Moi ? Pourquoi est-ce que...

— Alors, c'est pas vous, c'est ça ?

— Bien sûr que non. Je la connaissais à peine.

— Bon, alors, est-ce que oui ou non elle vous a parlé de ce type ?

— Elle a bien dû vous en dire *quelque chose*, ajoute D'Angelico.

— Comme je vous l'expliquais dans ma lettre...

— Oui, elle vous a contacté à votre grande surprise, c'est ça ? Alors qu'est-ce qu'elle vous a dit quand elle vous a contacté à votre grande surprise ?

— Simplement ce que j'ai rapporté dans la lettre.

— Rien de plus ?

— Rien de plus.

— Un type lui envoie des fleurs..., dit Clancy.

— Vous voyez, on essaye de faire la distinction entre les histoires de cul et le meurtre, dit D'Angelico.

— Je vous demande pardon ?

— Ne me demandez pas pardon, docteur Chapman. Dans ce métier, les gens nous demandent de les pardonner tous les jours de la semaine. Si vous arrêtiez deux secondes de mettre votre derrière à l'abri...

— Hé Ralph ! Du calme, fait Clancy.

— Un type lui envoie des fleurs, lui écrit des lettres, et elle n'en dit jamais rien à son *amant* ?

— Son *amant* ? fait David. Qu'est-ce que vous... ?

— On sait que vous aviez une liaison avec elle, précise Clancy. Je suis désolé, docteur Chapman.

— Vous ne savez rien du tout ! Comment pouvez-vous... ?

— C'est comme ça, je suis désolé.

— Je croyais que je n'étais pas un suspect dans cette affaire.

— Non, c'est exact, approuve Clancy.

— Plus maintenant, reprend D'Angelico.

— Mais mettez-vous à notre place.

— Qu'est-ce que vous voulez dire ?

— Beaucoup de gens nous ont parlé de vous et elle. Des portiers ici et là, le surveillant de l'immeuble, d'autres filles dans le spectacle, une dame dans l'ascenseur, le gamin dans le magasin de bicyclettes, etc. Nous avons aussi sa facture de téléphone avec des transferts d'appels que vous avez faits depuis ici. Et le type du magasin de bicyclettes dit qu'on entendait votre voix sur son répondeur pendant les quatre jours qui ont précédé sa mort. Tout ça nous dit que vous deviez la connaître plutôt bien depuis au moins sept semaines avant le meurtre, en fait, cinquante et un jours, selon nos calculs. Alors pardonnez-nous si nous pensons que vous deviez la sauter, hein ?

— Si vous pensez que je l'ai tuée...

— Non, nous ne le pensons pas. Plus maintenant.

David paraît perplexe.

— D'après l'autopsie, elle est morte vers huit heures trente ou neuf heures du matin, explique Clancy.

— À ce moment-là vous étiez dans l'avion qui vous emmenait ici, précise D'Angelico.

— Nous avons vérifié la liste des passagers, l'informe Clancy, comme s'il devait s'en excuser.

— Docteur Chapman, dit D'Angelico, vos affaires personnelles sont vos affaires personnelles, et ça ne nous intéresse pas, croyez-moi.

David aimerait bien le croire, effectivement.

— Nous voulons simplement savoir si mademoiselle Duggan vous a dit quoi que ce soit sur ce type qui la persécutait. Est-ce qu'elle vous a suggéré, par exemple, qu'il était peut-être quelqu'un de sa connaissance ?

David garde le silence quelques instants.

Les policiers attendent.

Il reprend son souffle.

— Non, dit-il finalement. Elle n'avait pas la moindre idée de l'identité de cette personne.

— Quand est-ce que vous en avez entendu parler pour la première fois ?

— Quand je suis allé à New York, le 15.

— Vous viviez avec elle ?

Il hésite à nouveau.

— Docteur Chapman ?

— Oui, dit-il.

— Dans son appartement ?

— Oui.

— Est-ce qu'il l'a appelée pendant que vous étiez là ?

— Pas à l'appartement.

— Alors vous ne lui avez pas parlé ?

— Non.

— Vous n'avez pas entendu sa voix ?

— Non. Il l'a appelé au théâtre.

— Quand ?

— Le mercredi qui a précédé le meurtre.

— Le 16, dit Clancy.

— Oui, juste avant la représentation en matinée.

— Est-ce qu'elle lui a parlé ?

— Oui.

— Elle vous a décrit sa voix ?

— Non.

267

– Est-ce qu'il lui a donné un nom ?

– Non.

– Aucun nom ?

– Non.

– Qu'est-ce qu'il a dit ?

– Il l'a mise en garde de ne pas aller voir la police. C'est pour ça qu'elle m'a demandé à *moi* de vous faire parvenir ces lettres.

– Il l'a menacée ?

– Non, je ne pense pas.

– Il n'a pas dit qu'il la tuerait ou quelque chose dans le genre ?

– Non.

– Qu'il lui ferait du mal ?

– Non, rien de tout ça.

– Vous avez une idée pour expliquer qu'elle n'a pas participé au spectacle le reste de la semaine ?

– Oui. Elle avait peur.

– Alors cette histoire de cheville foulée, c'était un mensonge, hein ?

– Oui. Elle avait peur des coups de téléphone.

– Et elle avait de bonnes raisons d'avoir peur.

Les trois hommes gardent le silence. Au-dessus d'eux, une bande de mouettes traverse le ciel en poussant des cris aigus.

– Il y a autre chose, Ralph ? demande Clancy.

– Non. Et toi, tu as des questions ?

– Je ne crois pas, docteur Chapman, dit-il. Voici ma carte, au cas où vous vous rappelleriez quelque chose.

– Je suis désolé de vous avoir obligés à venir jusqu'ici...

– Ça ne fait rien. Vous nous avez beaucoup aidés, conclut D'Angelico.

– Merci beaucoup pour votre aide, ajoute Clancy.

Il lui tend la main. On entend à nouveau le hurlement des mouettes. D'une voix grave, comme un Irlandais à une veillée funèbre, Clancy profère :

– Je suis désolé pour ce qui vous arrive.

David comprend tout d'un coup qu'il parle de Kate, et ses yeux s'emplissent de larmes.

La fin de l'été.

Août laisse place à septembre et au week-end de la fête du Travail arrive, date symbolique de la fin des vacances. Il fait encore chaud, mais, la nuit, on sent déjà une fraîcheur automnale, et on voit s'échapper de la fumée des cheminées au-dessus des maisons qui bordent la plage. Il lit régulièrement les journaux et regarde les informations à la télévision, espérant apprendre qu'on a attrapé le tueur, espérant que, grâce à ces techniques mystérieuses connues seulement de la police, ils ont localisé le téléphone depuis lequel l'agresseur anonyme a appelé le théâtre ce mercredi précédent le meurtre. Mais il n'y a rien.

Les jours passent, lentement.

Il a le sentiment de lire le générique de fin d'un film. Et sous chaque ligne il voit des plans fixes tirés du film. Un résumé de ce qui s'est passé. Un procédé qu'il a vu dans plus d'un film de réalisateurs différents.

Le film s'appelle PROJECTION, titre qui lui paraît beaucoup plus commercial que RATIONALISATION, deux termes de psychiatrie qui conviennent parfaitement au script puisque le principal rôle masculin est un psychiatre et le rôle féminin, une jeune fille troublée. En termes de psychiatrie, rationalisation et projection ont pratiquement la même signification. Il s'agit dans les deux cas de mécanismes de défense qui consistent à projeter sur un tiers quelque chose d'émotionnellement inacceptable pour soi-même.

PROJECTION est un très bon titre pour un film parce que le mot a un double sens. Le film est *projeté* sur l'écran représenté par l'esprit de David. Pas tout le film cependant. Simplement les plans fixes sous les lignes du générique. Mais on ne trouve sur cette liste que le nom des électriciens, du régisseur et autres techniciens, on dirait plutôt des bribes de dialogue entourées de points d'interrogation, comme dans un film muet, sauf que le dialogue apparaît cette fois *au-dessus* des images et non pas dans les intervalles. La chanson « Gently, Sweetly », interprétée par le London Philharmonic, avec de nombreux violons et des cuivres mélancoliques, accompagne les photos de ce film muet et les bribes de dialogue. Et peut-être même que le mot PRO-JECTION, d'un point de vue psychologique, a un *triple* sens, qui sait ? On peut également désigner par ce mot une estimation de perspectives futures, s'appuyant sur les tendances présentes. Qui sait ?

La première photo montre Kate, sortant d'un brouillard. Alors qu'un instant auparavant l'écran était vide, apparaît maintenant une jeune fille sur une bicyclette, elle a quinze ou seize ans, mince, couverte de sueur. Elle porte un short en Nylon vert et un débardeur orange, de longues mèches de cheveux roux tombent sur son visage. Elle sourit. Le dialogue apparaît en lettres capitales, traversant son visage souriant...

« BONJOUR MONSIEUR ! »

... et elle disparaît immédiatement dans la lumière éclatante du soleil.

Mais ce plan a suffi à montrer clairement que la fille dans ce film, cette femme en fait, est celle qui fait le premier contact. L'homme ne répond pas à son approche. De plus, comme les plans fixes se succèdent en un véritable manège, il devient de plus en plus évident que cette fille, cette femme, est l'agresseur, la chasseresse, la séductrice... Il n'y a qu'à regarder sur les photos, elles en donnent la preuve !

David est agenouillé à ses côtés. Le soleil fait briller ses yeux comme deux émeraudes. Les mèches de cheveux roux caressent son visage comme les fils de soie d'un rideau tranparent. La fente sur le côté du short vert laisse apercevoir les culottes blanches en dessous. Et sur la ligne de dialogue on peut lire :

« ÇA COMMENCE À SE DURCIR »

... paroles suffisamment suggestives en soi, même en l'absence de la ligne suivante :

« C'EST JUSTE CE QU'IL ME FAUT »

... suggérant qu'il lui faut quelque chose qui durcit, hein Doktor ? En plus ces invitations sont comme un leitmotiv.

Ils sont tous les deux sur la 96e Rue, juste devant le parc. Ils viennent d'échanger leurs adresses. Ils échangent encore une poignée de main maladroite. Et tandis qu'il s'éloigne :

« HÉ ! JE M'APPELLE KATE »

Elle descend de la scène par l'escalier de côté, sur la droite du théâtre et le surprend, tout en rampant dans l'espace devant la rangée K, puis, imitant une chatte, elle s'assoit, se dresse, comme si elle décelait une présence humaine, elle agite la tête de droite et de gauche, puis le regarde fixement dans les yeux.

Et le dialogue en surimpression :

« EMMÈNE-MOI DÎNER ET DIS-MOI
DES CHOSES GENTILLES »

La caméra s'attarde sur ses yeux verts, tachetés de jaune. Elle est assise au soleil juste à côté de la fenêtre du restaurant qu'elle a choisi pour le brunch, dans le West Side. Ses yeux reflètent l'éclat du soleil.

« J'AI RÊVÉ QUE TOI ET MOI NOUS FAISIONS L'AMOUR DEVANT LA MAISON DE MA MÈRE, À WEST-PORT. »

Le restaurant du West Side fait place à un nouveau restaurant thaïlandais de l'East Side, à travers les rideaux de perles, on entend les notes de « Gently Sweetly » qui les caressent, les enveloppent tandis qu'ils boivent leur verre de vin. Les reflets dorés du chardonnay rappellent la tenue qu'elle porte ce soir-là, un gilet de lin et une sorte de jupe-sarong en soie froissée avec un motif de feuilles de la même couleur que son vernis à ongles.

« SI JE NE T'EMBRASSE PAS BIENTÔT, JE VAIS EN MOURIR »

Le générique revient sans cesse, défile sur l'écran de son esprit, un mélange de flash-back et d'accéléré, chaque nouvelle photo qui apparaît et chaque mot renforcent la révélation qu'elle dominait entièrement cette relation, reconstruction, mise en scène, comme elle disait elle-même, d'un traumatisme d'enfance qu'elle n'avait pas surmonté.

« KATE. DANS LE PARC. LA VICTIME, VOUS VOUS SOUVENEZ ? »

Mais comme il passe en revue l'histoire que raconte ce film, comme il revoit constamment le générique dans sa tête, il comprend que la véritable victime là-dedans, c'était peut-être lui-même, que *n'importe quel* Américain au sang chaud aurait succombé à la tentation de cette belle et jeune danseuse rousse qui lui a en plus offert une jeune fille, une femme d'une vingtaine d'années...

Gloria est noire, Gloria est grande et souple, Gloria a des yeux de biche et une bouche voluptueuse et Gloria ne porte que des talons aiguilles et une chaîne en or qui passe plusieurs fois autour de sa taille...

« JOYEUX ANNIVERSAIRE ! »

... et qui lui a promis en plus d'autres aventures érotiques, peut-être même avec *d'innombrables* petites Asiatiques de vingt ans sorties de *Miss Saigon*.

« OÙ JE PEUX TROUVER QUELQU'UN D'AUTRE
SI TU PRÉFÈRES »

Alors qui peut jeter la première pierre ?

Il a bien envoyé ces lettres, non ? Un homme marié, dans un ménage stable, qui prenait un risque énorme. Il est allé lui-même poster ces lettres en express sur la 86e...

Dans un des rares plans fixes de la fin du film qui représente David seul, on le voit au guichet de la poste, payant en liquide pour l'envoi du paquet. Et au-dessus de cette photo qui le montre concentré et déterminé, on peut lire :

« MAIS ÇA NE FAIT RIEN, JE SAIS QUE TU ES MARIÉ »

La dernière photo représente Kate et David assis sur un banc vert tandis que le brouillard s'élève au-dessus d'un sentier étroit. Elle baisse la tête, elle pleure. Il est assis à côté d'elle, il écoute, l'image même du médecin inquiet. Et le dialogue superposé :

« CE N'ÉTAIT PAS TA FAUTE »

La musique prend de l'ampleur. La brume recouvre le banc et les silhouettes qui y sont assises, immobiles dans le temps, la brume les efface jusqu'à ce qu'il ne reste dans le cadre qu'un tourbillon de blancheur sans tache, pure et innocente.

Take me...
Make me...
Yours.
Et le film s'arrête là.

Arthur K a acheté une nouvelle voiture. Il la décrit fièrement à David, il lui montre même des photos dans un catalogue. C'est une Camaro, comme celle que conduisait sa sœur quand elle est morte, mais pas de la même couleur. Il songe à aller demander un nouveau permis de conduire. Il explique à David qu'il a commencé à sortir avec une jeune femme qui ressemble beaucoup à Veronica quand elle avait seize ans.

Susan M n'a plus besoin de planifier ses tenues vestimentaires des semaines à l'avance. Elle se limite maintenant à des prévisions sur trois jours, les trois premiers jours de la semaine. Et elle planifie tout pendant le week-end. Ce qui la laisse libre de toute activité obsessionnelle le jeudi et le vendredi. Elle a prévu d'aller voir sa mère à Omaha pour Noël. Elle espère qu'alors elle n'aura plus du tout besoin de préparer ses tenues à l'avance.

On est aujourd'hui le 16 octobre.

David espère qu'il va y arriver.

Alex J est tombé amoureux de la Portoricaine qu'il a encore une fois suivie jusque chez elle depuis le métro, mardi dernier. Il a même établi un contact avec elle. Il l'a abordée dans la rue, il s'est présenté et lui a dit qu'il la trouvait exceptionnellement belle. Et malgré sa femme et ses trois enfants, qu'il adore, il lui a demandé d'aller au cinéma avec lui un soir. Ce soir-là est arrivé.

Quand Alex la décrit il est comme en extase.

De plus, il est fier de lui-même, d'avoir accosté cette superbe « Latina », car c'est ainsi qu'elle se décrit elle-même, dans un quartier où tout le monde a l'air d'un dealer qui lui trancherait la gorge pour un nickel, et c'est là qu'il était à parler à une de *leurs femmes*, bon Dieu ! « Vous pensez pas qu'il fallait des couilles pour faire ça ? » demande-t-il à David.

David ne se prononce pas.

— Non, eh ben allez vous faire foutre, parce que moi je trouve que si !

Les gosses ont fini de regarder les dessins animés à la télévision et ils sont maintenant en haut, ils dorment. La vidéo qu'-Helen et David ont louée raconte l'histoire d'un couple qui passe par un divorce compliqué et violent.

— Tu as envie de voir la fin ? demande-t-elle.

— Pas particulièrement, répond-il.

Et il appuie sur le bouton *Arrêt* de la commande à distance. Il éteint la télévision. La pièce est soudain plongée dans un silence complet.

— Tu penses que les gens peuvent vraiment tomber amoureux comme ça ? demande Helen.

— Comment ?

— Comme cet homme et cette femme dans le film.

— Sans doute.

— Je veux dire, se rencontrer comme ça. Au milieu d'un orage. En partageant un parapluie.

— J'imagine que la façon dont les gens se rencontrent n'a pas d'importance, dit-il. Toi, tu étais bien assise sur un banc dans un parc quand je t'ai rencontrée.

— Oui, répond-elle d'un air songeur. Mais dans un film ce sont toujours des gens qui ne se connaissent pas. Tu as remarqué ? Pourquoi est-ce que les gens qui se connaissent ne tombent jamais amoureux l'un de l'autre ?

— Ça doit arriver.

— Je veux dire dans les films.

— Dans les films aussi.

— Non, dans les films, c'est toujours des gens qui ne se connaissent pas.

— C'est peut-être parce que c'est plus intéressant comme ça.

— Non, je suis sûre que ce serait aussi intéressant avec des gens qui se connaîtraient. Ils pourraient découvrir plus de choses l'un par rapport à l'autre.

— Personne ne prétend que les films doivent ressembler à la vie.

— Il n'y a que la vie qui ressemble à la vie, dit-elle.

Il tourne la tête pour la regarder.

Elle reprend sa respiration.

— David, annonce-t-elle, j'aime Harry Daitch.

Il la regarde fixement.

— Et il m'aime, ajoute-t-elle.

— Je vois...

— Oui.

— Quand... euh... quand est-ce que c'est arrivé ? s'entend-il dire.

On se croirait dans un film, pense-t-il.

— Eh bien... tu dois savoir que ça n'allait plus depuis un moment entre Harry et Danielle... Tu as bien vu dans les fêtes comment il tripotait toutes les femmes...

Je ne l'ai pas vu te tripoter, pense David, mais c'est encore un autre film.

— Ce qui était une preuve évidente qu'il n'était plus très heureux avec elle, sinon, il n'aurait pas dragué tout le monde, non ?

— Je ne sais pas.

— Les hommes n'ont pas d'aventures avec d'autres femmes à moins de ne pas être heureux à la maison. C'est un fait évident du mariage, David.

— Vraiment ?

— Oui, je suis sûre que tu sais ça, toi, un psychiatre. En tout cas, on a parlé un soir, sur sa véranda, et j'ai commencé à comprendre... Je l'avais toujours considéré comme un séducteur, tu vois...

Ah oui ? Je me demande vraiment pourquoi, pense David.

— ... mais cette nuit-là, c'était en juillet, je me souviens que c'était la pleine lune. Tu étais en ville, David. C'était en milieu de semaine. De toute manière, j'ai découvert cette nuit-là qu'Harry était quelqu'un de très triste, quelqu'un de profond, de sensible... il écrit des poèmes, tu sais...

Ils te sont dédiés ? se demande David.

— ... il est droit, plutôt que sentimental et infidèle. En tout cas, de fil en aiguille...

Oui, résumons, pense David.

— ... et quand tu es parti en ville pour ton séminaire au mois d'août... je pense que... euh... nous avons compris que nous étions amoureux l'un de l'autre.

— Amoureux... Je vois.

— Oui.

— Alors ça dure depuis le mois d'août.

— Ça a commencé en août, en fait.

— Eh bien... félicitations.

— David, je veux divorcer.

— Je vois, un divorce, dit-il.

— Pour qu'Harry et moi nous puissions nous marier et aller vivre au Mexique.

— Au Mexique.

— Oui.

— Je vois. Le Mexique. Le pays où tout est possible.

— Il a une propriété là-bas.

— Je vois.

— Pourquoi tu répètes ça tout le temps ? Ça me rend *folle* !

— C'est parce que je vois effectivement ce qui se passe. Tu aimes Harry Daitch et tu veux un divorce pour l'épouser et aller vivre dans sa propriété au Mexique. C'est pas ça ?

— C'est *à peu près* ça.

— C'est *tout* ce qu'il y a à voir, tu ne crois pas ?

— Pas tout à fait.

— Qu'est-ce qu'il y a d'autre ?

— Je suis enceinte.

— Enceinte... je vois. Alors j'imagine que tu vas vouloir divorcer à toute vitesse pour te dépêcher de donner naissance à un citoyen mexicain.

— *J'aimerais* que cet enfant naisse au sein de mon nouveau couple, oui. Pas forcément au Mexique.

— Très bien, j'appelle Peter...

— Je l'ai déjà appelé.

— Tu as appelé notre *avocat* avant de... ?

— Nous avons parlé des choses en termes très généraux.

— Mais vous avez parlé du divorce, non ?

— Oui, je lui ai dit qu'une de mes amies songeait à divorcer.

— Comme s'il allait tomber dans ce panneau !

— Je n'essayais pas de le faire tomber dans un panneau.

— Tu as seulement appelé pour savoir comment cette amie devait agir, c'est ça ?

— Oui.

— Qui ?

— Quoi ?

— Quelle était l'amie qui voulait divorcer, dans ce que tu lui as raconté.

— Euh... Danielle. Il faudra bien après tout qu'elle...

— Danielle ! C'est parfait ! J'ai besoin de boire quelque chose. Tu veux un verre ?

— Non merci.

— Je crois que je vais en prendre un.

— Il se rend dans la pièce où se trouve le bar, se sert une généreuse dose de vodka avec des glaçons puis va se poster devant la fenêtre, il regarde vers Manhattan, il observe la neige qui tombe et recouvre tout de blanc, les toits, les rues, le monde, l'univers tout entier est recouvert d'un blanc immaculé. Quand il l'entend entrer à son tour, il lui demande sans même se retourner :

— Et les enfants ?

— Oui, quoi ?

— Tu comprends, j'espère, qu'ils restent avec moi.

— Ne sois pas stupide.

— Tu as l'intention d'emmener *mes* filles au Mexique ? demande-t-il en lui faisant face, serrant son verre dans son poing. Pour vivre avec Harry Daitch ?

— Bien sûr.

— Je préférerais crever que de te laisser faire ça.

— Écoute, on en reparlera quand...

— On vient d'en parler et il n'y a rien à ajouter.

— David...

— Tu as entendu ce que je t'ai dit, merde !

— Bonne nuit, je vais me coucher.

— Tu peux même aller te faire foutre, ça m'est égal.

Helen l'observe en silence un bref instant. Puis elle pousse un soupir, hoche la tête et quitte la pièce.

Il reste à regarder la neige qui tombe. Il vide son verre d'un trait, l'emporte jusqu'à l'évier, le rince et le pose. Il entend

Helen au bout du couloir qui se prépare à se mettre au lit. Emmener *ses* gamines au Mexique ? Plutôt crever.

Il se rappelle que la cassette vidéo est toujours dans le magnétoscope. Il allume la télévision, il prend la télécommande, appuie sur MARCHE puis RW et il s'assoit pour voir défiler le film à l'envers, les acteurs sortent à reculons d'une pièce ou s'éloignent l'un de l'autre au lieu de se tomber dans les bras. David regarde fixement les images qui tremblent sur l'écran. Le générique du début apparaît. Le film est prêt à recommencer de zéro. Il appuie sur EJECT, la cassette sort lentement du magnétoscope avec un déclic. Il la range dans son coffret de plastique sur la table basse.

Il reste à regarder l'écran éteint.

Il reste là un long moment à essayer de se rappeler le sujet du film.

Aucune importance, pense-t-il.

Il trouve une couverture et un coussin dans le placard du couloir, s'allonge sur le sofa et finit par s'endormir.

Il rêve qu'ils font une longue promenade le long de la plage. Il est avec Helen, ils se tiennent la main. Les filles courent devant eux, et de temps à autre font demi-tour pour venir les embrasser, puis elles repartent en longeant les vagues qui s'échouent sur le sable.

— Ce sera toujours parfait, dit Annie en se retournant vers lui.

Annie saute par-dessus un château de sable abandonné, elle atterrit accroupie de l'autre côté.

— Bouh ! dit-elle.

Et il se réveille en sursaut.

TABLE DES MATIÈRES